Alison Barnard

Spaziergang im Regen

Alison Barnard

Spaziergang im Regen

Erotischer Liebesroman

Aus dem kanadischen Englisch übersetzt von
Susanne M. Swolinski

édition el!es

Internet: www.elles.de

E-Mail: info@elles.de

Umschlaggestaltung und Satz: graphik.text Antje Küchler

Coverphoto: © 2jenn – Fotolia.com

ISBN 978-3-941598-05-8

Kapitel 1

»Nein, Lisa. Das mache ich nicht mit. Das ist eine fürchterliche Idee.« Jessa Hanson runzelte die Stirn und tigerte verärgert durch den Raum, während sie sprach.

Lisa Guthrie, ihre Agentin, beobachtete sie über den Rand ihrer Brille hinweg und unterdrückte ein Lächeln, weil Jessa manchmal so berechenbar sein konnte. Sie hatte sich gegen die Frühstückstheke in Jessas großzügiger Londoner Loftwohnung gelehnt und sprach in ruhigem Ton zu ihrer Lieblingsklientin: »Im Gegenteil, es ist sogar eine sehr gute Idee. Genauso wie es damals eine gute Idee war, beim Verfassen der Biographie mitzuarbeiten, um so wenigstens ein bißchen Kontrolle zu behalten. Auf diesem Weg können wir am bestem jeder Sensationsheische Einhalt gebieten. Deine Lebensgeschichte ist dramatisch: die erste bekennende Lesbe, die als Musikdirektorin ein bedeutendes Symphonieorchester leitet; eine der jüngsten Musikdirektorinnen eines Orchesters in Nordamerika überhaupt; die erste klassische Musikerin mit einer CD an der Spitze der Pop-Charts; die erste Musikerin, deren Biographie auf beiden Seiten des Atlantiks an Nummer Eins auf den Bestsellerlisten für Sachbücher steht – du bist ein Star.«

»Ich hasse das Wort.« Jessas Stirnrunzeln verwandelte sich in einen finsteren Blick. »Außerdem, abgesehen von der Tatsache, daß ich Musikdirektorin des TSO sein werde, was allerdings auch erst in gut einem Jahr passiert, hatte all das überhaupt nichts mit mir zu tun. Die CD ist nur so hoch in den Pop-Charts, weil ich mit Norah Jones zusammengearbeitet habe.«

»Dein Name und dein Bild waren vorn auf der CD –«

»Noch so eine unsinnige Idee. Ich habe die CD nur produziert und bei einigen Stücken gespielt, weil Norah mal eine andere Richtung ausprobieren wollte. Es hat mir wirklich gut gefallen, gemeinsam mit ihr zu schreiben, aber ich hätte nie mein Einverständnis für das Cover-Photo geben sollen. Das hat doch einen vollkommen falschen Eindruck vermittelt.«

»Jessa, krieg dich ein. Ja, auf dem Photo ist dein Bauchnabel zu sehen, und einige in der Klassik-Gemeinde haben sich den Mund darüber zerrissen. Offensichtlich nehmen sie dich aber trotzdem noch für voll, sonst wärst du für die nächste Saison nicht so ausgebucht. Ganz zu schweigen von dem Zweijahresvertrag mit dem Torontoer Symphonieorchester. Mal ganz im Ernst: habe ich dich in meiner Funktion als deine Managerin jemals gebeten etwas zu tun, was sich dann als schlecht für deine Karriere herausstellte?«

Jessa schaute betreten zu Boden. Lisa war ja soviel mehr als nur eine Managerin. Je nach Bedarf war sie große Schwester, Ersatzmutter, Agentin und sogar Finanzberaterin. Inzwischen wurde sie zwar dafür entsprechend gut entlohnt, aber das war nicht immer so gewesen, und Jessa verdankte ihr mehr als irgendeinem anderen Menschen in ihrem Leben. Allerdings erwähnte Lisa nie all diese persönlichen Dinge, die sie für Jessa getan hatte, sondern erinnerte sie lediglich, wie auch jetzt wieder, an berufliche Entscheidungen, und auch dann nur, wenn sie der Meinung war, daß Jessa unvernünftig auf einen ihrer Vorschläge reagierte.

»Nein«, gab Jessa seufzend zu. »Du hast zwar einige verrückte Entscheidungen getroffen, über die Richtung, in die ich meine Karriere entwickeln sollte, aber die haben sich alle als vorausschauend erwiesen. Und wenn du meinst, daß ich die künstlerische Kontrolle über die Verfilmung meiner Lebensgeschichte behalten soll, dann liegst du da wahrscheinlich wieder richtig. Mir widerstrebt aber die Art und Weise, wie ich das machen soll. Die nächsten zwei Monate werden arbeitsreich und stressig: eine Woche in New York, dann eine Woche in Toronto – und dort nicht nur Dirigieren, sondern auch die Öffentlichkeitsarbeit anläßlich der Bekanntmachung meiner Berufung –, dann eine Woche Berlin und dann zurück nach London. Ich brauche da wirklich nicht noch zusätzlichen Streß durch eine selbstsüchtige Schauspielerin, die mir überallhin folgt und mich ständig von dem ablenkt, auf das ich mich konzentrieren muß!« Jessas Stimme war im Verlauf des letzten Satzes immer lauter geworden und hatte einen wehleidigen Quengelton angenommen.

»Jessa, du weißt doch gar nicht, ob sie selbstsüchtig –«

»Sie ist eine Schauspielerin! Und noch dazu erfolgreich! Hast du schon mal von einer erfolgreichen Schauspielerin gehört, die nicht selbstsüchtig ist und – in einer fast kranken Zweiteilung – außerdem Angst davor hat, sie selbst zu sein? Sich berufsmäßig ständig für jemand anderen auszugeben, kann doch nicht gesund sein!«

»Du kennst Shara doch gar nicht. Sie ist emotional stabil, und ihr Leben ist nicht ihre Arbeit. Sie ist nicht mit ihrer Karriere gleichzusetzen.«

»Ach, jetzt ist es schon ›Shara‹? Woher weißt du denn so viel darüber, wie sie so ist?«

»Weil ich sie schon ein paarmal getroffen habe.«

»Oh.« Jessa wandte sich ab, aber Lisa konnte zuvor noch den Schmerz auf ihrem Gesicht sehen.

Wenn Jessa sich inmitten von anderen Musikern und Partituren befand, dann war sie äußerst selbstsicher. Aber ihr Innerstes war von Unsicherheit beherrscht, seit sie im jungen Alter von sechzehn Jahren von ihren Eltern im Stich gelassen worden war. Danach hatte sie zwar gelernt, sich durchzuschlagen und sich nach außen hin hart zu geben, aber selbst bei den Menschen, denen sie erlaubte, ihr nahe zu kommen, lag sie immer auf der Lauer, um die ersten Hinweise auf einen möglichen Verrat nicht zu übersehen.

»Jessa, ich würde dich nie darum bitten, mehrere Wochen – noch dazu so entscheidende – mit einer Person zu verbringen, die schlecht für dich sein könnte. Außerdem konnte ich die Gelegenheit nicht verstreichen lassen, auf diesen Film Einfluß zu nehmen. Um dir eine gute Managerin – und eine gute Freundin – sein zu können, mußte ich mich einfach mit Shara Quinn treffen. Ich wollte sehen, ob sie die Art Person ist, die es wert ist, daß du deine Zeit auf sie verwendest, und ob Du ihr erlauben solltest zu beobachten, wie es ist, du zu sein. Sie hat schon mal mit dem Regisseur gearbeitet, und er hat den Ruf, seinen Schauspielern Mitsprache bei seinen Projekten zu gewähren, besonders solchen Schauspielern, deren Urteil er vertraut. Wenn du Shara erlaubst, einen ungeschminkten Blick auf dein Leben und deine Karriere zu werfen, könnte das den entscheidenden Unterschied machen. Allerdings nur, wenn sie intelligent und aufmerksam genug ist, um über den Zauber und die Belastung hinwegzusehen, die mit deinem Terminplan einhergehen. Nachdem ich mit ihr mehrere Male und für längere Zeit gesprochen habe, kann ich dir ohne Vorbehalte versichern, daß sie es in der Tat wert ist.«

»Wie oft hast du sie denn getroffen?« Jessa war beunruhigt, daß Lisa von mehreren Malen gesprochen hatte, da sie berüchtigt dafür war, Leute sehr schnell und genau einzuschätzen. Sie fragte sich, ob Lisa vielleicht anfänglich Bedenken gegen diese Frau gehabt hatte, was kein gutes Zeichen wäre.

»Dreimal.«

Jessa hob fragend ihre Augenbrauen.

»Das erste Mal haben wir uns mittags zum Essen getroffen, zusammen mit ihrem Partner, einem Mann namens Derek Finch, der genauso aufmerksamkeitsbedürftig ist wie ein kleines Kind. In seiner Gegenwart war es unmöglich, mehr zu besprechen als eine grobe Skizze dessen, was sie vorhat, zumal er überhaupt nicht davon begeistert war, daß sie sechs Wochen lang unterwegs sein würde. Also bat sie mich um ein weiteres Treffen. Beim nächsten Mal aßen wir in meinem Büro zu Mittag, und sie sprach eine Gegeneinladung zu sich nach Hause aus, zum Abendessen. Weil wir uns wirklich gut verstanden, nahm ich an.«

»Und jetzt? Geht ihr jetzt fest miteinander?« Jessa war sauer, und sie wußte, daß ihre Eifersucht übertrieben war, aber Lisa war berüchtigt für ihre Ungeselligkeit. Sie mußte so viele Geschäftsessen über sich ergehen lassen, daß sie sehr darauf achtete, ihre freie Zeit mit ihrem Partner und ihrer Familie zu verbringen. Dieses Gefühl der Geschwisterrivalität, das Jessa in bezug auf die unbekannte Schauspielerin verspürte, die es geschafft hatte, Lisa zu einem privaten Abendessen zu ködern, war kindisch und traurig, aber sie konnte sich nicht dagegen wehren.

»Jessa, sei nicht albern. Hetero Frauen gehen nicht ›fest miteinander‹, wir haben Essen unter Freunden.«

»Bist du sicher, daß sie hetero ist? Erinnerst du dich an die Mode-Designerin, die wollte, daß ich ihre Hemden trage, und die dann bei der Anprobe wortwörtlich die Gelegenheit ergriff –?«

»Jessa, sie ist hetero. Ich habe ihren Partner getroffen. Das ist übrigens zum Teil der Grund, warum sie dies tun will und in deiner Welt leben möchte. Ihre beste Freundin ist zwar lesbisch aber eine Privatperson. Shara möchte gern den zusätzlichen Druck verstehen, den die Berühmtheit und das Lesbischsein auf dein Leben als Musikerin, Komponistin und Dirigentin ausübt.«

»Ich bin keine Berühmtheit – nicht in demselben Ausmaß wie sie. Ich werde nicht unerlaubt für Klatschmagazine in meiner Unterwäsche photographiert, und ich gehe auch nicht auf Filmpremieren.«

»Stimmt, aber du kannst auch nicht einfach in einer Flughafen-Lounge auf deinen Abflug warten, im Kaufhaus einkaufen gehen oder als gewöhnliche Zuhörerin ein klassisches Konzert besuchen, ohne einen Tumult zu verursachen.«

»Stimmt, aber doch nicht, weil ich eine Lesbe bin. Sie muß das Ganze doch zehnmal so schlimm kennen, also muß sie dafür keine Zeit mit mir verbringen. Die Beweisaufnahme ist damit abgeschlossen.«

»Jessa, es geht doch nicht nur um dein Lesbischsein, sondern auch um deinen Terminkalender: Reisen, Proben, Öffentlichkeitsarbeit, gesellschaftliche Verpflichtungen und Aufnahmen. Sie möchte alle diese Dinge zusammen mit dir erleben, anstatt sich nur vorzustellen, wie es ist.«

Jessa seufzte. »Wie soll das denn praktisch funktionieren? Sie bucht ein Hotelzimmer, wo immer ich auch bin, und dann muß ich mich vom Frühstück an mit ihr herumschlagen?«

Zum ersten Mal schaute Lisa unbehaglich drein. »Nicht so ganz.«

Jessa kniff die Brauen zusammen. Sie ahnte, daß ihr Lisas Antwort nicht gefallen würde. »Also, wie denn dann, so ganz?«

»Sie wird bei dir wohnen –«

»Nein! Auf keinen Fall. Mein Wohnraum ist für meine Arbeitsweise äußerst wichtig. Ich kann mich nicht auf meine Übungen, aufs Schreiben oder Lesen konzentrieren, während eine verwöhnte Egomanin sich die Nägel lackiert und herumnörgelt. Nie im Leben.«

»Jessa, es geht aber doch nur so. Es wird auch nicht so schwierig werden. In New York wohnst du in Stephans Loft, und der ist riesig und hat zwei Schlafzimmer. In Toronto haben sie dir ein Penthaus gemietet, in dem es auch zwei Schlafzimmer gibt, und in Berlin bist du in der Gästewohnung in der Meinekestraße untergebracht – und da werdet ihr euch ganz sicher auch nicht gegenseitig auf die Zehen treten.«

»Lisa, ich schreibe mitten in der Nacht und dulde dabei keine Ablenkungen. Die meisten Menschen, bei denen es sich nicht mal um verwöhnte Schauspielerinnen handelt, können es nicht aushalten, dieselben sechs Takte immer wieder auf einem Klavier vorgespielt zu bekommen, während ich die letzten Macken aus einer Komposition herausarbeite – vor allem nicht um zwei oder drei Uhr morgens!«

»Genau das ist es doch, was sie wissen muß, wenn sie dich in einem Film spielen soll.«

»Die ganze Idee ist total lächerlich.«

»Der Film wird dadurch stimmiger werden.«

»Ich meinte, die Idee einen Film zu drehen, das ist lächerlich. Ich lebe doch noch, zum Teufel. Wenn die Leute wissen wollen, wie ich bin, dann können sie zu einer Vorstellung kommen; ich bin in dieser Saison wirklich ausgesprochen erreichbar – außer sie leben zufällig in Asien. Nächsten Februar bin ich sogar in Argentinien. Und wenn sie mehr über mich erfahren wollen, dann können sie das Programm durchlesen. In diesem verfluchten Buch steht mehr über mich, als mir lieb ist.«

»Aber die meisten Leute lesen nicht.«

»Und genau da liegt heutzutage die Welt im Argen«, spottete Jessa. »Uns ist doch beiden klar, daß mein Leben einfach nicht interessant genug ist, um irgendwen im dunklen Kino am Einschlafen zu hindern.«

»Es sei denn, sie sind von Shara Quinn gefesselt«, scherzte Lisa.

»Und das ja auch noch: Die Frau könnte mir nicht unähnlicher sein, wenn sie's versuchte! Ich habe sie im Fernsehen gesehen: Sie ist zierlich, hat lange Haare und graue Augen.«

»Sie sind grünbraun – aber darum geht's ja gar nicht. Sie ist eine Schauspielerin. Ihr Haar wird für die Rolle geschnitten, und sie freut sich schon richtig darauf, einen Frack zu tragen, und auch darauf, daß die Aufnahmewinkel sie größer erscheinen lassen, als sie ist.«

»O Gott. Sechs Wochen zusammen mit einer Schauspielerin. Weiß sie überhaupt, was ich mache? Hat sie schon mal eine Symphonie gehört?«

Jetzt war es an Lisa zu seufzen. »Jessa, du mußt wirklich deine Vorurteile überwinden. Sie mag symphonische Musik aus der Klassik, zieht aber Kammermusik den Werken vor, die für ein großes Orchester geschrieben wurden – allerdings mag sie Oper am liebsten. Glaubst du wirklich, daß ich dich darum bitten würde, mit einer Person zu leben, die sich nichts aus Musik macht?«

»Ich hatte nicht gedacht, daß du mich bitten würdest, mit überhaupt jemandem zusammenzuleben«, antwortete Jessa leise.

»Sie ist nicht Stephanie. Sie will auch nicht Stephanie sein. Sie ist eine nette Frau, die eine gute Arbeit abliefern will. Vielleicht mußt du mal mit einer Person leben, sei es auch nur freundschaftlich, die dich daran erinnert, daß Gesellschaft nicht immer mit einem hohen Preisschild verbunden ist.«

»Ich will keine neuen Freundschaften.« Jessas letzter Einwand klang lahm, sogar für ihre eigenen Ohren.

»Vielleicht ist das der beste Umstand, eine neue zu gewinnen«, entgegnete Lisa standhaft. »Jetzt muß ich aber los. Ich habe eine Besprechung mit einem Filmproduzenten. Er will für seinen Film das Stück benutzen, das du letzten Winter geschrieben hast. Das könnte sich zu einem richtig großen Projekt für dich entwickeln, und du hast da doch die Lücke nächstes Jahr, zwischen Buenos Aires und Toronto.«

»Das nennt sich Urlaub«, erwiderte Jessa ironisch. »Du solltest das mal versuchen. Ich meine das ernst, weißt du.«

»Was?« fragte Lisa unschuldig.

»Alles. Du solltest weniger arbeiten; ich hätte gern nächstes Frühjahr frei, weil ich im Herbst für meine erste feste Stelle nach Kanada ziehe; und, das ist ganz wichtig, wenn sich herausstellt, daß deine Schauspielerin eine Nervensäge ist, oder daß sie mir irgendwie bei meiner Arbeit in die Quere kommt, dann schmeiße ich sie im hohen Bogen raus.«

»Ist das alles?« Lisa hob fragend eine Augenbraue.

»Nein, das ist noch nicht alles.« Jessa ging zu ihr hinüber und umarmte sie. »Danke. Ich weiß, daß du nur das Beste für mich willst, und du bist die einzige Person in meinem Leben, die das immer ehrlich gemeint hat.«

Lisa drückte Jessa an sich. »Das ist sehr gern geschehen, Jessa«, sagte sie mit erstickter Stimme. Sie wußte, daß Jessa nicht bemerkt hatte, wie deutlich in ihrer Aussage Einsamkeit und Erfahrung mit Verrat mitgeschwungen hatten – in dieser Aussage einer erst Dreiunddreißigjährigen.

Kapitel 2

Shara Quinn legte den Taktstock beiseite und bewegte ihre Schultern, um die verkrampften Muskeln zu lockern, während der zweite Satz von Beethovens Fünfter Symphonie ohne sie begann. André Previn leistete auch weiterhin ausgezeichnete Arbeit auf der CD, und die Royal Philharmoniker bemerkten ihre Abwesenheit nicht.

Dieses Werk war nicht in Jessa Hansons Standardrepertoire, und Shara würde es sicher nicht im Film dirigieren müssen. Ein befreundeter Musiker hatte es ihr aber trotzdem als gute Übung empfohlen, da das Tempo durchgehend einfacher zu verfolgen war als in Holsts *Planeten* oder in einem der anderen Werke aus Jessas berühmten Aufnahmen. »Damit wirst du die Technik deiner rechten Hand so verbessern, daß du nicht mehr über das Tempo nachdenken mußt und dich auf alles andere konzentrieren kannst«, hatte Julian ihr mit beruhigender Stimme versichert.

Shara konnte nur daran denken, daß sich das, was sie sich als den spaßigen Teil des Unterfangens vorgestellt hatte – männliche Kleidung zu tragen und einen Taktstock zu schwingen –, als weitaus größere Herausforderung entpuppte, als meisterhafte Klavierdarbietungen zu imitieren. Sie spielte Klavier und konnte auch auf der Geige einfache Stücke bewältigen, ohne allzu viele Fehler zu machen, zumal sie mehrere Monate lang intensiv geübt hatte, um beim Vorsprechen für die Rolle einen Vorteil zu haben.

Es war von vornherein klar, daß ihr Aussehen ihr eher dabei im Wege stehen würde, die Hauptrolle in Peter Garofolos neuem Film zu bekommen. Aber seit sie die Gerüchte gehört hatte, daß die Filmrechte zu Jessa Hansons Biographie vergeben worden waren, hatte sie Privatstunden genommen und damit begonnen, ihre Fähigkeiten auszubauen, weil sie noch nie zuvor eine Rolle dermaßen gewollt hatte.

Sie bezweifelte, daß irgendeine Schauspielerin so wie Jessa Hanson acht Instrumente beherrschte. Sie selbst aber war sehr gut am Klavier und spielte recht leidlich Geige und Gitarre, und das wollte sie nutzen, so gut sie konnte.

Sie hatte auch mit einer Sprachtrainerin daran gearbeitet, vorübergehend ihren irischen Akzent auszumerzen, der ihr damals zum Durchbruch in Hollywood verholfen hatte. Den Erfolg ihrer ersten großen Rolle und die Oskar-Nominierung hatte sie ihrer Glaubwürdigkeit zu verdanken, und nun hoffte sie, daß sie es mit Glaubwürdigkeit auf musikalischer Ebene wiederholen könnte.

Sie seufzte und schaltete die Musik ab. Sie mußte etwas gegen die Muskelverspannung tun, also zog sie sich Shorts, T-Shirt und Turnschuhe an und begann auf ihrem Heimtrainer zu joggen.

Sie ärgerte sich über die Tatsache, daß sie inzwischen öfter auf ihrem Heimtrainer lief als im Freien, aber sie haßte es, wenn sie beim Joggen erkannt wurde. Drinnen zu laufen war zwar nur halb so gut wie draußen, aber es war immerhin besser, als angestarrt oder, noch schlimmer, beim Jogging angehalten zu werden.

Sie konnte es kaum abwarten, den Mietvertrag für ihr Haus in den Hügeln von Hollywood zu kündigen und zurück nach London zu gehen, obwohl Derek hier so glücklich war. Er hatte seine Gärtnerei verkauft, um bei ihr zu sein und auch, weil er diese Einkommensquelle gar nicht brauchte, aber seine andauernde Gegenwart begann an ihren Nerven zu zerren. Als sie vor einem Monat für drei Wochen in London gewesen war, um sich mit Jessas Agentin zu treffen, die ihr Zugang zur Hauptperson des Films verschaffen wollte, hatte er sich selbst eingeladen und die ganze Zeit über wie ein totaler Idiot benommen.

Sie mußte sich wirklich etwas wegen ihm einfallen lassen, aber er bot Gesellschaft und Sex, wenn sie es brauchte, und er wollte nicht mehr von ihr, als er auch von einer unbekannten Privatperson mit einem durchschnittlichen Gehalt gewollt hätte. Ihr war bewußt, daß dies fürchterliche Gründe waren, um eine Beziehung aufrechtzuerhalten, aber sie verabscheute den

Gedanken, allein zu sein und nach einem neuen Partner suchen zu müssen.

»Hallöchen Schatzi.«

Als hätten ihre negativen Gedanken ihn herbeigezaubert, stand Derek plötzlich in der Tür zum Fitneßraum. Sein Haar fiel jungenhaft über seine Stirn, und sein schlanker Körper steckte in einer lässigen Jeans und einem fast durchsichtigen, weißen Hemd. Er war barfuß und hielt zwei seiner gesunden Joghurtshakes in den Händen. »Ich dachte, ich mache dir was Nettes als Belohnung fürs Training.«

»Danke«, sagte Shara. In einem Zug trank sie den Rest des Mineralwassers, das sie aus dem kleinen Kühlschrank in der Ekke des Zimmers genommen hatte, und nahm den Shake entgegen. »Was hast du heute vor?« Dereks berufliche Untätigkeit faszinierte sie, obwohl sie eine angeborene Abneigung gegen Menschen hatte, die nicht für ihren Lebensunterhalt arbeiten mußten.

Dereks Freunde in England und die kleine Clique, in der er sich hier bewegte, würden ihre Einstellung ohne Zweifel kleinbürgerlich und langweilig finden. Sie waren nicht berühmt, aber sie waren reich – die Kinder und Enkel von Hollywood-Legenden und einflußreichen Großanlegern, die ihre Bekannten danach bemaßen, welcher Tisch ihnen im jeweiligen In-Lokal zugewiesen wurde.

»Brent fährt die Küste hoch, um sich mit einer Künstlerin zu treffen, deren Ausstellung er finanziert.«

Shara vermutete, daß Brent Heywoods unrentable Galerie in Venice Beach nur dazu diente, Vernissagen zu veranstalten, über die dann Leute mit Namen wie Tiffany, Tory oder Justin schwärmen konnten, in ebenso unrentablen Zeitschriften mit exklusiver Kleinauflage. Von der Kunstwelt jedenfalls wurden diese Ausstellungen regelmäßig ignoriert.

Diese Kunstmäzene, Avantgarde-Journalisten und die Künstler selbst schienen Teil einer südkalifornischen Elite, einer Schickeria mit Treuhandfonds. Derek kam zwar aus einem anderen Land, hatte sich aber erschreckend einfach und nahtlos in diese Szene eingefügt.

Shara nahm an, daß die ›Fahrt die Küste hoch‹ an einem Haus

am Strand endete, das den Eltern der Künstlerin gehörte. Dort würden Brent, Derek und mindestens ein makellos gebräuntes weibliches Wesen Champagner schlürfen oder sich ein paar illegale Drogen gönnen. Im Hintergrund würde das Demo einer unbekannten Band dudeln, das von einem Mäzen wie Brent bezahlt und in einem kleinen, unbedeutenden Hochglanz-Musikjournal – herausgegeben von einem Bekannten Brents – in die Höhe gelobt worden war.

Derek würde erst kurz vorm Abendessen nach Hause kommen, ausgelaugt und in sich gekehrt oder aufgekratzt, redselig und geil – je nach Droge und Gesellschaft.

Es gab keinen Zweifel daran, daß Derek attraktiv auf die Frauen wirkte, mit denen er gesellschaftlich verkehrte, aber Shara war sich sicher, daß er sie nie betrog. Derek liebte sie, also versuchte sie, sich dafür dankbar zu zeigen, anstatt über die Leere nachzudenken, die sie manchmal in ihrer Beziehung wahrnahm.

Sie war überzeugt davon, daß sie einfach nicht für Beziehungen gemacht war, denn alle bisherigen hatten sich durch die gleiche Rastlosigkeit ausgezeichnet. Zumindest war Derek die Art Person, die sie sich ausgedacht hätte – wenn sie es denn gemußt hätte –, um ihre eigene Persönlichkeit zu ergänzen. Er war gelassen, sie intensiv, er mochte körperlich anspruchsvolle Aktivitäten, wohingegen sie hochgeistige Dinge bevorzugte. Er liebte es, sie im Scheinwerferlicht über den roten Teppich zu führen, und sie verabscheute diesen Aspekt ihres Berufes. Er dachte nicht viel darüber nach, wie er in Erscheinung trat, und sie war völlig paranoid, wenn es darum ging, wie sie sich in der Öffentlichkeit zeigte. Arbeit war für ihn etwas, was man tat, weil man es tun mußte, sie aber neigte dazu, sich vollkommen darauf zu konzentrieren und alles andere zu vernachlässigen. Er ging auf die Menschen zu und liebte Geselligkeit, während Shara es prinzipiell vorzog, zu Hause zu bleiben, bei einem guten Buch und guter Musik. Je nach Tag wirkten ihre Unterschiede entweder ausgleichend oder führten zu fast unerträglichen Querelen.

»Und du?« fragte Derek. »Hast du irgendwas vor? Du kannst gern mit uns fahren, wenn du keine Pläne hast.«

Shara überkam für einen Moment Panik, aber dann fiel ihr ein, daß sie eine legitime Ausrede hatte. »Danke, Schatz, aber ich muß mich weiter auf meine neue Rolle vorbereiten. Heute nachmittag habe ich Klavierstunden, und danach werde ich wahrscheinlich ein paar DVDs von Barenboim und Karajan anschauen.«

»Ist es nicht genug, daß du volle sechs Wochen darauf verwendest, dieser Frau hinterherzulaufen? Wie schwierig kann das schon sein, eine Lesbe zu spielen, die sich bei der Arbeit in Männerklamotten verkleidet?«

Shara preßte die Lippen aufeinander, und ihre Nasenflügel bebten. Derek verachtete ihre Arbeit oft, aber für gewöhnlich konnte er es besser verbergen. Mit Mühe unterdrückte sie den Impuls, ihn anzuschnauzen. »Ich werde eine Person verkörpern, die unter den Lebenden weilt, und die noch nicht einmal den Höhepunkt ihrer Karriere erreicht hat. Ich will der Rolle gerecht werden, und ich will mit meiner Darstellung Respekt für die Frau zum Ausdruck bringen, die zu sein ich vorgeben werde. Das bedeutet Musiktraining und ein Verständnis für ihr Leben zu bekommen. All das nimmt eine Menge Zeit in Anspruch, aber es ist eine Ehre, diese Gelegenheit zu bekommen, und ich will so perfekt wie möglich sein.«

»Mit einem Wort gesagt: dein Lebensmotto, nicht wahr, Shara? So perfekt wie nur möglich zu sein?«

»Höre ich da Kritik?«

»Nein, nicht wirklich. Aber das ist ein ziemlich dicker Brokken für gewöhnlich Sterbliche.«

»Derek, ich gebe mir alle Mühe, mich auf eine Rolle vorzubereiten, die mir viel abverlangt. Habe ich dich je um mehr gebeten, als zu verstehen, warum ich für eine Weile fort muß?«

»Eine Weile? Du bist ganze sechs Wochen lang weg! Und, soweit ich das recht verstehe, wirst du in der Zeit mit einer Lesbe leben.«

»Du weißt ganz genau, daß ich nur im rein praktischen Sinn mit ihr leben werde. Ich möchte Einsicht in ihre Gewohnheiten und Belastungen bekommen und verstehen, welchen Einfluß das auf ihre Gefühle hat. Verschlossen wie sie ist, grenzt es an ein Wunder, daß sie dem zugestimmt hat, denn es bereitet ihr mit Sicherheit einige Unannehmlichkeiten.«

»Na, da bin ich aber froh, daß du dir wenigstens um *ihre* Unannehmlichkeiten Gedanken machst. Ich kann mich nämlich nicht erinnern, daß du meine bedacht hast, bevor du diese Rolle übernahmst.«

»Ist es das, was dich so wurmt? Daß ich vor dem Vorsprechen nicht deine Erlaubnis eingeholt habe? Für eine Rolle, von der ich fasziniert bin, seit ich die Biographie gelesen habe, die als Vorlage für den Film dient? Wann hast du jemals Interesse für meine Karriere gezeigt, daß ich ermutigt wäre, meine zukünftigen Rollen mit dir zu besprechen? Ich lasse mich gern eines Besseren belehren, aber jedesmal, wenn ich mit dir über Drehbücher spreche, die ich gerade durchlese, scheinst du dich gedanklich zu verabschieden.«

Derek schaute leicht betreten; offensichtlich hatte er angenommen, seine Langeweile besser überspielt zu haben. »Hör mal, ich sage ja nur, daß eine sechswöchige Abwesenheit etwas ist, das wir vorher hätten besprechen sollen.«

»In diesen sechs Wochen kannst du mich besuchen, sooft du willst. Du kannst nicht über Nacht bei mir bleiben, aber soweit ich es richtig verstanden habe, übt die gute Frau täglich zwei Stunden Klavier, verwendet Zeit aufs Komponieren und probt jeden Wochentag zwischen zwei und vier Stunden mit dem Orchester; außerdem hat sie zwei Konzerte pro Woche. Es ist also nicht so, als hätte ich keine freie Stunde. Willst du wirklich eine Frau, die um deine Erlaubnis bittet, bevor sie eine Reise arrangiert? Wir sind jetzt seit fünf Jahren zusammen, und das habe ich noch nie so gemacht.«

»Vielleicht liegt es ja daran. Vielleicht würdest du dich mehr mit mir verbunden fühlen und mehr mit mir besprechen, wenn unsere Beziehung offizieller wäre.«

Shara runzelte die Stirn in sichtbarer Verwirrung. »Derek, worauf willst du jetzt hinaus?«

»Ich will darauf hinaus, daß du vielleicht überlegen würdest, welchen Einfluß deine Karriere auf mein Leben hat, wenn wir verheiratet wären. Du wärst dann meine Frau und nicht mehr nur meine Freundin.«

»Ich bin eine *Schauspielerin*. Ich war bereits eine Schauspielerin, als wir uns kennenlernten. Der Großteil meiner Arbeit sind Filme, und das bedeutet wochen- oder gar monatelange Aufenthalte an einem Drehort. Selbst als ich Gastrollen im Fernsehen übernahm, wußtest du und warst damit einverstanden, daß sie auf beiden Seiten des Atlantiks sein könnten. Wann hat das alles denn angefangen, problematisch für dich zu sein?«

»Ich bin jetzt zweiunddreißig. Als wir letzten Monat zu Hause waren, ist mir klargeworden, daß die meisten meiner Freunde inzwischen ein geregeltes Leben und eine Familie haben. Selbst hier drüben bleiben die Leute nicht auf der Stelle stehen. Wußtest du, daß Brent und Soraya sich verlobt haben? Das alles und auch all die Andeutungen, die meine Eltern schon seit Jahren machen, haben mich nachdenklich gemacht.«

Shara setzte das Glas mit dem Joghurtshake ab; ihr war plötzlich leicht übel. »Aha, deine Freunde heiraten oder haben Kinder, und folglich sollten wir das gleiche tun. Danach sollte ich dir dann fortan alle Entscheidungen bezüglich meiner Karriere zur Billigung unterbreiten. Habe ich irgendwas vergessen?«

»Du verdrehst mir die Worte im Mund. Das habe ich so nicht gemeint.«

»Dann sag mir, wie du's gemeint hast, Derek. Wir leben jetzt seit gut vier Jahren zusammen; ich dachte, wir wären einigermaßen glücklich. Alles läuft gut, und meine Karriere hat stärker eingeschlagen, als jeder angenommen und ich es je zu hoffen gewagt hatte. Und jetzt regst du dich plötzlich über etwas auf, was ich als eine riesige Chance für meine Karriere sehe. Und es ist ein Problem für dich, daß ich nur deine Freundin bin, wenn doch all deine Freunde Verlobte oder Ehefrauen haben.«

»Ich will nicht mit dir darüber streiten. Ich meine ja nur, daß es an der Zeit ist, unsere Beziehung einen Schritt weiter zu bringen.«

Shara schüttelte ungläubig den Kopf. »Ist das jetzt ein Heiratsantrag?«

»Ja, ich nehme an, daß es das ist. Ich will, daß wir verheiratet sind, Shara, und miteinander umgehen wie verheiratete Leute ... und auch ein paar Kinder haben. Du wärst eine großartige Mutter.«

Shara spürte, wie der halb-verdaute Shake seinen Weg nach

oben suchte, und zwang sich, tief durchzuatmen. »Ich kann das jetzt nicht besprechen. Ich bin gerade eine ungeheure Verpflichtung eingegangen und habe zuvor Monate investiert, um mir die Gelegenheit dazu zu erarbeiten. Wenn du jetzt von mir verlangst, mich umzuorientieren und alles rückgängig zu machen, für das ich gearbeitet habe, dann muß ich dir klipp und klar sagen, daß ich das nicht kann.«

»Es muß ja nicht sofort sein, aber du hast doch nicht etwa angenommen, daß wir auf unbestimmte Zeit einfach so weitermachen können?«

Um ehrlich zu sein, doch. »Können wir das weiter besprechen, wenn ich aus London zurückkomme? Gedulde dich bitte bis dahin. Diese Rolle bedeutet mir wirklich sehr viel.«

»Shara, ich habe dich gerade gebeten, mich zu heiraten.«

»Ich weiß«, sagte sie unglücklich und eilte an ihm vorbei aus dem Zimmer.

Kapitel 3

Shara konnte kaum glauben, wie nervös sie war, als sie auf den Eingang des umgebauten Lagerhauses zuging. Sie hatte gedacht, Jessa hätte eine piekfeine Wohnung in Mayfair oder eine Villa in Highgate. Deshalb war sie erstaunt, als der Taxifahrer vor einem Wohnblock in Clerkenwell anhielt, nördlich des Stadtbezirks der City of London und nahe dem Sitz des Londoner Symphonieorchesters im Barbican Centre. In diesem weitläufigen Kulturzentrum fanden das ganze Jahr über auch andere Kunst-, Film- und Musikveranstaltungen statt, aber obwohl die Gegend sehr beliebt war bei Bankiers, Börsenmaklern und anderen Büroarbeitern, war sie eher praktisch als renommiert. Daran änderten auch die Schickimicki-Restaurants und Galerien nichts, die in den vergangenen zehn Jahren aus dem Boden geschossen waren.

Shara war – wie wahrscheinlich die meisten Leute – davon ausgegangen, daß Operndiven und weltbekannte Dirigenten in reinem Luxus lebten und ihre formelle Kleidung selbst zum Frühstück trugen. Aber dann dachte sie, daß Leute sicher ähnliches auch von Schauspielerinnen annahmen, die sie nur dann außerhalb einer Rolle sahen, wenn sie in einer Talk-Show oder bei einer Filmpremiere erschienen – und das war natürlich auch vollkommen absurd. Da sie persönlich es zum Beispiel selbstverständlich fand, für sich selbst zu kochen, hätte es sie auch nicht überraschen sollen, daß Jessa Hanson es bevorzugte, in einem unauffälligen Gebäude zu wohnen, dessen einziges hervorstechendes Merkmal die raumhohen Fenster waren, die die rote Backsteinfassade dominierten.

Sie ging zögerlich auf die Empfangstheke zu, nachdem sie zweifelsohne bereits die Aufmerksamkeit des Mannes dahinter auf sich gezogen hatte, weil sie draußen mehrere Minuten lang herumgelungert hatte. Sie hatte keine Bedenken erkannt zu werden, weil sie ihrem üblichen Filmstar-Image so unähnlich sah, wie Jessas Wohnung einer Villa in Mayfair. »Guten Tag. Ich möchte bitte zu Jessa Hanson?« Sie hörte die Unsicherheit in ihrer eigenen Stimme.

Der Portier bemühte sich nicht sehr, sein Mißtrauen zu verbergen, und betrachtete sie flüchtig.

Sharas dunkelgefärbte Haare waren geschnitten wie eine Zobelmütze, die weich hin und her wiegte, wenn sie sich bewegte. Die leicht getönte Armani-Sonnenbrille verbarg ihre charakteristischen grünbraunen Augen, und ihr einziges Make-up war das klare Lipgloss, das die sanfte Fülle ihrer Lippen betonte. Sie trug auch ungezwungenere Kleidung als bei öffentlichen Auftritten, eine auf den Hüften sitzende Jeans mit einem breiten, schwarzen Gürtel und Zehensandalen mit sieben Zentimeter hohen Absätzen. Sie hatte an diesem warmen Tag keine Jacke an, nur ein enganliegendes Oberteil aus dünnem, weißen Baumwollstoff, in dem ihr Körper von den Ellenbogen bis zum Schlüsselbein deutlich abgezeichnet war und dessen weiter Ausschnitt die Sicht auf die makellose Haut ihres Halses freigab und auf das goldene Kreuz, das an einer dünnen Goldkette hing, und das sie immer trug, wenn sie nicht arbeitete.

Das Oberteil schmiegte sich an ihre Brüste und ihren flachen Bauch und endete knapp oberhalb ihres Nabels, um den kleinen, silbernen Ring zu offenbaren, der die Haut darüber durchstach und im Schein der Lampen der Eingangshalle glitzerte. Über einer Schulter trug sie eine riesige Handtasche.

Shara wußte, daß sie jünger aussah als neunundzwanzig und wurde leicht rot, weil sie sich angesichts der Reaktion des Portiers nun fragte, ob Jessa Hanson weibliche Groupies hatte, die regelmäßig versuchten, unerlaubten Zutritt zu ihrer Wohnung zu bekommen.

Als hätte er ihre Gedanken gelesen, erläuterte der Portier nun höflich: »Guten Tag, gnädige Frau. Ich fürchte, alle Besuche müssen angekündigt werden. Nennen Sie mir bitte Ihren Namen und die Nummer von Frau Hansons Wohnung?«

»Shara Quinn und es ist Wohnung Nummer Sieben.« Shara wußte, daß sie leicht überheblich klang, aber das war nur eine Abwehrreaktion gegen die Verlegenheit, fälschlicherweise für jemanden gehalten zu werden, der anderen Leuten nachstellte.

»Oh. Aber sicher doch.« Nun schaute der stämmige Portier etwas verlegen drein, aber Shara war nicht sicher, ob es daran lag, daß er ihren Namen erkannt hatte, oder weil ihm nun seine vorherige Haltung einer von Jessas Besucherinnen gegenüber bewußt wurde. »Ich werde anrufen und Sie ankündigen.« Er nahm das Telefon, das sich in den Tiefen der Theke versteckt gehalten hatte, und sagte: »Frau Shara Quinn ist hier.« Er lauschte ein paar Sekunden der Stimme im Hörer und fügte dann hinzu: »Aber ja, sofort, Frau Hanson.« Nun die Verkörperung berufsmäßiger Diskretion wandte er sich wieder Shara zu. »Wenn Sie bitte durch die Tür zu Ihrer Rechten gehen, Frau Quinn, dann sehen Sie die Aufzüge gleich direkt vor sich. Fahren Sie bis zum Penthaus hoch, wo Frau Hanson Sie bereits erwartet.«

»Vielen Dank«, sagte Shara und ging auf die Tür zu, die sie bislang nicht bemerkt hatte. Sie hörte ein leises Klicken, als der Portier einen Schalter betätigte, um die Tür zu öffnen, und Shara erkannte, daß das Gebäude viel besser gesichert war, als es den Eindruck machte.

Auf der kurzen, stillen Fahrt zur vierten Etage fühlte sie, wie sie immer nervöser wurde; sie betrachtete sich kritisch in dem leicht getönten Spiegel, der die gesamte Rückwand des geräumigen Aufzugs einnahm. Auf einmal fühlte sie sich nackt, so fast ungeschminkt und ohne die üblicherweise viel größere Menge Haar. Sie war froh, daß die Tönung ihm nicht den gesunden Glanz genommen hatte, aber sie hatte immer noch Mühe, sich selbst zu erkennen, obwohl es mittlerweile vier Tage her war, daß sie ihrem Friseur die durchgreifende Änderung ihres Aussehens aufgetragen hatte.

Ein leises Läuten erklang, bevor sich die Aufzugtüren öffneten und den Blick auf einen kleinen Vorraum freigaben, in dem ein Tischchen aus Kirschbaum stand, mit einem getrockneten Blumenstrauß darauf. Die Wände waren mit einer weißen Leinentapete geschmückt, und der Boden mit einem lodengrünen Teppich ausgelegt, der so dick war, daß sie am liebsten ihre Schuhe ausgezogen hätte, um darin mit den Zehen zu wackeln. Die Wohnungstür war aus dem gleichen tiefdunklen Kirschbaumholz wie der Tisch, und kurz bevor sie sich öffnete, wurde Shara plötzlich klar, daß sie keine Ahnung hatte, was sie erwartete.

Sie hatte Jessa Hansons Biographie gelesen und auch das Drehbuch, das sich auf die Jahre zwischen ihrem achtzehnten und sechsundzwanzigsten Lebensjahr konzentrierte, mit einigen Rückblenden auf das sechzehnte; sie hatte Aufnahmen ihrer musikalischen Darbietungen angehört und Duzende von Photos gesehen, auf denen eine hübsche Frau mit großen, dunklen Augen, mit einem höflichen Lächeln oder aber einem gereizten Stirnrunzeln zu sehen gewesen war, aber sie hatte nie ein Video von ihr gesehen. Es gab zwar Videos von Jessa, zahlreiche Nachrichtenausschnitte und Dokumentationen von Musiksendern, aber alle diese Aufzeichnungen waren auf einer DVD zusammengefaßt worden, die erst am folgenden Tag per Post bei Shara eintreffen sollte. So hatte sie bislang noch keine wirkliche Vorstellung von der Frau, für die sie sich in weniger als zwei Monaten ausgeben sollte.

Jessa öffnete die Tür und fühlte sich, als hätte ihr Herz plötzlich aufgehört zu schlagen. Sie hatte gewußt, daß Shara Quinn hübsch war: ihr Gesicht prangte auf Kinoplakaten in ganz London, und Jessa hatte einen Bericht gesehen, in dem sie über den roten Teppich zur Verleihungsfeier schritt, als sie für einen Oskar für ihre Rolle in *Gegen den Staat* nominiert worden war.

Jessa hatte mit einem tagelangen Anfall von Schlaflosigkeit gekämpft, die sie regelmäßig plagte, und so hatte sie sich die DVD ausgeliehen, weil sie neugierig auf die irische Schauspielerin war, die in Amerika so Furore gemacht hatte. Der Film war gut gewesen und Shara hervorragend als die mißbrauchte Ehefrau eines englischen Physikers, dem letztendlich wegen Landesverrats der Prozeß gemacht wurde, nachdem sie seine Forschungsergebnisse an den Höchstbietenden verkauft hatte. Jessa bewunderte das Talent der Schauspielerin, die den Oskar für die beste weibliche Darstellerin erhalten hatte, aber sie fand trotzdem, daß Shara hätte gewinnen sollen.

Während sie die Tür öffnete, bereitete sie sich auf den Anblick von schönen, grünbraunen Augen und hübschen Lippen vor, umrahmt von glänzendem, dunkelblondem Haar. Sie bereitete sich darauf vor, eine verwöhnte Schauspielerin zu sehen, die egoistisch genug war, sich einzubilden, die schmerzvollsten Jahre in Jessas Leben portraitieren zu können, ungeachtet der Tatsache, daß sie sich nicht im Entferntesten ähnlich sahen und auch sonst nichts gemein hatten.

Statt dessen sah sie in Augen, deren Farbe sie zwar durch die graugetönten Gläser in Sharas Sonnenbrille nicht bestimmen konnte, in deren Tiefen jedoch deutlich eine fast panische Angst zu sehen war. Sharas Haar war glänzend und kurz, und ihre vollen, rosa Lippen formten ein zögerndes Lächeln, das Grübchen in ihren Wangen erscheinen ließ. Jessa stockte der Atem.

»Hiya, Sie müssen Jessa sein. Ich bin Shara.« Ihre Stimme war tiefer, als Jessa erwartet hatte, obwohl sie sie bereits gehört hatte, und zwar auf dem Besten, das Bang & Olufsen zu bieten hatte.

Jessas Herz begann wild zu klopfen, und sie versuchte sich trotz des ablenkenden Geräusches in ihrem Inneren darauf zu konzentrieren, sich nicht vollkommen zur Närrin zu machen. »Das bin ich. Danke, daß Sie heute vorbeikommen konnten. Ich weiß, es war sehr kurzfristig, aber ich wollte unser erstes Treffen hinter uns bringen, und ich habe vor meiner Abreise noch soviel zu tun.« Sie trat beiseite. »Kommen Sie herein.«

Shara war sicher, daß sie genauso dämlich dreinschaute, wie sie sich fühlte. Wieso nur hatte niemand ihr gesagt, daß Jessa Hanson hinreißend war? Aber auch wenn sie hinreißend war, wieso fühlte sich Shara, als wäre die Welt aus den Fugen geraten? Sie lebte in LA, wo der Anteil an ungewöhnlich umwerfenden Menschen lächerlich hoch war, aber dies war ihr noch nie passiert – und mit Sicherheit nicht während der Begegnung mit einer anderen Frau.

Sie durchschritt den kleinen Flur und trat in den großen Wohnraum, wobei sie für einen Moment in eine dezente Duftwolke eintauchte, während sie an Jessa vorbeiging. Sie nahm zunächst ihre Umgebung gar nicht wahr, weil sie nicht über ihren ersten persönlichen Eindruck von Jessa hinwegkommen konnte.

Jessa trug eine bronzefarbene Leinenhose und ein weißes Spitzentanktop, das sich an ihren Körper schmiegte. Sie hatte eine leichte Bräune und ihre Haut sah weich und gesund aus. Shara bemerkte die Muskeln an Jessas schlanken Armen und starken Schultern, und das Tanktop ließ ein gutes Stück ihres flachen Bauchs frei. Für einen Moment war Shara besorgt, daß die nur mit einer Kordel zusammengehaltene Hose von Jessas schmalen Hüften rutschen könnte. Sie war überrascht, daß diese Vorstellung einen seltsamen Effekt auf ihre Herzfrequenz hatte.

Aber was Shara wirklich den Atem gestohlen hatte, war der erste Blick in Jessas Augen. Sie waren braun, aber selbst durch die getönten Gläser ihrer Brille konnte Shara sehen, daß es ein anderes Braun war, als sie es aufgrund der Photos erwartet hatte. Sie waren wie geschmolzene Schokolade mit Zimt, und Shara fragte sich, wie sie wohl im Sonnenlicht aussehen würden. Jessas Wimpern waren lang und dicht, und Shara vermutete, daß sie nichts davon einem Kunstgriff verdankten. Sie verspürte den Drang, ihre Sonnenbrille abzunehmen und diese faszinierenden Augen näher zu betrachten, und dieser Impuls erschreckte sie. So unwahrscheinlich es auch war, aber diese Frau hatte Shara angeschaut, und Shara hatte den Faden verloren.

Sie vermutete, daß Jessa irgend etwas Vernünftiges auf ihre Begrüßung erwiderte, aber sie konnte es nicht hören, weil in Jessa Hansons wunderschönen Augen eine tiefe Besorgnis lag, während sie die Frau ansah, die in den nächsten zwei Monaten in ihrem Leben herumspuken würde. Shara war tief getroffen, die Ursache für eine solche Besorgnis zu sein. Nach allem, was sie über sie gelesen hatte, wußte sie, daß Jessa recht zurückgezogen lebte, weshalb der Eingriff in ihre Privatsphäre, der mit der Einwilligung in Sharas Vorschlag verbunden war, enorm sein würde.

Bevor sie die Wohnung betreten hatte, waren Shara mit einem Mal Bedenken gekommen, ob sie vielleicht dabei war, etwas Falsches zu tun; sie wollte sich entschuldigen und erklären, daß sie ihre Meinung geändert hatte und einen anderen Weg finden würde, für die Rolle zu recherchieren. Aber Jessa war beiseite getreten und hatte Shara bedeutet, ihr voran in die Wohnung zu gehen, und Sharas Beine hatten ihr blind gehorcht, bevor ihr Gehirn sich wieder zu Dienst melden und sie daran hindern konnte.

Das erste, was Shara vom Wohnraum wahrnahm, war Licht und Weite. Er war viel größer, als sie vermutet hatte. Die Wand zu Sharas Linken war von raumhohen Fenstern dominiert, und nahe der Tür, durch die sie hereingekommen waren, stand ein Konzertflügel. Der glänzende Deckel des Flügels reflektierte das Licht und die Umrisse der Pflanzen, die strategisch zwischen den Fenstern plaziert waren. Die Bewegungen ihrer Blätter trugen zu dem Eindruck bei, daß der Raum nach außen hin offen war. Allerdings war keinerlei Geräusch zu hören, weshalb die Bewegung der Blätter und die Kühle des Raumes wohl ein Hinweis darauf waren, daß die Wohnung eine zentrale Klimaanlage hatte, mit allerdings geschickt verborgenen Luftschächten.

Am anderen Ende des Raumes, ihnen gegenüber, gab es eine Frühstückstheke und dahinter eine offene Küche. Wären da nicht die traditionellen tibetanischen Teppiche gewesen, die auf dem polierten Eichenboden verstreut lagen, hätte Shara sich gut vorstellen können, den Raum zum Rollschuhlaufen zu benutzen – er war so riesig.

Einige Meter vor der Frühstückstheke und relativ nah der Fenster standen mehrere karamelfarbene Sofas und eierschalenfarbene Sessel mit niedrigen Rückenlehnen um einen aus Holz geschnitzten Couchtisch herum, und Shara fielen die Hi-Fi-Lautsprecher auf, die im Raum verteilt waren; nichts war unternommen worden, um sie zu verkleiden, weil ihr Design zu dem lässig modernen Ambiente der Wohnung paßte.

Die den Fenstern gegenüberliegende Wand, zu Sharas Rechten, war fast vollständig mit einem maßgeschreinerten Regal bedeckt, das eine horizontale Aussparung in der Mitte hatte, in der ein langer, rechteckiger Spiegel hing, der den Raum noch größer erscheinen ließ. Direkt unter dem Spiegel stand eine elegante, fast unmöglich flache Stereoanlage und in den Regalen sah Shara zahlreiche Partituren, Fachbücher und CDs – die einzigen Hinweise auf Jessas Beruf, abgesehen von dem Flügel.

Obwohl sie auf die Bücher und CDs neugierig war, fühlte Shara sich von den Fenstern angezogen. Sie hatte beim Aussteigen aus dem Taxi die hohe Backsteinmauer auf der gegenüberliegenden Straßenseite bemerkt und vermutet, daß dahinter lediglich das Grundstück eines weiteren langweiligen Bürogebäudes lag. Die Mauer war allerdings auf der Rückseite mit Efeu überwachsen und umschloß Gärten und vollständig erhaltene historische Gebäude, inklusive einer Kirche, zwischen denen sich jahrhundertealte gepflasterte Gehwege wanden. Shara zog hörbar die Luft ein und nahm ihre Sonnenbrille ab, um die unerwartete Aussicht besser würdigen zu können.

Jessa hatte sie beobachtet. »Das ist das Charterhouse. Im Mittelalter war es ein Kartäuserkloster und wurde beim großen Brand von London fast vollständig zerstört. Es wurde aber originalgetreu wiederhergestellt. Die meisten Leute wissen gar nicht, daß es hier ist«, schob sie unnötigerweise nach.

Shara drehte sich zu ihr; ein Glänzen lag in ihren Augen. »Ihr Zuhause ist bezaubernd«, sagte sie schlicht und ergreifend.

Jessas Mund öffnete und schloß sich, ohne daß ein Laut ertönte. Sie war von Sharas Augen gefangengenommen. Sie hatte noch nie Augen wie diese gesehen. Sie schienen grau zu sein, aber mit einem Hauch Grün und einer goldenen Spur um die Pupillen herum. *Nein, du bist bezaubernd*, dachte Jessa. Sie wollte es gerade laut aussprechen, als ihr bewußt wurde, daß Shara diese Worte sicher tagtäglich hörte, wenn man bedachte, womit sie ihren Lebensunterhalt bestritt. Sie zwang sich dazu, Shara höflich für das Kompliment zu danken, aber als sie zu sprechen begann, drängten sich andere Worte nach vorn: »Ihre Augen ... Sie sind wie ein Sonnenaufgang.« Sie konnte sich nicht erklären, woher diese Worte kamen, und kaum hatte sie sie ausgesprochen, errötete sie in einer Weise, wie es ihr seit der Pubertät nicht mehr passiert war.

Shara konnte nichts erwidern. Jessas Worte hatten wie ein elektrischer Schlag gewirkt, der ihre Haut erwärmte und ihr Herz schneller schlagen ließ. Sie blickte hoch zu Jessa, nun ohne die Barriere ihrer Sonnenbrille und mit einem größeren Gefühl der Verletzlichkeit. Aber als sie die Bestürzung in Jessas Miene sah, wußte sie, daß sie etwas sagen mußte. »Sie bringen es fertig, daß ich mich bedanken möchte.«

Jessas Beschämung verwandelte sich in Ärger. »Na, denken Sie bloß nicht, daß Sie sich bei mir einschmeicheln müssen.«

»Nein!« Nun war es an Shara, verlegen dreinzuschauen. »Ich meine, wenn jemand etwas Nettes darüber sagt, wie ich aussehe, dann fühle ich mich immer wie eine Hochstaplerin, wenn ich mich dafür bedanke. Schließlich ist mein Aussehen zu einem sehr großen Teil ein genetischer Zufall. Ich habe die Augen meines Vaters, ebenso wie seine dünnen Haare. Mein Lächeln ist wie das meiner Mutter, und ich bin klein geraten, so wie sie es war. Wenn diese Dinge auf jemand anderen attraktiv wirken, finde ich es nicht angebracht, Komplimente dafür anzunehmen . . . aber bei Ihnen möchte ich es verdient haben.« Während Sharas Worte verklangen, wuchs ihre anfängliche Verlegenheit zu Bestürzung, die Jessas in nichts nachstand.

Kapitel 4

Jetzt wissen Sie wenigstens, wie einfach das für euch Hollywood-Typen ist«, neckte Jessa. Sie hatte in der vergangenen Stunde mehr gescherzt als in Monaten, einfach nur, weil sie dafür mit Sharas Lachen belohnt wurde.

Shara hatte die Verlegenheit, die sich zu Anfang zwischen sie gestellt hatte, durch einen Vorschlag aus dem Weg geräumt. Mit leiser Stimme hatte sie gefragt: »Warum fangen wir nicht noch mal von vorn an? Ich bin Shara. Danke, daß Sie mir erlauben, Sie diesen Sommer zu begleiten. Ich werde versuchen, Ihnen nicht in die Quere zu kommen, aber ich möchte Ihnen wirklich gerecht werden, dem was Sie in Ihren frühen Zwanzigern erreicht haben und auch wie Sie Ihr Leben jetzt leben.«

Jessa lächelte reumütig. »Ich bin Jessa. Ich werde nicht so tun, als wäre ich davon begeistert, daß Sie mir überallhin folgen wollen, aber ich möchte, daß Sie angemessen wiedergeben könne, wie mein Leben jetzt ist.«

Sie erwähnte nicht die Wiedergabe der Ereignisse während der Jahre, um die es im Film gehen würde, und Shara sagte nichts weiter. Sie wußte instinktiv, daß dieser Aspekt ihrer Rolle der eigentliche Grund für Jessas mangelnde Begeisterung war. Sie wußte auch, daß sie sehr überzeugend sein konnte. Sie hatte die feste Absicht, Jessa umzustimmen, war aber einsichtig genug zu wissen, daß es ihren Bemühungen nicht helfen würde, dies anzukündigen. »Gut«, sagte sie statt dessen. Sie fand, es wäre natürlich und angebracht, diesen inoffiziellen Waffenstillstand per Handschlag zu besiegeln, zögerte aber, diejenige zu sein, die einen körperlichen Kontakt jedweder Art in die Wege leitete. Es war eine merkwürdige Vorsicht, die sie da verspürte, und sie mußte sich darauf konzentrieren, nicht die Stirn zu runzeln.

Shara mochte Körperkontakt, wahrscheinlich weil sie sich darum bemühte, über eine Kindheit hinwegzukommen, in der Zärtlichkeitsbekundungen wie Umarmungen, Küsse und beruhigende Berührungen Seltenheitswert besessen hatten. Ihr Vater war das, was man beschönigend altmodisch nannte, ganz nach dem Motto ›ein Schlag zur rechten Zeit hat noch nie geschadet‹. Er hatte sie zwar nicht körperlich gezüchtigt, war aber eindeutig der Meinung, daß Kinder nur sichtbar aber nicht hörbar sein sollen, nur dann sprechen dürfen, wenn ihnen das Wort erteilt wurde und daß sie sich außerdem eigenständig um ihr Lernpensum kümmern sollen, ohne daß Erwachsene ihnen dabei helfen müssen, wobei denselben Erwachsenen jedoch selbstverständlich zusteht, sich bei den Kindern wortreich über deren Leistungsabfälle auszulassen.

Ihr Vater zeigte nie Gefühle, nur wenn es darum ging, Ratschläge zu geben, wie in seinen Augen ein Leben geführt werden sollte: Sparsamkeit, Enthaltsamkeit und Glaube machten in etwa sein Wertesystem aus. Als Pfarrer redete er über die Liebe, und Shara wußte, daß er sie für sie empfand, es war aber nie zwischen ihnen zur Sprache gekommen. Sie vermutete, daß all dies durch die Anwesenheit und Zuneigung ihrer Mutter gemildert worden wäre, aber sie war gestorben, als Shara sieben Jahre alt war, und ihr Vater hatte nicht noch einmal geheiratet.

»Darf ich Ihnen was zu trinken anbieten?« Jessa bemerkte Sharas Unruhe, die diese zu verbergen versuchte, und stellte fest, daß ihre Besucherin in einer etwas unangenehmen Situation steckte – wenn sie sich das auch selbst zuschreiben mußte.

»Ja, bitte.« Shara sah erleichtert aus, und Jessas Einstellung ihr gegenüber wurde etwas nachsichtiger.

»Ich weiß, es ist noch Nachmittag, aber ich schlage etwas Alkoholisches vor. Dieses Kennenlernen neuer Leute kann ganz schön nervenaufreibend sein. Ich würde mich Ihnen anschließen, aber ich muß nachher noch fahren.«

Als sie Sharas Lächeln sah, war Jessa froh, den Vorschlag gemacht zu haben.

In den anschließenden eineinhalb Stunden trank Shara zwei Gläser Wein, während Jessa ihren kompletten Reiseplan durchging. Sie äußerten sich verwundert darüber, daß sie sich in New York noch nie über den Weg gelaufen waren, weil sie beide die gleichen Restaurants bevorzugten. Sie unterhielten sich über Toronto, wo sie beide mehrere Wochen verbracht hatten; Jessa, während sie abwägte, ob sie die angebotene Stelle beim TSO annehmen sollte, und Shara, während sie im ›Hollywood des Nordens‹ einen Fernsehfilm drehte. Sie freuten sich beide darauf, Toronto wiederzusehen, obwohl gerade die Auftritte dort Jessa offensichtlich ganz besonders Sorgen bereiteten.

»Ich bin mir sicher, das Publikum wird Sie lieben«, versicherte Shara ihr; das Mitgefühl in ihren grünbraunen Augen wärmte Jessa. »Wo werden Sie wohnen, und haben Sie auch Freizeit?«

Jessa grinste. »Gleich zum Wichtigsten, hm? Ich habe keine Ahnung. Sie haben eine möblierte Wohnung für mich angemietet.« Sie zuckte mit den Achseln. Solange der Flügel, der ihr zur Verfügung gestellt wurde, ordentlich gestimmt war, konnte sie sich mit fast allem anderen zurechtfinden.

»Dann also nicht das Sutton Place?« fragte Shara mit Hinsicht auf das Hotel in Toronto, das bei Filmstars beliebt war, besonders während des jährlichen Internationalen Filmfestivals.

Diese Frage löste den Kommentar zu den ›Hollywood-Typen‹ aus.

»Na, jetzt versuchen Sie bloß nicht, einen auf ›benachteiligte Musikerin‹ zu machen. Sie sind eine Dirigentin. Außerhalb der Opernwelt ist das das Berufsfeld mit dem höchsten Prozentsatz an Primadonnen.«

Nun mußte Jessa lachen. »In meinem Berufsfeld gibt es prozentual gesehen fast nur Männer. Können Männer Primadonnen sein?«

»Die schlimmsten«, sagte Shara, mit weit geöffneten Augen. Es gefiel Jessa, wie diese zwei Wörter in dem irischen Akzent klangen. »Ich habe einmal mit einem Schauspieler gearbeitet, der nicht zum Set kommen wollte, weil er nicht die richtige Marke Mineralwasser in seinem Wohnwagen hatte. Wir filmten in Colorado, fast hundert Kilometer entfernt von der nächsten Kleinstadt – und glauben Sie mir, diese Kleinstadt mit ihren fünfundsiebzig Bewohnern hatte kein San Pellegrino auf

Vorrat. Wir mußten einen halben Tag lang um ihn herum filmen, während per gemietetem Helikopter das blöde Wasser eingeflogen wurde.«

»Ich habe von Dirigenten gehört, die musikalische Primadonnen sind und aus unterschiedlichen Gründen aus einer Probe davongelaufen sind – und ich war selbst im Publikum, als Kurt Masur einfach mitten aus einer Vorstellung der New Yorker Philharmoniker in der Avery Fisher Hall gestürmt ist, weil die Leute zu viel gehustet haben. Aber persönlich kann ich mit keiner Geschichte aufwarten, die dem auch nur nahe kommt.«

»Kann nicht behaupten, daß ich ihm das übelnehme. Ich hätte selbst mehrere Male fast empört den Saal verlassen. Es gehört nicht zu den Menschenrechten, ein Konzert zu besuchen. Wer eine Erkältung hat und nicht mit dem Husten aufhören kann, muß nicht unbedingt zu einem Konzert gehen. Es ist unglaublich egoistisch, die anderen Zuhörer dazu zu zwingen, sich dieses Räuspern, Husten und Niesen anzuhören, besonders während der leisen Passagen, in denen wir uns vollständig auf die Musik konzentrieren wollen, ja müssen.«

Sharas Worte waren so inbrünstig, daß Jessa fühlte, wie etwas in ihr schmolz. Sie versuchte krampfhaft, ihre Abneigung gegen all das aufrechtzuerhalten, wofür Shara Quinn stand, aber die Frau war bezaubernd, witzig und sprach mit aufrichtiger Leidenschaft über Musik. »Hören Sie mal, wenn Sie nichts anderes vorhaben, möchten Sie mich zu meinem Termin begleiten? Er ist an einer Schule in Stoke Newington, wo ich ein außerlehrplanmäßiges Musikprogramm mitfinanziere. Na ja, eigentlich ist es ein umfangreicheres Kunstprogramm, aber mein Schwerpunkt liegt auf der Musik.« Jessa konnte nicht glauben, daß sie diesen Vorschlag gemacht hatte, und auch Shara schien überrascht. Jessa ging umgehend in Abwehrstellung. »Sie müssen natürlich nicht kommen, das ist Ihnen doch klar. Ich dachte nur –«

»Ich wüßte nicht, was ich lieber täte«, unterbrach Shara, während sie in Gedanken überschlug, wie spät sie dann nach Hause käme und wie sie Derek erklären konnte, daß sie zu dem Grillabend, zu dem er seine Freunde eingeladen hatte, statt nur verspätet nun überhaupt nicht erscheinen würde.

»Wirklich?« Jessa hatte ein Glitzern in den Augen, aber dann spürte sie Sharas sorgfältig verborgene Unentschiedenheit, und ihr wurde bewußt, daß sie sie in Zugzwang gebracht hatte. »Ich möchte nicht, daß Sie sich verpflichtet fühlen mitzukommen, nur weil ich es vorgeschlagen habe. Ich versuche einmal im Monat dort vorbeizuschauen, soweit es mein Terminkalender erlaubt, also wenn Sie eine Vorstellung davon bekommen möchten, was ich so in meiner Freizeit mache, dann können Sie gern nächsten Monat kommen. Der einzige Unterschied ist, daß ich heute einen Vortrag vor einer Gruppe Eltern mit Kindern halten werde, die noch nicht im Programm sind. Es ist alles sehr ungezwungen, und ich sorge immer dafür, daß Instrumente vorhanden sind, damit die Kinder sie anfassen und hören können. Es ist nicht besonders aufregend, also wenn Sie andere Pläne haben . . .«

»Keine, die ich nicht ändern kann«, sagte Shara bestimmt.

Aus Forschersicht wäre es unschätzbar, Jessa dabei zu beobachten, ihre Kunst einer Gruppe von Kindern und Erwachsenen nahezubringen. Sie ignorierte die nagende Befürchtung, daß Derek ihre Abwesenheit als symbolträchtig interpretieren und sie emotional dafür bestrafen würde. Und sie ignorierte auch die noch beunruhigendere Vermutung, daß weniger ihr Forschungsdrang für ihre Entscheidung verantwortlich war, als ihr Bedürfnis, noch mehr Zeit mit Jessa verbringen zu wollen.

Sharas Beruf bedingte eine Art Vereinsamung, und sie hatte nur wenige enge Freundschaften. Zu allem Überfluß waren die Menschen, mit denen sie befreundet war, über zwei Kontinente verstreut und selbst sehr eingespannt, weshalb sie nicht oft die Gelegenheit bekam, Zeit mit ihnen zu verbringen. Und es war nicht einfach, neue Freundschaften zu schließen, wenn neue Bekannte in ihr nur die berühmte Schauspielerin sahen und nicht die Frau dahinter. Bei Jessa gab es keinen Zweifel, daß das Angebot, mehr Zeit mit ihr zu verbringen, der Frau galt und nicht der Schauspielerin, denn die schien sie aus Prinzip zu verachten. Jessa hatte die Einladung aus beruflicher Höflichkeit ausgesprochen, und Shara hatte sie aus gleichem Grund angenommen. Allerdings wußten beide, daß es eher ein Angebot war, einen in guter Gesellschaft verbrachten Nachmittag in den

Abend hinein zu verlängern, weil sie sich so überraschend gut verstanden.

»Und noch was«, unterbrach Jessas Stimme Sharas Gedanken. »Ich will nicht, daß Sie sich über Petula lustig machen.«

Shara schaute sie gekränkt an. »Glauben Sie wirklich, daß ich mich über ein Kind lustig machen würde, das dabei ist, ein Instrument zu erlernen?«

»Petula ist kein Kind – obwohl, sie ist noch kein Jahr alt . . .«

Shara riß ihre Augen auf. »Sie haben ein Baby?« Es überstieg ihre Vorstellungskraft, wie jemand so Berühmtes eine Schwangerschaft vor der Welt verbergen konnte. Sie sah sich im Raum um und runzelte die Stirn. Es gab in der Wohnung keinerlei Dinge, die auf ein Baby hinwiesen. Und Jessas Körper sah auch nicht so aus, als hätte sie im vergangenen Jahr entbunden. Shara errötete leicht, als ihr diese Beobachtung bewußt wurde.

»Petula ist kein Baby, obwohl ich schon finde, daß sie eine ganz Süße ist.« Sie machte sich inzwischen ganz offen lustig, während Shara sie verdrießlich anfunkelte. Jessa lachte über Sharas Groll, bevor sie einlenkte. »Petula ist mein Auto. Ein Retroauto aus den Sechzigern, und sicher nicht das, was Sie sonst gewöhnt sind, aber es macht Spaß, damit zu fahren. Ich weiß, Sie leben in Hollywood, wo alle Ferraris und DeLoreans haben –«

»Ich habe einen ganz normalen BMW«, entgegnete Shara, und Jessa lachte. Shara wußte sogleich, worüber sie sich amüsierte und lächelte. »Na gut, es ist nicht so fürchterlich normal, sich einen BMW leisten zu können, aber es ist ein kleiner, der nicht die Welt gekostet hat.« Sie legte die Stirn in Falten. »Ich hasse es, aufzufallen.«

»Das war dann aber eine seltsame Berufswahl, oder nicht?«

»Ich bin nicht darauf aus gewesen, ein ›Filmstar‹ zu werden. Ich war völlig vernarrt in Literatur, vor allem in Theaterstücke von Tschechow und Pirandello – und ja, auch von Shakespeare. Ich war ein typischer Feingeist, der schauspielern wollte. Ich hatte angenommen, nein gehofft, daß ich als grantige, alternde, ehemalige Charakterschauspielerin aus dem Londoner Westend enden würde, die an einer guten Schauspielschule vor Studenten beißende Texte zitiert. Vor allem wollte ich für Minuten oder Stunden aus meinem eigenen Leben in das einer anderen entfliehen.« Sie wandte den Blick ab, um ihre plötzliche Verwundbarkeit zu verschleiern.

»Wie auch immer, ich hätte nie gedacht, daß ich mir einen Hollywood-Lebensstil erlauben könnte, und Derek behauptet, daß ich noch immer nicht akzeptiert habe, daß ich es kann. Ich bevorzuge die Sichtweise, daß ich nicht ändern will, wer ich bin, wegen dem, was ich tue. Als ich damals für kleine Nebenrollen in BBC-Dramen vorsprach und eine Lehre als Bühnenmeisterin absolvierte, um dort jobben zu können, wo ich eigentlich arbeiten wollte und nicht zum Beispiel als Bedienung in einem Restaurant, konnte ich mir kein Auto leisten. Ich schwor mir, wenn ich jemals ein geregeltes Einkommen haben sollte, würde ich mir einen brandneuen, schwarzen BMW kaufen, mit funktionierender Heizung, und mit dem ich nicht auf der Autobahn liegenbleiben würde, wie mit meinem letzten Auto, als es dann endlich den Geist aufgab.« Sie zuckte mit den Achseln und schaute dann wieder zu Jessa. »Aber ich muß zugeben, daß ich nie so weit gegangen bin, dem Teil einen Namen zu geben.« Diese stichelnde Bemerkung lockerte die Stimmung wieder auf, aber was sie gesagt hatte, bewegte Jessa weiterhin.

»Hm. Haben Sie mal erwogen, daß Ihr Auto sie vielleicht im Stich gelassen hat, weil es sich benutzt gefühlt hat? Weil Sie es nie genug gemocht haben, ihm einen Namen zu geben?« neckte Jessa.

»Hätte ich das in Erwägung gezogen, hätte ich es als Neurose abgetan.« Shara teilte genauso gut aus, wie sie einsteckte, womit sie Jessa wieder zum Lachen brachte, und es gefiel ihr, daß sie das konnte.

»Na gut, dann wollen wir mal los. Brauchen Sie ein Telefon?«

»Nein, ich habe mein Handy. Ich bin so sehr an dieses blöde Ding gewöhnt, daß ich mir keine Telephonnummern mehr merken kann.«

»Petula steht in der Tiefgarage. Sie ist übrigens nach Petula Clark benannt, mit der mich in meinen prägenden Jahren mein verrücktes, schwedisches Kindermädchen vertraut gemacht hat. Die war ganz wild auf britische Popmusik, aber weil sie 1971 nach Deutschland gezogen war, wo ihr Zugang zu neuen Stükken begrenzt war, steckte sie in einer Art musikalischer Zeitschleife. Meine liebsten musikalischen Erinnerungen aus der Zeit sind mein Musiklehrer, wie er mir Beethovens *Pathétique* vorspielte, weil ich traurig war und er mir zeigen wollte, wie Musik unsere Gefühle ausdrücken kann, und Pia, wie sie zu *Downtown* durchs Wohnzimmer tanzte. Seitdem ist mir Petula Clark ans Herz gewachsen.«

Shara grinste. »Und Beethoven, ohne Zweifel.«

Jessa zwinkerte ihr zu. »Er ist nicht übel. Aber ich wollte meinem geliebten Mini-Cabrio keinen Namen geben, der sich auch nur im entferntesten wie ›Ludwig‹ anhört.«

Kapitel 5

Trotz der Nervosität, die sie vor ihrer Abfahrt zur Schule gezeigt hatte, schien sich Jessa völlig heimisch zu fühlen, als sie sich über die Freuden klassischer Musik mit einer Gruppe von Kindern unterhielt, die bereits ganz klare Vorstellungen davon hatten.

Shara, noch immer in ihrer ›Verkleidung‹, und einfach vorgestellt als Jessas Bekannte, beobachtete das Geschehen von einem Stuhl nah der hinteren Wand und war versucht, sich Notizen zu Jessas Körpersprache zu machen, während sie die herausfordernden Fragen der Kinder beantwortete. Jessa hatte eine weiße Bluse über ihr Tanktop gezogen, aber Shara fand, daß sie immer noch eher wie eine Rockmusikerin als eine klassische Dirigentin aussah.

Die Eltern im Raum verhielten sich vorwiegend still. Einige von ihnen waren Fans von Jessa und ein bißchen eingeschüchtert oder einfach nur erfreut darüber, daß sie überhaupt mit ihrem Nachwuchs sprach, der bislang noch wenig bis überhaupt kein Interesse für Musik gezeigt hatte. Andere wiederum fühlten sich offensichtlich unbehaglich bei dem Thema; sie hatten sich anfangs über die Kosten für Instrumente und Unterricht erkundigt und über den Zeitaufwand, der zuungunsten der akademischen Fächer ausfallen würde. Die Frau, die Jessa vorgestellt hatte, übernahm die Beantwortung der eher allgemeinen Fragen und erläuterte, daß die Instrumente zwar vom Gemeinderat und den Sponsoren des Programms gestellt werden würden, daß aber leider die Eltern für einen Teil der Finanzierung des Unterrichts aufkommen müßten, trotz der Unterstützung von ehrenamtlichen Fachleuten wie Jessa.

Shara unterdrückte ein Schmunzeln, als ein besonders beharrlicher Junge erneut das Wort ergriff. »Also, als Dirigentin müssen Sie die Musik all der einzelnen Musiker lesen, aber wenn die das selbst auch tun, was ist dann überhaupt Ihre Aufgabe?«

Jessa bemühte sich nicht darum, ihr Lächeln zu unterdrücken. »Musik, geschriebene Musik, ist nicht so exakt wie ... sagen wir mal, Physik.« Amüsiert erleichtertes Gemurmel erklang von den anderen Kindern. »Es scheint zwar so zu sein, wenn du damit anfängst, es zu lernen«, fuhr sie rasch fort, als ihr ursprünglicher Fragesteller bereits zu einem Einwand ansetzen wollte, »aber es gibt tatsächlich Spielraum, in bezug auf so Dinge wie das Tempo. Meine Aufgabe ist es, all das, was der Komponist aufgeschrieben hat, auf eine bestimmte Art zu interpretieren und zusammen mit den Musikern diese Interpretation zum Leben zu erwecken. Also, das Orchester könnte zwar ohne einen Dirigenten spielen, aber es würde viele Probestunden dauern, um all die Interpretationen auf einen Nenner zu bringen, die jeder Musiker für seinen Part im Sinn hat. Und selbst dann würde das daraus resultierende Konzert anders sein, als ein Dirigent es sich vorgestellt hätte. Es wäre zwar technisch einwandfrei, wenn wir von einem großen, professionellen Orchester sprechen, aber es wäre sehr ungewöhnlich.«

»Heißt das, daß Sie auch alle Instrumente im Orchester selbst spielen können müssen?« fragte vorn ein Mädchen staunend.

Jessa schüttelte den Kopf. »Gewiß nicht so gut wie die einzelnen Musiker, aber ich muß verstehen, wie sie klingen und miteinander harmonieren.«

»Und Sie müssen auch dafür sorgen, daß alle richtig spielen?« Ein widerstrebend respektvoller Ton schwang in der Stimme des Jungen mit, der zuvor gedacht hatte, daß Dirigenten überflüssig seien.

Jessa schenkte ihm ein Lächeln und zwinkerte ihm zu. »Na ja, das rede ich mir zwar ein, aber in der Tat sind alle diese Musiker vollendete Profis. Sie brauchen meine Hilfe nicht, um richtig zu spielen, sondern um ihnen eine einheitliche Interpretation zu bieten, die für alle Musiker im Orchester gleich ist.«

»Aber wieso wäre es denn sonst so ungewöhnlich?« fragte ein noch immer verwirrter Junge mit gerunzelter Stirn.

»Na gut«, sagte Jessa, »wer von euch kann pfeifen?« Fast jedes Kind zeigte auf. »Ich bin jetzt mal die Komponistin und schreibe eine Anweisung für die Pfeifen.« Sie nahm einen Notizblock zur Hand und schrieb etwas, dann zeigte sie mit dem Finger auf ein Mädchen. »Du hast aufgezeigt, also mach mal das hier.« Sie deutete auf den Notizblock, auf dem stand: ›Pfeif laut‹. Das Mädchen spitzte die Lippen und pfiff.

Jessa nickte anerkennend. »Danke.« Sie wandte sich an die Gruppe und zeigte auf ein Mädchen, das weiter hinten saß. »Jetzt du. Bitte befolge diese Anweisung.« Das Mädchen schob vier Finger in den Mund und pfiff sehr laut.

Jessa nickte und wandte sich an den Jungen, der die Frage gestellt hatte. »Und jetzt du.« Der Junge machte mit Daumen und Zeigefinger einen Kreis, steckte sie zwischen die Zähne und ließ einen schrillen, betäubend lauten Pfiff ertönen. Spontaner Applaus erklang.

»Da hast du's«, erklärte Jessa. »Drei Pfiffe, alle laut, aber trotzdem haben wir drei völlig verschiedene Töne. Ähnliches passiert mit jeder subjektiven Anweisung, wie zum Beispiel ›pianissimo‹. Wißt ihr, was das heißt?«

Einige Kinder zeigten auf, und Jessa ließ einen Jungen aus der hinteren Reihe antworten.

»Ja, aber selbst unter Profis kann es leichte Unterschiede geben, was genau unter ›ganz leise‹ zu verstehen ist. Und diese Unterschiede können den Klang eines Instruments im Vergleich zu den anderen verändern, und damit auch das Gefühl, das durch das Musikstück ausgedrückt wird.«

»Wie wird man denn Dirigentin?« Die Frage kam von einem Mädchen, das am Rand der Gruppe saß und bislang Sharas Aufmerksamkeit entgangen war. »Weil, mein Papa hat alle diese Klassik-CDs, und ich habe da außer Ihnen noch nie eine Dirigentin gesehen; ich habe auch noch nie einen schwarzen Dirigenten gesehen, weder eine Frau, noch einen Mann.« Das Mädchen starrte Jessa mit ihren dunklen Augen an, in deren Tiefe sich Neugier, Skepsis und Hoffnung mischten.

»Es gibt einige schwarze Dirigenten«, bestätigte Jessa, »aber noch nicht annähernd genug.« Sie erzählte von einem jungen, schwarzen Dirigenten, der kürzlich beim Edinburgh International Festival aufgetreten war. »Es ist leider so, daß ihr von ihm gehört hättet, wenn ihr in Deutschland leben würdet und nicht in Großbritannien, obwohl er britisch ist. Wir brauchen mehr junge Leute, egal welcher Hautfarbe und welchen Geschlechts, die sich für Musik und fürs Dirigieren begeistern. Das ist einer der Gründe, warum ich finde, daß das Programm hier super ist.« Sie schaute zu dem Mädchen, das nach Jessas ehrlicher, wenn nicht sogar ermutigender Antwort nun weniger skeptisch dreinblickte. »Lernst du schon ein Instrument?«

Das Mädchen nickte. »Klavier, aber ich bringe mir auch selbst Gitarre bei, mit Informationen aus dem Internet.«

Jessa grinste. »Na, dann hoffe ich mal, daß wir dich nicht als Rockstar verlieren.«

»Besonders, wenn du wie Jessa ein Klassikstar werden kannst«, neckte Shara, woraufhin sich einige Anwesenden umdrehten, um zu sehen, wer da gesprochen hatte, obwohl die meisten lediglich lachten – besonders als Jessa aufgrund des Kommentars rot wurde.

»Ich gebe zu, ich bin ziemlich bekannt, innerhalb des relativ kleinen Kreises von Klassikmusikern, aber doch weitaus weniger, als meine Bekannte, die diesen Kommentar abgeben hat.« Wie du mir, so ich dir, dachte Jessa. »Meine Damen und Herren, für den Fall, daß Sie sie nicht erkannt haben, das ist Shara Quinn, nominiert für einen Oskar für *Gegen den Staat*.«

Für einen Augenblick war es ganz still, dann drehten sich alle nach der zierlichen Frau mit dem irischen Akzent um. Jessa grinste, während Shara nach Antworten suchte, manche Fragen abwiegelte, und selbstironisch auf allzu ausufernde Komplimente reagierte.

Schließlich rette Jessa sie. »Worum es sich hier dreht, ist, daß ein ›Star‹ etwas Künstliches ist, zum großen Teil von den Medien erschaffen. Frau Quinn ist eine Schauspielerin, die lange Jahre ihr Fach studiert und bei relativ unbekannten Filmen mitgearbeitet hat, um ihre Kunst zu perfektionieren. Die Stars, die am beständigsten sind – in jedem kreativen Bereich –, haben ein Talent, an dem sie immer weiter arbeiten, und das sie pflegen. Die meisten haben für ihre Kunst enorme Opfer erbracht.«

Das Gespräch schwenkte wieder um zur Musik, aber eine neue Begeisterung lag im Raum, und Jessa fand, daß der kleine Umweg ein wenig Glanz auf ihre Bemühungen geworfen hatte. Diese Bemühungen waren im Grunde darauf gerichtet, eine

Gruppe von Kindern zu überzeugen, einen Teil ihrer Freizeit aufzugeben, in der sie mit ihren Freunden spielen oder Fernsehen gucken könnten, um sie dem Erlernen einer Kunst zu widmen, die als Beruf nur mittelmäßig bezahlt wurde und deren Erfolge sich erst nach langen Jahren ausdauernden Übens zeigen würden.

Kapitel 6

Die Sonne senkte sich dem Horizont entgegen, als Jessa in Richtung Highgate fuhr, um Shara nach Hause zu bringen. Sie hatten kaum etwas gesagt, nachdem Shara ihre Adresse genannt und den Weg beschrieben hatte, sondern in Gedanken den Ereignissen des Nachmittags nachgehangen. Shara war überraschend gerührt von der Erfahrung. Jessas großzügige Einstellung hatte so überhaupt nicht zu ihrer Erwartung gepaßt, eine Primadonna vorzufinden.

Während Shara weiterhin darüber nachdachte, raunte Jessa plötzlich »Unglaublich« und bremste, um einer Limousine mit Chauffeur auszuweichen, die vor ihr ins Schlingern kam. Shara lächelte; Jessa war eine gute Fahrerin, die selbstsicher durch den Abendverkehr manövrierte und bemerkenswerte Geduld mit der Rücksichtslosigkeit und Unachtsamkeit der anderen Fahrer auf der Straße zeigte.

Shara wandte den Kopf, um sie anzuschauen. Die späte Nachmittagssonne fiel schräg ins Cabrio auf Jessa und verwandelte ihre Haut in leuchtendes Gold und ihre Augen in Bernstein. Als sie ihren Kopf leicht drehte, warfen die Wimpern einen dramatischen Schatten auf den Wangenknochen. Sie schaute in den Seitenspiegel und wechselte ruhig die Spur, um von der Limousine wegzukommen.

Shara wußte, daß sie starrte, und sah sich nach einer Ablenkung um. Das Auto war im Zustand eines Vorführwagens, abgesehen von dem Oakley-Brillenetui, in dem Jessas Sonnenbrille lag, und einer ungeöffneten Rolle Pfefferminzbonbons. Es gab nichts, mit dem sie sich beschäftigen konnte, also schaltete sie das Radio an, neugierig darauf, welche Art Musik Jessa beim Autofahren hörte.

Die Töne eines Bach-Concertos erklangen, und Shara lächelte. »Ich mag Ihren Geschmack, aber wieso hört sich die Musik in meinem Auto nie so gut an?«

Jessa schaute etwas verlegen drein. »Die Anlage ist eine Spezialanfertigung. Sie mögen Bach?«

»Ja. Aber ich wundere mich, so was Gewöhnliches wie die *Brandenburgischen Konzerte* in Ihrem Wagen zu hören. Ich hatte etwas Komplexeres und Moderneres erwartet, vielleicht Schostakowitsch?«

Jessa grinste. »Na danke, die anderen Autofahrer sind mir schon komplex und modern genug. Beim Fahren bevorzuge ich Schönes und Entspannendes. Allerdings habe ich nicht generell etwas gegen Schostakowitsch. Wenn ich zum Beispiel raus aufs Land zu meinem Haus fahre, höre ich mir gern seine *Präludien und Fugen* an.« Sie warf Shara einen Blick zu, ehe sie sich wieder auf die Straße konzentrierte. »Und Sie? Was hören Sie denn beim Fahren?«

»Normalerweise entschieden Lebhafteres als Sie, das steht schon mal fest.«

»Wie zum Beispiel?«

»Vorwiegend Ouvertüren oder Auszüge aus Opern. Und wenn ich mir Schostakowitsch anhöre, dann eher seine dritte oder fünfte Symphonie. Ansonsten gar keine klassische Musik, obwohl mich das in Ihren Augen sicher zur Banausin stempelt.«

Jessa überkam ein leichtes Schuldgefühl, weil Sharas spottende Aussage sie an ihr Gespräch mit Lisa erinnerte. »Es kommt darauf an, von welcher Art nicht-klassischer Musik wir sprechen – Sarah McLachlan oder Britney Spears?«

Shara mußte lachen. »›Wir‹ sprechen von Pink Floyd, wenn Sie es genau wissen wollen. Bei Sarah McLachlan habe ich das gleiche Problem wie bei Johann Sebastian«, sie wies aufs Radio, »zu beruhigend – im besten Fall, wenn sie mich nicht gleich zum Weinen bringt. Und beides ist nicht wirklich das, wonach mir beim Fahren zumute ist.«

»Was ist denn schlecht an beruhigend?« Jessa schaltete einen Gang zurück und überholte dann einen Minivan, der vor ihr ausgeschert war, nur um dann langsamer zu werden, als ob der Fahrer nach einer Parklücke Ausschau hielt.

»Das hier!« erwiderte Shara, während sie dem gedankenverlorenen Fahrer des Minivans einen wütenden Blick schenkte.

»Idiotische, rücksichtslose Fahrer, bei denen ich nicht die Energie aufbringen kann, zu hupen oder ihnen den Stinkefinger zu zeigen, wenn die Musik zu entspannend ist.« Das Bach-Stück war seit einigen Minuten vorbei, und nun ertönte Geigenklang aus den Lautsprechern. »Ich meine, wir hören uns hier Paganini an, und das wird mir vermiest durch meine Mordgelüste für die anderen Autofahrer!«

Jessa lachte, was Shara zum Lächeln brachte. »Die kommen nur daher, weil das *Capriccio* zu quirlig ist«, gab Jessa zu bedenken.

»Dann dürfte ich zu nichts anderem als Grabgesängen fahren, wenn das der Fall ist.«

Jessa lachte vergnügt. »Wahrscheinlich. Aber was Sie da gesagt haben, paßt zu meiner Theorie über Verkehrsunfälle.«

»Ach ja, und wie lautet die?«

»Daß mehr Unfälle durch den Genuß von Musik als von Drogen oder Alkohol verursacht werden.«

»Das soll ein Witz sein, oder?«

»Nein, das meine ich ganz ernst. Die meisten der rasenden jungen Kerle spielen laute Tanz- oder Rockmusik. Ich glaube, es würde weitaus weniger gefährlich gefahren, und es gäbe weniger Unfälle, wenn alle dazu gezwungen werden könnten, Chopin zu hören.«

Shara konnte sich nicht mehr beherrschen und brach in Gelächter aus.

»Lachen Sie, soviel Sie wollen, aber das staatliche Gesundheitssystem könnte Milliarden in der Notfallmedizin einsparen, wenn mein Ratschlag befolgt würde. Wußten Sie, daß Chopin fast alle seine Stücke fürs Klavier geschrieben hat? Wem ist schon danach loszubrettern oder in einer Kurve zu überholen, während er sich ein Klaviersolo anhört?«

Auf dem Rest der Fahrt zu Sharas Haus erläuterte Jessa mit einem Augenzwinkern, wie ihre Theorie in die Praxis umgesetzt werden könnte, während Shara durch gezielte Nachfragen herausfand, daß Jessa das Ganze bereits ziemlich ausführlich durchdacht hatte. Nach einer Weile stimmte Shara ein und machte Vorschläge, wie beruhigende Musik in Autoradios gefüttert werden könnte, die George Orwell zu aller Ehre gereicht hätten. Jessa brummte zustimmend und gratulierte ihr dazu, daß ihr endlich die Augen aufgegangen waren.

»Dort drüben, auf der linken Seite.« Shara zeigte auf ein etwas von der Straße zurückgesetzt liegendes Haus in georgianischem Baustil mit einer roten Backsteinauffahrt, die von einem ordentlichen Rasen und kunstvoll angeordneten, blühenden Büschen gesäumt war.

Jessa bog in die Auffahrt, stellte den Motor ab und setzte sich so, daß sie Shara besser ansehen konnte. »Das hat Spaß gemacht.«

»Ja, fand ich auch.« Shara lächelte Jessa an und nahm das vom Wind zerzauste Haar und die warmen braunen Augen der Frau in sich auf, die sie so unerklärlich nervös machte. »Danke, daß Sie mich eingeladen haben mitzukommen. Das mußten Sie ja nicht.«

Jessa wandte den Blick ab und zuckte mit den Achseln. »Sie sind nicht so schlimm, wie ich befürchtet hatte, also dachte ich mir, wir sollten etwas mehr Zeit miteinander verbringen, damit Sie Gelegenheit bekommen, herauszufinden, daß ich nicht das Miststück bin, für das ich mich am Anfang ausgegeben habe.«

»Sie hatten sicher gute Gründe, das Schlimmste anzunehmen«, räumte Shara höflich ein. »Wir stehen im Licht der Öffentlichkeit und treffen Menschen, die sich auf eine bestimmte Art und Weise uns gegenüber verhalten, eben weil wir berühmt sind. Und wir haben Vorbehalte gegen Menschen, weil wir annehmen, daß sie aus einer Bekanntschaft mit uns nur einen Vorteil schlagen wollen. Aber ich habe wirklich keine Hintergedanken, Jessa. Ich möchte einfach nur Ihre Lebensgewohnheiten verstehen, damit ich Ihnen im Film gerecht werden kann.«

Jessa drehte sich ihr wieder zu, unverhüllte Verletzlichkeit lag in ihren Gesichtszügen. »Aber ich bin ... ein Mensch mit Fehlern, Shara. Und ich bin mir nicht sicher, ob es zu meinem Besten ist, wenn Sie ... mein wirkliches Ich verstehen, wenn Sie diese Kenntnis dazu verwenden wollen, um meine Fehler Millionen von Fremden gegenüber bloßzustellen.«

Shara überkam ein Gefühl der Zärtlichkeit, und sie legte sanft ihre Hand auf Jessa Arm. »O Jessa, wie können Sie das nur denken? Sie haben die Biographie gelesen. Sie ist sehr detailliert, das stimmt, aber sie gibt doch nur vage Hinweise darauf, was für eine Person Sie sind. Was ich Millionen von Menschen zeigen werde, wird nicht mehr sein, als das, was sie auch durch Lesen des Buches hätten in Erfahrung bringen können. Kein Zweifel, einige werden einen Eindruck davon mitnehmen, was für eine Frau Sie sind, aber die meisten werden nur die Ereignisse Ihres Lebens vor zehn Jahren sehen, und das ist mehr als genug. Mit ein bißchen Glück wird es sie berühren, und sie werden danach ein wenig über die Entscheidungen nachdenken, die sie in ihrem eigenen Leben getroffen haben, und über Dinge, die andere ihnen angetan haben. Aber alles, was ich über Sie erfahre, wird mir dabei helfen zu vermeiden, Sie darzustellen, wie Sie nicht sind. Ich will nicht diese Zeit mit Ihnen verbringen, damit ich danach mehr über Sie offenbaren kann, als Sie Ihrem Biographen verraten haben.«

Jessa starrte sie einige Sekunden lang eindringlich an und schien dann zu einem Entschluß zu kommen. Die Anspannung wich sichtbar von ihr, sie nickte geheimnisvoll und wandte den Blick ab. »Also gut. Dagegen habe ich nichts einzuwenden.« Dann stahl sich ein Lächeln auf ihre Lippen. »Können Sie kochen?«

Die Frage verblüffte Shara, und sie fragte sich, was das damit zu tun hatte, daß Jessa sie in ihr Leben ließ, nur damit danach ihre intimsten Details über die Leinwand und über unzählige DVDs gebracht werden konnten. »Was? Bohnen auf Toast oder fünfgängige Feinschmeckermenüs«?

»Beides.«

»Hm. Meine Kochkünste übersteigen ersteres, sind aber nicht gut genug für letzteres. Na ja, vielleicht könnte ich letzteres auch hinbekommen, aber ich würde wahrscheinlich pro Gang jeweils nur ein Gericht gut genug kennen, um alles zu schaffen. Warum?«

»Weil ich nicht will, daß Sie über *meine* Kochkünste jammern, wenn Sie mit mir in Klausur gehen, bevor ich mich auf die Reise mache.«

»Was für eine Klausur?«

»Jedesmal, wenn ich länger als zwei Wochen am Stück verreise, ziehe ich mich vorher ein paar Tage lang zurück – um einen klaren Kopf zu bekommen und mich daran zu erinnern, wer ich bin, verstehen Sie? Ich fahre aufs Land in mein Haus, wo es nur dann Musik gibt, wenn ich sie selbst spiele, auf meinem alten Klavier oder meiner Gitarre, und zu essen gibt es nur das, was ich selbst koche. Es gibt einen Generator für Strom und um die Brunnenpumpe zu betreiben, damit es fließendes Wasser gibt, aber sonst gibt es nicht viel. Im Winter wärme ich mit einem Holzofen oder den Kaminen – es gibt keine Zentralheizung. Es gibt überhaupt keinen modernen Schnickschnack, außer dem Satellitentelefon, das ich dorthin mitnehme. Meinen Sie, daß Sie das bewältigen könnten?«

»Aber sicher könnte ich das! Wofür halten Sie mich eigentlich, für eine Treibhausblume? Antworten Sie jetzt nicht«, schob sie schnell hinterher, als Jessa bereits Anstalten dazu machte.

»Also gut dann; ich habe vor, die vier Tage vor meinem Abflug nach New York dort zu verbringen.«

»Und ich bin eingeladen?«

»Wenn Sie meinen, daß Sie's aushalten können.«

»Einverstanden, erst aber noch eine Frage: Wie wird das Bad beheizt? Ich weiß, es ist nicht wichtig, weil's ja jetzt warm ist, aber ich bin doch neugierig, wie schlicht ihr kleiner Zufluchtsort wirklich ist.«

Jessa lächelte. »Das vergaß ich zu erwähnen. Ein elektrischer Heizkörper hängt an der Wand. Oh, und im Gästezimmer gibt es nicht viel Platz, weil das meine Abstellkammer ist. Also überlasse ich Ihnen das Schlafzimmer.«

»Na dann, abgemacht.« Shara grinste Jessa an und verspürte ein aufgeregtes Kribbeln in ihrem Bauch, das vollkommen unverhältnismäßig schien in Anbetracht eines Wochenendes unter primitiven Umständen und in Gegenwart einer launischen Musikerin.

»Sie sollten wohl besser reingehen. Ich wette, daß Sie Gäste haben – es sei denn, Sie sammeln Porsche.«

Shara sah sich um. Sie hatten hinter ihrem eigenen Auto haltgemacht, und Dereks Wagen stand vermutlich hinter dem verschlossenen Tor der Doppelgarage, aber zu ihrer Linken und direkt vor der Garage parkten zwei Porsche Boxster und ein Carrera. Entlang des Straßenrands standen noch andere Autos, was für die kleine Sackgasse, in der sie lebte, sehr ungewöhnlich war.

Shara verzog das Gesicht. »Dereks Freunde. Ich habe keine Freunde, die Sportwagen fahren. Wie auch immer, ich werde mich jetzt besser dort hineinbegeben und mich dafür entschuldigen, daß ich sie versetzt habe.«

»Ich bin mir sicher, daß Ihr Charme sie dazu bringen wird, Ihnen zu verzeihen«, erwiderte Jessa milde, aber irgendwie hatte sich die Stimmung zwischen ihnen verändert, seit Dereks Name gefallen war.

»Danke noch einmal, Jessa. Ich werde Sie nächste Woche anrufen, dann können wir die Einzelheiten für die Fahrt zu ihrem Landhaus besprechen.«

Jessa lächelte, aber es schien erzwungen. »Gut, Sie haben ja alle meine Nummern.«

Shara nickte und steuerte auf die Haustür zu. Sie fühlte Jessas Blick in ihrem Rücken und hoffte, nicht zu stolpern. Erst als sie ihren Schlüssel in die Tür steckte, fing sie an, sich darüber Gedanken zu machen, wie Derek wohl darauf reagieren würde, daß sie ihre letzten paar Tage in England in einer abgeschiedenen Hütte zusammen mit Jessa Hanson verbringen würde.

Kapitel 7

Jessa beschlich ein ungutes Gefühl, als sie in die gepflegte Backsteinauffahrt zu Shara Quinns Haus einbog. Seit ihrem gemeinsam verbrachten Nachmittag hatten sie kaum miteinander gesprochen – nicht weil sie es nicht wollten, sondern weil beide geradezu überflutet waren von den Kleinigkeiten des täglichen Lebens, das für mehr als einen Monat auf Eis gelegt werden mußte, und mit Vorkehrungen beruflicher Art, die an den komplexen Reiseplan angepaßt werden mußten. Shara hatte erfahren, daß sie aufgrund vertraglicher Verpflichtungen während ihres Aufenthalts in New York für einige Interviews zur Verfügung stehen mußte. Und dann war da natürlich noch Derek.

Während des Telefongesprächs hatte Jessa das Gefühl bekommen, daß Derek Sharas Neuigkeiten bezüglich ihrer Reise nicht gut aufgenommen hatte. Daß sie vor der Reise zudem noch mit ihr in Klausur gehen würde, hatte die Situation nur noch verschlechtert.

Shara hatte davon zunächst nichts erzählt, aber Jessa hatte gespürt, daß etwas nicht in Ordnung war.

In der für sie typischen Art sagte sie vorwurfsvoll: »Hören Sie, Shara, wenn Sie ihre Meinung geändert haben und nicht mehr mit zur Hütte kommen wollen, dann sagen Sie es einfach. Machen Sie sich keine Sorgen; das hat keinen Einfluß auf meinen Entschluß, Sie auf meine Tour mitzunehmen.«

»Ich habe meine Meinung nicht geändert. Es ist nur so . . . es hat für mich die Lage etwas verkompliziert.«

Jessa wollte bereits zu einem Vorschlag ansetzen, wie Shara die Situation ganz rasch verbessern könnte, zögerte dann aber doch. Etwas in Sharas Stimme klang, als wäre sie in die Enge getrieben, als wollte sie verbergen, daß sie nervlich fast am Ende war. Jessa umklammerte den Hörer fester. Sie wollte sich nicht so von Shara Quinns Verletzlichkeit berühren lassen. »Na gut, lassen Sie es mich anders ausdrücken. Wenn es Ihnen mehr Streß bereitet, mit mir zu kommen, als bis zu unserem Abflug zu Hause zu bleiben, dann kann ich das verstehen. Aber wenn ich da draußen bin, scheint all das Zeug, das mir Streß bereitet, plötzlich unwirklich. Und der Mann, der auf meine Hütte aufpaßt, Leonard, hat einen Ziegenbock namens Harry, der nie neue Leute kennenlernt, weil Leonard so was wie ein Einsiedler ist; wenn ich Ihnen also auf die Nerven gehen sollte, dann haben Sie noch andere charmante Gesellschaft.«

Trotz der Tränen, die sich unerklärlicherweise in ihre Augen geschlichen hatten, mußte Shara lachen. Die Sanftheit in Jessas plötzlich gesenkter Stimme und der bewußt humorvolle Einschub, um die Traurigkeit zu mildern, die sie versteckt geglaubt hatte, schenkten ihr Wärme, und sie überkam der Wunsch, Jessa dafür danken zu wollen. Sie tat es aber nicht, weil sie instinktiv wußte, daß Jessa ableugnen würde, überhaupt etwas getan zu haben. »Wollen Sie damit etwa eingestehen, daß ein Ziegenbock charmanter ist als Sie selbst?«

»Harry ist nicht einfach irgendein Ziegenbock. Er ist jemand, der auf Menschen zugeht, obwohl er auch eine Schwäche für Wäsche hat, die zu tief auf der Leine hängt. Aber niemand ist vollkommen.«

Shara mußte wieder lachen, und danach besprachen sie die Details ihrer Reise. Jessa riet Shara dazu, festes Schuhwerk mitzubringen, außerdem mindestens eine alte Jeans, Pullover und Regenzeug, weil das Wetter selbst im Sommer unberechenbar war und es nachts recht kühl wurde.

Das Gespräch war letztendlich gut verlaufen. Dennoch hatten sie seither nur noch einmal miteinander geredet, als Shara angerufen hatte, um sich davon zu überzeugen, daß Jessa sich an ihre Adresse erinnerte, und um die Zeit zu vereinbaren, zu der sie sie abholen würde.

Jessa saß in ihrem Land Rover und starrte durch den strömenden Regen auf Sharas Haustür. Auf die Tür zu dem Haus, das Shara und Derek gehörte. Mit jeder schwungvollen Bewegung der Scheibenwischer war die Tür deutlich zu sehen, dann verschwommen ihre Umrisse wieder für eine Sekunde in der Flut, die Mutter Natur ausgerechnet an diesem Tag für passend befunden hatte, an dem Jessa eine vierstündige Fahrt vor sich hatte. Ihre Gefühle in bezug auf die Fahrt schwankten in der gleichen Frequenz wie ihre Sicht durch die Windschutzscheibe. Es war nicht so, als ob ihr davor grauste, daß Shara vier Tage mit ihr zusammen in ihrem Versteck verbringen würde. Um ehrlich zu sein war das Gegenteil der Fall: der Gedanken daran versetzte sie in freudige Erregung, und genau das jagte ihr Angst ein.

Die Tür öffnete sich und Shara tauchte auf; sie kämpfte mit einer Kühltasche, einer Schultertasche und einem riesigen Rucksack.

»Mist.« Jessa ließ den Motor laufen und öffnete die Wagentür. Shara würde all das nie und nimmer ohne ihre Hilfe verstaut bekommen. Sie hüpfte hinunter und trabte zur Haustür. »Sie reisen wirklich nicht mit leichtem Gepäck«, sagte sie und hievte den Rucksack auf eine Schulter, während Shara die Tür abschloß.

»Ich habe Lebensmittel eingepackt.«

»Sie wissen doch, daß das nicht nötig ist«, sagte Jessa, drehte sich um und lief zurück zum Wagen. Sie öffnete das Heck und schob einige Kartons beiseite, um für Sharas Sachen Platz zu machen.

Shara eilte ihr zur Seite. »Ich wollte aber. Außerdem, wenn ich kochen soll, dann sorge ich auch dafür, daß ich all das habe, was ich dafür brauche.«

Jessa brummte etwas Unverständliches und befahl dann barsch: »Los ins Auto. Sie werden ja klatschnaß. Ich will nicht, daß Sie sich eine Lungenentzündung einfangen, wenn wir meilenweit von der Zivilisation entfernt sind.«

Shara grinste sie an, rannte dann aber zur Beifahrertür und stieg in den Wagen. Sie zog die Tür hinter sich zu und tastete nach dem Sicherheitsgurt, den sie gerade einrasten ließ, als Jessa sich hinters Steuer setzte. »Meine Jacke ist wasserdicht. Außerdem werde ich nicht gleich von ein paar Regentropfen eine Lungenentzündung bekommen. Ich bin von guter irischer Abstammung, nicht wie die englischen Musiker-Memmen, mit denen Sie offenbar sonst Ihre Zeit verbringen.«

Jessa starrte sie an, unfähig ihre Überraschung zu verbergen. Ihr fiel keine andere Frau ein, die in dieser Situation nicht jammern würde. Es war sechs Uhr morgens, Shara war naß bis auf die Kopfhaut, der Regen tropfte förmlich von ihren Haarspitzen, und sie war gerade in ein Auto geklettert, das für Arbeitszwecke gebaut worden war und nicht fürs Vergnügen und daher nicht gerade ideal war für zierliche Frauen, die daran gewöhnt waren, in deutschen Sportwagen zu fahren. In Sharas Augen aber funkelte es, und ihre Zungenspitze berührte die Innenseite ihrer Zähne, als sie Jessa ein breites Lächeln schenkte.

Jessa sah sie verständnislos an. »Sie sind verrückt.«

Sharas Lächeln verblaßte ein wenig, und sie schüttelte den Kopf. »Nein. Ich war auf dem besten Weg, verrückt zu werden, aber das ist nun vorbei.« Sie zögerte, erläuterte dann aber: »Ich habe mit Derek tagelang gestritten, und ich kann nicht behaupten, daß die letzte Nacht zu den besten meines Lebens zählt. Genaugenommen kann ich mich nicht daran erinnern, wann ich zuletzt länger als vier oder fünf Stunden geschlafen habe, weil ich mir so den Kopf über ... alles zermartert habe. Aber ich glaube, daß ich jetzt den Abstand zu meinem Leben nötiger habe als Sie, also hatte ich überhaupt keine Zweifel mehr, als ich heute morgen aufwachte.«

Als Jessa sie genauer ansah, entdeckte sie Röte um ihre Augen und leicht geschwollene Lider, und überlegte, ob Shara sich vielleicht in der vergangenen Nacht in den Schlaf geweint hatte. Sie kochte plötzlich vor Wut auf Derek, weil er Shara das Leben schwermachte, obwohl sie doch nur ihrer Arbeit nachging, für die sie so gut bezahlt wurde. Obwohl sie sich kaum kannten, verstand sie doch vollkommen Sharas kompromißlose Arbeitsmoral und die Tatsache, daß sie jede Gelegenheit nutzen wollte, um ihre Kunst zu vervollkommnen, auch wenn dies bedeutete, daß sie einige Tage in einer schlichten Hütte verbringen mußte, mit einer Frau, die sie per Vertrag vor der Kamera nachahmen sollte. Wie konnte Derek das nicht verstehen oder nicht damit gerechnet haben? Schlimmer noch: Wie konnte er sie nur emotional dafür bestrafen?

Jessa unterdrückte ihren Ärger und beschloß, sich jedweden

Kommentar zum Thema Derek Finch zu sparen. Er war sicher hinter verschlossenen Türen, und Shara mußte ihn vier Tage lang nicht sehen. »Gut«, sagte sie statt dessen und konzentrierte sich darauf, aus der Auffahrt zurückzusetzen. »Ich hoffe, Sie haben Ihren Nierengurt angelegt; Dusty ist nicht so gut gefedert wie Petula.«

»Dusty?« fragte Shara mit hochgezogener Augenbraue.

Jessa erläuterte mit ernstem Ton: »Wie in Springfield. Ein bißchen kräftiger gebaut als Petula, wie Sie sicher bereits festgestellt haben; ein klassischer, grüner Land Rover Defender. Dusty hat eine praktische Weltsicht und gibt nicht viel darum, daß ich sie mit Petula betrüge, weil sie weiß, daß sie diejenige ist, die mich dorthin bringt, wohin kein städtischer Emporkömmling sich je verirrt.«

»Zu Ihrer Hütte?«

Jessa grinste. »Ganz genau. Es gibt keine Autobahn weit und breit, und die letzten fünf Kilometer sind nicht mehr geteert. Um die Lage noch etwas komplizierter zu machen, gibt es dort einen Bach, der sich bei dieser Wetterlage oft etwas zu wichtig nimmt, weshalb es da einige ziemlich feuchte Stellen geben kann, die wir überwinden müssen.«

»Oh! Ein Abenteuer.« Shara rieb sich die Hände und hoffte, Jessa würde denken, daß sie herumalberte. Aber die Vorstellung, mit Jessa in die Wildnis aufzubrechen, versetzte sie in eine glückliche, kindliche Aufgeregtheit; sie fühlte sich wie in einem Enid Blyton-Roman. Sie würde Bäche erleben, die aus ihren Betten barsten, und sintflutartige Regenfälle – im warmen Inneren eines Geländewagens oder am prasselnden Kaminfeuer einer abgelegenen Hütte. Dann erinnerte sie sich an den Nachbarn. »Wenn Ihre Hütte so weit weg von allem ist, wo wohnt denn dann Ihr Nachbar?«

»Sein Bauernhof ist dort, wo die geteerte Straße aufhört, aber er wohnt in einem Haus, das ungefähr auf der Hälfte des Weges von dort zu meiner Hütte liegt. In meiner Hütte und seinem Haus lebten früher die Pächter. Er macht unglaublich guten Käse, den er an Feinschmeckerläden verkauft. Als seine Frau starb, hat er die Milchproduktion auf seinem Hof zurückgeschraubt, wohl weil er dafür zu viele Leute brauchte, und er nur noch allein sein wollte. Ohne Kühe brauchte er das Land nicht mehr, also überredete seine Schwägerin ihn, es an mich zu verkaufen – nicht des Geldes wegen, sondern weil ich einen Unterschlupf brauchte, meinte sie. Ich verbringe recht viel Zeit mit Leonard, wenn ich länger dort bin, aber wir sind beide nicht gerade sehr gesellig.« Sie lächelte. »Harry sorgt da für den Ausgleich.«

»Ich freue mich schon darauf, Harry kennenzulernen.« Shara lächelte zurück, ehe sie dann beide nach vorn in die Rückleuchten des frühmorgendlichen Verkehrs schauten, während das Geräusch des auf dem Dach trommelnden Regens durch das rhythmische Schlagen des Scheibenwischers untermalt wurde.

Kapitel 8

Shara streckte sich und vergrub ihr Gesicht im Kissen. Durch den frischgewaschenen Kissenbezug hindurch meinte sie einen Hauch von Jessas Geruch zu entdecken; schließlich war es Jessas Bett. Sie seufzte und gestattete ihren Augen langsam, sich zu öffnen.

Jessas Schlafzimmer lag nach Osten, und das Kopfende war genau unter dem Fenster. Die altmodischen Fensterläden waren geschlossen, weshalb trotz der geöffneten Vorhänge nur einige Lichtschimmer auf Shara fielen, während sie auf dem Bauch lag und es genoß, sich gründlich ausschlafen zu können.

Sie fragte sich, wieviel Uhr es wohl war. Sie konnte nicht abschätzen, wie lange sie geschlafen hatte, aber sie fühlte sich so entspannt, daß sie den ungewohnten Luxus acht traumloser Stunden vermutete. Sie warf einen Blick auf ihre Armbanduhr, die sie am Abend zuvor angelassen hatte, weil sie zu müde gewesen war, sie abzunehmen. Sieben Uhr. Sie war überrascht, daß es noch so früh war, denn sie war bereit, den neuen Tag anzugehen – bereit, Jessa zu sehen.

Sie runzelte die Stirn. Vielleicht war es ja doch nicht so spät gewesen, als sie zu Bett gegangen waren, aber das bezweifelte sie. Vielleicht war eher die Tatsache, daß sie keinen Alkohol getrunken hatte dafür verantwortlich, daß sie sich an diesem Morgen so wohl und ausgeruht fühlte. Oder aber die Tatsache, daß sie in den kommenden drei Tagen keinerlei Verpflichtungen hatte. *Und du mußt dich auch nicht mit Derek rumärgern.* Sie versuchte diesen unwillkommenen Gedanken beiseite zu schieben, aber er blieb beharrlich dort, wo er war.

Als wäre es möglich, die Gedanken an Derek im Bett zurückzulassen, schob sie die Decke von sich und stand auf. Es war kühl im Raum und sie zitterte, aber sie freute sich, durch die dünnen Spalten in den Läden erste Anzeichen von Sonnenschein entdecken zu können. Sie sehnte sich danach, die Umgebung der Hütte im Sonnenschein zu sehen, obwohl der Vortag trotz des Regens wunderbar gewesen war.

Wegen eines Unfalls auf der Autobahn waren sie erst kurz vor Mittag bei der Hütte angelangt, obwohl die tiefhängenden Wolken es eher wie die Abenddämmerung erscheinen ließen. Es war nur wenig über zehn Grad, weshalb Jessa sofort ein Feuer entzündete, nachdem sie die Lebensmittel weggeräumt hatten. Danach zeigte sie Shara dann ihr zeitweiliges Zuhause.

Die Hütte war schlicht eingerichtet, aber Shara konnte sehen, daß alles darin mit Bedacht ausgesucht worden war. Sie ließ ihren Blick über das Klavier wandern, auf dem Partituren verstreut lagen, und über den Gitarrenkoffer, der neben einem kleinen aber feinen Schrank in einer Ecke stand.

Shara war vom Original-Steinboden in der Küche begeisterte, aber Jessa kommentierte, daß deshalb der dicke Teppich vonnöten war, der fast den ganzen Boden bedeckte. Als Shara den klassischen AGA-Herd bewunderte, gestand Jessa, daß er nicht alt war und sie ihn erst im vergangenen Winter in einem Laden in Beauchamp Place, in Knightsbridge, neu gekauft hatte. »Vorher gab es nur einen gewöhnlichen Elektroofen in der Küche, der in einer kalten Nacht seinen Geist aufgegeben hat. Da beschloß ich, etwas Verläßliches anzuschaffen, das auch in eine traditionelle Bauernküche paßt.«

»Gute Wahl«, sagte Shara und sah sich weiter um. Der Raum wurde dominiert von einem stabilen, stark abgenutzten Tisch und Stühlen mit hohen Rückenlehnen und abnehmbaren Kissen; die cremefarbenen Wände waren durch Türrahmen und Fußleisten in gedämpftem Graugrün akzentuiert. Es gab Zeichnungen mit Kräutern und Blumen in Rahmen aus gebeiztem Treibholz, ein Regal mit abgegriffenen, fettbespritzten Kochbüchern und Töpfe mit Kupferboden, die an altmodischen Haken hingen. Der Raum war gemütlich, nicht zu vollgestopft und zeitlos. »Liefern Läden in Knightsbridge in diese Gegend?«

Jessa stöhnte. »Erinnern Sie mich bloß nicht daran! Die haben mich an einen ihrer Vertragsinstallateure verwiesen. Der mußte ein paar Veränderungen vornehmen, damit ich Gasflaschen verwenden kann, weil es hier nichts anderes gibt, und das Gerät dann einbauen. Seine Tochter ist an einer Uni in den USA, und ich glaube, ich habe ihr ganzes Studium finanziert. Er konnte mit seinem Lieferwagen nur bis zum Ende der Straße fahren, also mußten wir den AGA in Dusty umladen, ihn hierher bringen, dann wieder zurück, um seine Leute abzuholen, die ich dann später auch alle wieder zum Lieferwagen zurückfahren mußte – und all das im Schneegestöber!«

Shara betrachtete den AGA mit neugewonnenem Respekt. »Zeigen Sie mir, wie ich damit umgehen muß? Nach dem, was Sie da erzählt haben, möchte ich nicht diejenige sein, die ihn kaputtmacht, vor allem, wo mir das bei schon so vielen anderen Öfen passiert ist.«

Jessa starrte sie entgeistert an und malte sich in Gedanken bereits die schrecklichsten Horrorszenarien aus, als sie bemerkte, daß Shara ihr zuzwinkerte, und sie mußten beide kichern.

Das stellte die Weichen für den Nachmittag. Sie neckten sich gegenseitig und lachten miteinander, auch während des einfachen Mittagessens, nach dem Jessa einen Spaziergang vorschlug.

»Da draußen?« Shara war entsetzt. Der Regen prasselte noch immer heftig aufs Dach und lief in Rinnsalen über die Fensterscheiben. Mehrere Stellen des ungeteerten Weges zur Hütte standen unter Wasser, und sie hätte schwören können, daß ab und zu der Donner grollte.

Jessa grinste sie an. »Was ist denn mit all der Angeberei von wegen guter irischer Abstammung passiert? Wenn Sie nicht aus Zucker gemacht sind, dann werden Sie schon nicht schmelzen. Ziehen Sie Ihre Gummistiefel und Ihre Regenjacke an, und folgen Sie mir. Die Wolken haben sich übrigens während der letzten Stunde aufgelockert, und ich kenne eine tolle Stelle, zu der wir wandern können. Vertrauen Sie mir, es wird Ihnen gefallen. Sind Sie nicht gern im Regen spazierengegangen, als Sie noch ein Kind waren?«

»Schon, aber –«

»Ich schwör's Ihnen, es ist jetzt noch genauso wie damals, nur mit dem Unterschied, daß Ihnen nicht gleich Ihre Eltern den Spaß verderben.«

Trotz aller Vorbehalte ging Shara mit Jessa zusammen hinaus

in den Regen. Sie wanderten einen guten halben Kilometer auf einem Pfad durch die Wälder, und Shara war überrascht, wie sehr das Laubdach sie vor dem Regenguß beschützte.

Shara war Jessa leicht voraus, als sie nach dem Dickicht auf ein verwildertes Feld traten. Der Himmel schien heller, und es nieselte nur noch leicht. Sie blieb wie angewurzelt stehen und schaute sich um. Die ganze Welt sah aus wie frisch gewaschen, und Blätter zitterten in smaragdgrünen Schattierungen, als das Wasser sich auf ihnen sammelte und dann von den Spitzen tropfte. Der silbrige Himmel verlieh der Szene etwas Unwirkliches, und sie spürte, wie die Stille in sie sickerte.

Sie zog die Kapuze vom Kopf und hörte dem Flüstern des Regens zu und dem Trippeln des Wassers, das hinter ihr von den Bäumen tropfte. Sie konnte die Feuchtigkeit des Bodens unter ihren Füßen riechen und schloß die Augen, um sich auf den schwachen, berauschenden Duft zu konzentrieren. Mit geschlossenen Augen reckte sie ihr Gesicht gen Himmel und hieß die sanften Liebkosungen des Regens willkommen. Ein Lächeln schlich sich auf ihre Lippen, und als sie ihre Augen wieder öffnete, blickte sie direkt in Jessas.

Sie ging nach unten, noch immer in der Schlafanzughose und dem T-Shirt, in dem sie geschlafen hatte. Dabei legte sie nur einen Zwischenstop ein, um ihr Gesicht zu waschen und sich die Zähne zu putzen.

Jessa war nicht im Gästezimmer, und sie hörte auch keinerlei Geräusche aus dem Rest der Hütte. Jessa war eindeutig wach, denn ein kleines Feuer brannte, und in der Luft hing der Geruch von frischgebrühtem Kaffee, vermischt mit etwas, das sie nicht erkannte, das aber angenehm und leicht exotisch duftete.

Sie bemerkte, daß der Schrank in der Ecke geöffnet war und daß ein handgewebter Teppich davorlag. Sie war überrascht, daß die wunderschön geschnitzten Türen offenbar so etwas wie einen kleinen Altar verborgen hatten. Sie sah eine dünne Rauchfahne von einem Räucherstäbchen aufsteigen und erkannte dies als die Quelle des exotischen Duftes. Die Vordertür stand leicht offen, und sie entdeckte Jessa, die auf den Stufen saß und die Gegend betrachtete. Die Hütte stand auf einer Anhöhe, vor der sich eine mit Feldblumen übersäte Wiese ausbreitete, die an den Wald grenzte, der gute fünfzig Meter vor der Haustür begann.

Zur Linken lag der durchfurchte Zufahrtsweg, an dessen Ende der schlammbespritzte Geländewagen stand, aber Jessa schien ihre volle Aufmerksamkeit der alten Eiche zu widmen, die am Rande der Lichtung wuchs. Sie saß vollkommen still, gebadet im frühen Morgenlicht, das ihre Haut goldbraun schimmern ließ und vereinzelte silberne Strähnen in ihrem vom Schlaf zerzausten Haar betonte. Jessas Arme und Beine waren entblößt. Sie hatte in einem Unterhemd und ausgewaschenen Boxershorts mit Paisleymuster geschlafen und sich nicht die Mühe gemacht, etwas überzuziehen, obwohl die Sonne bisher die Temperatur kaum über zehn Grad gebracht hatte.

Shara verspürte den fast überwältigenden Drang, sich auf die Stufe hinter Jessa zu setzen, ihre Arme um ihre Taille zu schlingen und sie in ihre eigene Wärme zu hüllen. Sie konnte beinahe fühlen, wie Jessa sich zurücklehnte, gegen ihren Körper, beinahe den sauberen Duft ihrer Haare riechen. Ihre Brüste kribbelten, als sie sich vorstellte, wie Jessa sich gegen sie entspannte, aber das Gefühl, das diese Vorstellung hervorrief, war nicht vorwiegend sexueller Natur. *Natürlich nicht, du bist doch hetero,* ermahnte sie sich. Trotzdem erschütterte sie das Maß, mit dem sie sich zu Jessa Hanson hingezogen fühlte. *Das liegt nur daran, daß du in ein paar Monaten wortwörtlich in ihrer Haut stecken wirst –*

»Guten Morgen.« Jessas Stimme riß sie aus ihren Gedanken.

»Wie –?«

»Ich habe den warmen Luftzug gespürt, als Sie die Tür geöffnet haben.« *Und deine Anwesenheit schon lange davor.*

»Ich – Ich will Sie nicht stören, wenn Sie meditieren.«

Jessa drehte sich nicht um. »Tue ich nicht. Möchten Sie Kaffee? Er steht auf dem AGA.«

»Ja, danke. Soll ich Ihnen eine Tasse bringen?«

Jessa schüttelte den Kopf. »Ich trinke nachher einen Kräutertee. Warum holen Sie sich nicht einen Kaffee und setzen sich zu mir?«

Weil ich nicht sicher bin, daß ich das kann, ohne dich zu berühren. Erschreckt über ihre eigenen Gedanken wich Shara von der Tür zurück. »Es ist ... Es ist noch etwas kühl heute morgen. Ich glaube, ich trinke meinen Kaffee lieber drinnen. Aber danke für das Angebot.« Als sie sich zurückzog und die Tür schloß, meinte Shara zu spüren, daß Jessa lächelte.

Kapitel 9

Als Shara und Jessa sich zum Abendessen an den Tisch setzten, kam es ihnen vor, als wäre die Hütte Millionen Kilometer vom Rest der Welt entfernt. Sie hatten noch einen ganzen Tag vor sich, der Abend war der bisher wärmste, und sie hatten die Vorder- und Hintertür geöffnet, um die frische Brise durch die Hütte wehen zu lassen. An beiden Türen waren zusätzlich Fliegengitter-Türen angebracht, nicht nur um Harry fernzuhalten, sondern auch, weil Jessa sich zugegebenermaßen nicht viel aus Insekten machte. Shara zog sie damit auf und gab Insektengeschichten aus Laos zum besten, wo sie einmal drei Monate lang an einem Film gearbeitet hatte.

»Da war ich noch nie.« Jessa setzte sich mit neu erwachtem Interesse in ihrem Stuhl zurück. »Ich war zwar mehrere Monate in Thailand, kurz bevor Stephanie und ich uns getrennt haben, aber mir wurde von einem Abstecher nach Laos abgeraten, weil es dort zu gefährlich sei, wegen all der Bomben und Minen, die während des Vietnamkriegs über dem Land abgeworfen wurden und damals nicht detonierten.«

Shara schloß für einen Moment die Augen, während sie einen Löffel voll Mousse au chocolat genoß, das Jessa selbst gemacht hatte. »Mmm. . . Sie sind echt gut.«

Ich würde dir gern zeigen, wie gut ich wirklich bin, dachte Jessa, und ihre Brustwarzen versteiften sich bei Sharas sinnlicher Reaktion auf den Geschmack und die Konsistenz des Nachtischs. »Danke«, sagte sie statt dessen und senkte den Blick auf ihren eigenen Teller. »Das war das mindeste, was ich tun konnte, nachdem Sie uns eine so leckere Mahlzeit gekocht haben.«

»Das war mir ein Vergnügen –« Sharas Stimme versiegte, als Jessa wieder aufschaute. Ihre Blicke trafen sich und sie fühlte sich unfähig wegzuschauen. Sie hatten Kerzen angezündet und sich für ihr letztes gemeinsames Abendessen besondere Mühe gegeben. Am nächsten Tag stand die lange Rückfahrt nach London an und die letzten Vorbereitungen für ihre Abreise. Sie würden sich erst am darauffolgenden Tag am Flughafen wiedersehen. Ihre Zeit zusammen allein war etwas Besonderes gewesen, und die Entscheidung zum Feiern hatten sie wortlos gemeinsam getroffen.

Die Ärmel an Jessas weißem Hemd waren aufgerollt und gaben den Blick auf gebräunte Unterarme frei; ihre Haut glühte förmlich im Kontrast zu dem weißen Baumwollstoff. Sie hatte ihr Haar mit Gel zu bändigen versucht, aber eine Locke hatte sich freigekämpft, und Shara verspürte den Drang, sie ihr aus der Stirn zu streichen. Sie stellte sich vor, wie ihre Fingerspitzen auf Jessas weicher Haut verweilten, und etwas in Jessas warmen, dunklen Augen offenbarte ihr, daß sie dieses Bedürfnis nach körperlichem Kontakt spüren konnte. Sie zwang sich wegzuschauen, weil sie den Bissen nicht hinunterschlucken konnte, wenn sie Jessa weiter anschaute.

Sie haßte es, wenn das passierte – wenn die Luft zwischen ihnen vor Spannung förmlich knisterte und ihre eigenen Sinne auf Hochtouren liefen. Die meiste Zeit über, wenn sie zusammen waren, war es nicht so. Sie konnten stundenlang gemütlich miteinander über ihr Leben und ihre Erfahrungen reden; ihr war bewußt geworden, wie sehr sie sich nach Details über Jessa verzehrte, über ihr Leben und über das, was sie als Person ausmachte. Sie versuchte sich einzureden, daß es professionelle Neugier war, aber sie wußte, daß es das nicht war. Sie wußte es, weil sie auch das Bedürfnis verspürte, ähnliche Details über ihr eigenes Leben mit Jessa zu teilen, ihr Dinge zu erzählen, die sie noch nie jemandem anvertraut hatte – noch nicht einmal Derek oder ihrer besten Freundin Elise.

Am Abend zuvor hatten sie draußen ein Lagerfeuer entzündet und unterm Sternenzelt auf einer Decke ein Picknick veranstaltet.

Shara erzählte davon, wie sehr der Verlust ihrer Mutter ihre Seele erschüttert hatte. Als sie ihren Blick wieder hob, sah sie, daß Jessa weinte. Nicht auf schluchzende Weise, und wahrscheinlich hatte sie selbst noch gar nicht die zwei dicken Tränen bemerkt, die auf ihren Wangen schimmerten.

Diese stille Mitgefühlsbekundung setzte etwas in Shara frei, und ihr wurde endlich der Kummer bewußt, den sie seit über zwanzig Jahren in sich herumgetragen hatte, ohne seine Existenz jemals anzuerkennen. Sie streckte Jessa eine Hand entgegen, bot Trost und erhielt ihn doch selbst.

In dem Moment ereignete sich etwas zwischen ihnen, für das Shara keinen Bezugspunkt hatte. Der rationale Teil ihres Hirns schrie, daß sie sich davor fürchten sollte, denn was auch immer sie mit Jessa Hanson verband, entzog sich ihrer Kontrolle – aber während sie sich weiterhin an der Hand hielten und stumm in die Flammen schauten, war Sicherheit das einzige, was sie fühlte.

»Es ist alles in Ordnung, Shara.«

Jessas sanfte Beteuerung zwang ihren Blick weg von den Resten ihres Mousse au chocolat und wieder zu der Frau, die fähig schien, sie bis in ihr Innerstes zu erschüttern. »Wie machst du das nur?« fragte Shara mit kaum hörbarer Stimme.

»Genau so wie du.« Jessa lächelte.

»Was? Gedanken lesen?«

Jessa nickte. »Manchmal schon.« Sie ließ ihren Blick für eine Weile über Shara gleiten, die vollkommen aus der Bahn geworfen schien, und bat dann: »Erzählen Sie mir mehr von Laos.«

Shara atmete tief durch und entspannte sich etwas. »Dort habe ich Französisch gelernt.«

»Französisch?«

»Ja, seltsamerweise. Bevor Frankreich Vietnam kolonisierte, versuchten sie, über den Mekong von Laos nach China vorzudringen. Während dieses kurzen, gescheiterten Versuchs hatten sie einen großen Einfluß auf Architektur, Kultur und Sprache. Viele alte Leute in Laos sprechen Französisch als ihre Muttersprache oder haben es als erste Fremdsprache gelernt. Ich hatte in dem Film keine große Rolle und mußte viel herumsitzen und auf die Szenen warten, in denen ich grausam umgebracht wurde, also engagierte ich eine private Französischlehrerin.«

»Comment est-ce que tu l'as entretenu?«

Shara machte große Augen, ob dieser in perfektem, akzentlosem Französisch gestellten Frage, wie sie in Übung geblieben war. »Mon amie Elise a une maison de campagne en Provence et j'y passe quelques jours chaque été. Ça me revient«, antwortete Shara. »Sie sind voller Überraschungen.«

»Oh, das würde mir auch gefallen, in der Provence im Haus einer Freundin Urlaub zu machen. Ich glaube Ihnen gern, daß Sie so gut in Übung bleiben.« Jessa zuckte mit den Schultern. »Ich hatte ein Nomadenleben, als ich klein war. Erst wegen meinem Vater, der bei der Marine war, und dann später wegen meiner Musik. Kinder lernen sich anzupassen.« Sie grinste Shara an. »Ich kann in mehreren Ländern nach dem Weg zur nächsten Toilette fragen, ohne die Eingeborenen auf englisch anzubrüllen wie ein typischer Engländer.«

Shara mußte lachen. »Ich muß mich da mit Zeichensprache durchkämpfen, es sei denn, es handelt sich um Englisch, Französisch, Serbokroatisch oder Gälisch.«

»Serbokroatisch?« fragte Jessa in dem gleichen ungläubigen Ton, in dem sie sich zuvor nach dem Französisch erkundigt hatte.

Shara lachte. »Fragen Sie nicht. Ich bin mir sicher, daß es in Ihrer Vergangenheit auch Beziehungen gibt, über die Sie lieber nicht sprechen möchten.«

Wie aufs Stichwort klingelte das Satellitentelefon. Beide erstarrten und Jessas Miene verfinsterte sich. »Das dürfte für Sie sein.« Falls Derek am Telefon war, dann würde es das dritte Mal in ebensovielen Tagen sein, daß er anrief, obwohl Shara ihm erläutert hatte, daß die Nummer nur für Notfälle gedacht war.

»Es ist Ihr Telefon; Sie sollten drangehen«, entgegnete Shara gelassen und hoffte inständig, daß wirklich jemand mit Jessa sprechen wollte.

Jessa schob ihren Stuhl vom Tisch zurück, stand auf und stakste ins Wohnzimmer zum Telefon. »Was?« Sie wußte, daß sie unhöflich war, aber es kümmerte sie nicht.

»Hallo, ich möchte gern mit meiner Verlobten, Shara Quinn, sprechen.«

Verlobte? Jessa spürte, wie ihr Herz fast schmerzhaft zu hämmern begann, aber sie bemühte sich um einen neutralen

Tonfall. »Wie geht es Ihnen?«

Derek zögerte, offenbar von der Frage aus dem Takt gebracht. »Ich ... äh ... mir geht's gut. Danke. Und wie geht es Ihnen?«

»Mir geht es gut, Danke. Genau genommen ist alles hier wunderbar, weshalb ich froh bin, daß ich in diesen drei Tagen keinerlei Anlaß hatte, mein Notfalltelefon zu benutzen.«

Shara nahm Jessa das Telefon aus der Hand, weil sie sie gut genug kannte, um zu wissen, daß das Gespräch keinen guten Ausgang nehmen würde, wenn sie sie weiter sprechen ließ. »Hiya, Derek.« Sie hörte eine Weile zu, während Jessa sie verärgert anstarrte, und sagte dann: »Nein, das glaube ich nicht. Hör mal zu, Derek, ich glaube, das ist ihr gutes Recht. Nein, es geht nicht darum, was es kostet –«

Jessa verdrehte die Augen und ging zurück in die Küche, um den Tisch abzuräumen, wobei sie sich dem Geräuschpegel nach nicht um die Unversehrtheit ihres Geschirrs zu kümmern schien.

Shara zog sich von dem Lärm zurück und ging durch die vordere Fliegengitter-Tür nach draußen, um die Unterhaltung unter vier Augen fortzusetzen. Als sie wieder zurückkam, konnte sie Jessa nirgends finden. Sie ging durch die Hintertür in den Garten und entdeckte Jessa, die am anderen Ende der Gemüsebeete stand und energisch die Essensreste unter den Komposthaufen mischte. »Jessa ...«

Jessa beendete ihre Tätigkeit und schob sich dann an Shara vorbei zurück in die Küche, um ihre Hände zu waschen. Das Geschirr war bereits gespült und trocknete auf einem Gestell. Jessa fing an abzutrocknen.

»Finden Sie wirklich, daß Ihr Ärger der Situation angemessen ist?« fragte Shara.

»Der Situation? Ja, ich nehme an, daß mein Ärger nicht angebracht ist. Genaugenommen sind ja wohl Glückwünsche angebracht, oder? Da das ja gerade ihr *Verlobter* war. Was für einen Notfall hatte er denn? Konnte er sich nicht für das Muster der Hochzeitsliste bei Harrods entscheiden?«

»Nicht daß Sie das irgendwas angehen würde, aber Derek hat mir erst vor kurzem einen Antrag gemacht, und ich hatte bislang keine Veranlassung, mit Ihnen darüber zu reden. Ich kann einfach nicht verstehen, warum sein Anruf Sie so verärgert hat, selbst wenn es sich nicht um einen Notfall handelte!« Shara wurde nun selbst ärgerlich. »Was haben Sie eigentlich für ein Problem?«

Der Teller, den Jessa gerade noch abgetrocknet hatte, fiel auf die Spüle, zerbrach aber wie durch ein Wunder nicht. »Tu doch nicht so, als ob du das nicht wüßtest, Shara.«

»*Was* weiß ich?« fragte Shara entnervt.

Jessa schnappte nach Sharas Hand. »Das hier!« Sie zog Sharas Hand gegen eine ihrer Brüste und hielt sie dort fest.

Für den Bruchteil einer Sekunde bewegte sich keine der beiden, dann verwandelte sich Sharas Miene von Überraschung in Entsetzen, und sie zog ihre Hand zurück, gerade als Jessa ihren Griff wieder lockerte. Der plötzliche Verlust des Widerstandes ließ Shara zurücktaumeln, ehe sie sich auf dem Absatz umdrehte und aus der Küche rannte. Einige Sekunden danach hörte Jessa, wie die Schlafzimmertür zuknallte.

Kapitel 10

Shara lag auf dem Bett und wartete darauf, daß ihr Herzschlag sich beruhigen würde. Sie war von den widersprüchlichen Gefühlen und Reaktionen überwältigt, die in ihr kämpften, und konnte noch immer nicht glauben, was Jessa da gerade getan hatte. Wieder hatte sie keinen Bezugspunkt für etwas, das zwischen ihr und Jessa passiert war. Und dieses etwas war diesmal eine bodenlose Dreistigkeit. Aber dieser Gedanke wurde von einem anderen verdrängt, der sich in den Vordergrund schob: Was Jessa da getan hatte, war für sich genommen keine bodenlose Dreistigkeit gewesen. Unerwartet, ja, ein gesellschaftliches Tabu, vielleicht – zumindest in manchen Kreisen. Vielleicht war es ja ganz einfach: Eine lesbische Frau hatte vier Tage allein mit einer anderen Frau verbracht und bemerkt, daß diese ganz offensichtlich fasziniert von ihr war; sie hatte angenommen, daß diese Frau mehr empfand, und deshalb eine Entscheidung erzwingen wollen.

Shara drehte sich auf den Bauch und zog ein Kissen über den Kopf. Sie konnte nicht leugnen, daß sie von Jessa fasziniert war. Es war nicht nur ihre unbefangene Schönheit, es lag auch an ihrem schrulligen Humor, ihrer Intelligenz, ihrer Freundlichkeit und der stillen Anmut, mit der sie sich gab. In den vergangenen Tagen hatte Shara sie beim Meditieren und Wandern beobachtet, und wie sie es sich mit einem guten Buch auf der Couch bequem machte. Sie hatten über Musik und das Leben geredet; manchmal waren sie unterschiedlicher Meinung gewesen, und Shara hatte einen Einblick in Jessas hitziges Temperament erhalten, dem sie bereits fast bei ihrer allerersten Begegnung freien Lauf gelassen hätte. Sharas eigenes Temperament konnte mit Jessas mithalten, aber es gelang ihnen immer, in ihren erhitzten Debatten den Humor zu bewahren, und sie brachen unweigerlich irgendwann in Gelächter aus. Oder sie führten die Diskussion zu Ende, entweder in Einmütigkeit oder zumindest mit dem Zugeständnis, daß sie unterschiedliche Meinungen hatten, und ohne daß dabei ein schlechter Nachgeschmack zurückblieb. Das trug nur noch mehr zu Sharas Begeisterung für Jessa und der seltsam intimen Freundschaft bei, die sich so rasch zwischen ihnen ergeben hatte.

Freundschaft, Faszination . . . Anziehung? Nein!

Shara rollte wieder auf den Rücken und preßte die Augenlider aufeinander. Sie war hetero. Sie hatte eine erfolgreiche Karriere. Derek wollte sie heiraten; er war charmant, gutaussehend und kam, nicht zu vergessen, von einer wohlhabenden Familie. Ihr Leben war gut. Sie fühlte sich *nicht* von einer Frau angezogen. Es war nur Einfühlungsvermögen. Genau das, was sie zu einer guten Schauspielerin machte. Was war schon dabei, wenn sie es genoß zu sehen, wie Jessas Kleidung sich an ihren Körper schmiegte oder den Blick freigab auf Flächen weicher Haut? Was war schon dabei, wenn sie es genoß, Jessa anzuschauen: diese ausdrucksvollen Augen, das leicht schiefe Lächeln und die weichen Lippen? Was war schon dabei, daß ihr eigener Körper so unverwechselbar und elementar reagiert hatte, als sie beim gemeinsamen Kochen Jessas Atem auf ihrer Haut gespürt hatte? War es nicht vollkommen natürlich, daß sie auch körperlich neugierig darauf war, was in dem Objekt ihrer intensiven Beobachtungen vorging?

Shara drehte sich auf die Seite und preßte das Kissen mit beiden Händen gegen den Kopf, ehe sie sich wieder zurückfallen ließ und an die Decke starrte. Hör doch auf, dir selbst was vorzumachen. Du wirst Derek nicht heiraten. Du liebst ihn, aber du bist dir nicht mal sicher, ob du ihn überhaupt magst. Dein Leben ist zwar gut, aber nur oberflächlich, weshalb du gar nicht darauf warten konntest, von allem und von Derek Abstand zu bekommen. Deine Begeisterung für Jessa Hanson ist nicht das Problem, sondern ein Symptom. Und Jessa hatte kein Recht, das auszunutzen!

Als sie so dalag, wanderten ihre Gedanken zurück zu dem, was vorgefallen war, und sie kam zu dem Urteil, daß Jessas Verhalten durchaus als eine bodenlose Dreistigkeit gesehen werden konnte. Je mehr sie darüber nachdachte, desto ärgerlicher wurde sie, und sie begann sich die Auseinandersetzung auszumalen, die sie mit Jessa deswegen haben würde.

Sie war gerade auf dem besten Wege, sich so richtig in ihren Ärger hineinzusteigern, als die Musik in ihr Bewußtsein vordrang. Es war ein Klavierstück – präzise, besonnen, großartig. Shara dachte zunächst, daß Jessa die Stereoanlage eingeschaltet hatte, aber dann erinnerte sie sich daran, daß es so was in der Hütte gar nicht gab. Jessa spielte Klavier.

Langsam, während Jessa weiterhin spielte, fühlte Shara, wie aller Ärger von ihr wich. Sie fand, daß es wie Rachmaninoff klang, kannte sich aber nicht gut genug aus, um sicher zu sein. Eines war jedoch sicher: Jessas Talent als Pianistin war eindrucksvoll. Sie entschied sich nicht bewußt dazu aufzustehen, aber sie fühlte sich magisch von dem unwiderstehlichen Klang angezogen, den Jessa dem entlockte, was zuvor wie ein einfaches Klavier ausgesehen hatte.

Sie blieb stehen, schloß die Augen und stellte sich Jessas lange, schlanke Finger vor, wie sie mit müheloser Geschicklichkeit über die Tasten rasten. Sie verdrängte weitere Gedanken an Jessas Finger und rannte förmlich die Stufen zum Wohnzimmer hinunter. Zögernd blieb sie im Türrahmen stehen und sah zu Jessa hinüber, die mit geschlossenen Augen und mit in Falten gelegter Stirn spielte.

Nach einer Weile kamen Jessas Finger auf den Tasten zur Ruhe, und sie hob ihre Hände. Ihre Stirn glättete sich wieder, aber ihre Augen blieben geschlossen. Schließlich senkte sie ihre Finger wieder und die ersten Takte von Chopins Fünfzehnter Prélude, der *Regentropfen-Prélude*, wehten zu Shara hinüber.

Shara hatte das Stück schon einmal gespielt, aber nie aus dem Gedächtnis und nie so wie Jessa, unter deren geschickten Fingern das Klavier das beharrliche Geräusch von fallendem Regen perfekt nachahmte.

Jessas Kopf senkte sich nach vorn, aber in dem gedämpften Lichtschein von der Lampe beim Sofa konnte Shara das leichte Lächeln auf ihren Lippen erkennen und wußte, daß sie sich an ihren ersten Tag und ihren Spaziergang im Regen erinnerte. Sie wußte auch, daß Jessa damit die Erinnerung an das, was an diesem Abend zwischen ihnen geschehen war, auslöschen und durch etwas Besseres ersetzen wollte.

Shara fühlte sich auch zurückversetzt zu jenem regnerischen Nachmittag.

Sie sprachen nicht viel, Jessa machte sie nur auf ein Gebüsch aufmerksam, in dem eine Hasenfamilie lebte. Sie erzählte, wenn sie an sonnigen Tagen ganz still stand und geduldig war, kamen die Hasen irgendwann zum Spielen oder Fressen heraus.

Sie gingen weiter durch den Wald, und als sie auf einer Lichtung ankamen, konnten sie eine Hütte sehen, die ungefähr so groß war wie Jessas. Leonard war nicht zu Hause, aber Shara machte Harrys Bekanntschaft. Jessa gab ihr ein paar Apfelstükke, die sie extra in einer kleinen Plastiktüte in ihrer Jackentasche mitgebracht hatte, und Shara fütterte damit Harry und gewann sofort seine Zuneigung.

Kurz darauf machten sie sich wieder auf den Weg. Harry begleitete sie anfangs, aber als der Regen wieder stärker zu fallen begann, blökte er protestierend laut »Määääh!«, drehte sich um und rannte, sehr zu Sharas Vergnügen, schnell wieder zurück zu der kleinen Überdachung direkt neben der Hütte, wo er zuvor gelegen hatte.

»Er wird nicht gern naß, deshalb schläft er auch nie draußen. Im Winter läßt Leonard ihn in einem der Schuppen schlafen. Harry kann zwar Kühe nicht leiden, Wannenbäder aber noch weniger, weshalb er nicht gerade angenehm duftet.«

Shara behauptete, daß sie das nicht bemerkt hatte, und Jessa verdrehte die Augen. Sie machten sich darüber noch ein wenig lustig, aber Shara konnte verstehen, warum Jessa Harry mochte, mit seinem Hängebauch, seinen lautstarken Forderungen, hinter den Ohren gekrault zu werden, und seiner Abneigung gegen das Waschen.

Nach einer Weile verstummten sie wieder, und Shara genoß einfach nur den Regen auf ihrem Gesicht, den Rhythmus ihrer Schritte auf dem Boden und das Gefühl ihres eigenen Herzschlags, während die süße, vom Regen gesäuberte Luft ihre Lungen füllte.

Ungeachtet all dessen war sie sich sehr ihrer Begleiterin bewußt; Jessa wich anmutig und mit langen Schritten jedem Hindernis aus. Sie kannte die Gegend offenbar sehr gut und führte Shara zu einer kleinen Lichtung auf einer Anhöhe, die ihnen einen Rundumblick auf die sanfte Hügellandschaft bot.

Die Sicht war nicht sehr gut, und sie konnten die Hütte nicht sehen, was Jessa sehr enttäuschte. »Dann eben nächstes Mal«, sagte sie.

Shara grinste dümmlich-glücklich, weil dies wohl bedeutete, daß Jessa sie noch einmal dorthin bringen würde, zu ihrem ›besonderen Ort‹. »Wie viele Leute haben Sie denn schon hierher gebracht?« fragte sie aus einer Laune heraus.

Die Frage schien Jessa zu bestürzen. Sie hielt inne und starrte in die Ferne. Dann wandte sie sich Shara zu und schaute ihr direkt in die Augen. Dann sagte sie mit leiser Stimme: »Außer Ihnen ... niemanden.«

Kapitel 11

Sie standen mehrere Minuten lang auf dem felsigen Hügel und schauten sich einfach nur an. Dann sagte Jessa: »Kommen Sie, es gibt eine Abkürzung zur Hütte. Der Weg ist aber etwas uneben; jetzt können Sie unter Beweis stellen, was für eine zähe Irin Sie wirklich sind.« Ohne auf Shara zu warten wanderte sie nach rechts los und sprang von einem Felsen.

Shara stockte der Atem. Jessa war bei ihrer Landung auf dem Felsvorsprung direkt unter der Stelle, wo sie standen, in die Knie gegangen, und als sie sich wieder aufrichtete, konnte sie sie hüftaufwärts sehen, also war sie nur gut einen Meter tief gesprungen. Wenn sie nach unten schaute, konnte sie allerdings erkennen, daß der Vorsprung weniger als einen Meter breit war und daß darunter ein steiler, felsiger Pfad verlief, den sie drohte hinunterzufallen, wenn sie bei ihrem Sprung den Halt verlieren sollte. Das schräge, felsige Schelf wäre an sich schon schlimm genug gewesen, ohne daß Jessa bereits den Großteil der Fläche in Anspruch nahm. Shara fand, daß es verrückt wäre zu springen und einen Bruch zu riskieren, kilometerweit von jeder Hilfe entfernt und einen Monat vor Drehbeginn. »Äh, nein. Ich werde lieber den gleichen Weg wieder zurückgehen, den wir gekommen sind.«

»Sie werden sich verirren. Kommen Sie schon, seien Sie kein Angsthase.«

»Und wenn ich ausrutsche? Das sind mindestens zwanzig Meter bis zum Fuß des Hügels, da gibt es überall Felsen, und ich glaube auch nicht, daß ich mich besonders freuen würde, wenn mich die Bäume da unten am Weiterfallen hindern!«

»Shara, Sie sind doch nicht allein. Vertrauen Sie mir. Nehmen Sie meine Hand, ich werde Sie schon nicht fallenlassen.« Sie streckte ihre Hand nach oben, aber Shara zögerte noch immer. »Ich passe schon auf dich auf, Liebes«, sagte Jessa nun mit ernster Stimme, weil sie spürte, daß Sharas Unbehagen nicht gespielt war.

Shara sah in Jessas Miene nur Aufrichtigkeit und Besänftigung. Wenn sie auch oft miteinander scherzten, wußte Jessa wohl diesmal, daß sie es ernst meinte. Sie ergriff die angebotene Hand und war überrascht von der Wärme, nicht von der Stärke.

Sie wandte den Blick nur lange genug von Jessa ab, um die Entfernung einschätzen zu können, und sprang dann. Sie beugte ihre Knie bei der Landung, wie sie es bei Jessa gesehen hatte, geriet aber auf ein paar kleinen, lockeren Steinchen ins Rutschen, und Jessa hielt sie fest, um sie am Fallen zu hindern, obwohl sie gar nicht in Gefahr war, den Pfad hinunterzustürzen.

Sie schaute Jessa dankbar an, überrascht, daß nur wenige Zentimeter ihre Gesichter trennten. »Danke«, flüsterte sie mit bebender Stimme. Ihre Augen wanderten über Jessas weiche Haut, die von der körperlichen Anstrengung leicht gerötet war, und verfingen sich in ihren warmen, braunen Augen, in deren Lidern winzige Regentropfen glitzerten.

»War mir ein Vergnügen.« Jessa war ihr so nah, daß Shara ihren Atem auf dem Gesicht spüren konnte.

Sharas Blick konzentrierte sich auf die Lippen, die die Worte so leise ausgesprochen hatten, und ein schwacher Laut entwich ihrer Kehle, weil sie einen kaum zu unterdrückenden Drang verspürte, ihre eigenen Lippen auf sie zu pressen. Sie drehte sich blindlings um und wäre gefallen, wenn Jessa sie nicht zurückgezogen hätte.

Sie wich Jessas Blick aus, konnte ihn aber auf ihrem Gesicht spüren. Sie hörte auch Jessas Atem – und ihren eigenen, und versuchte sich einzureden, daß es daran lag, daß sie fast gefallen wäre, aber das Pochen ihres Pulses sprach von etwas anderem. Was sie fühlte war kein Adrenalinstoß, sondern sexuelle Erregung.

Als die letzten Töne des *Regentropfens* ausklangen, war ihr wieder dieser Moment im Regen gegenwärtig, als sie sich ihrer eigenen körperlichen Reaktionen so bewußt gewesen war. Ohne sich dagegen wehren zu können bewegte sie sich auf die Frau zu, die dieses Klavierstück so erstklassig gespielt hatte.

»Es tut mir leid.« Jessas Stimme durchbrach die plötzliche Stille, doch Shara wunderte sich keinen Moment darüber, woher Jessa wußte, daß sie im Raum war. »Sie sind mein Gast, und ich hätte einfach darüber hinweggehen sollen.«

»Jessa, es gibt nichts, über das Sie hinweggehen müßten«, log sie verzweifelt; Jessa schaute sie noch immer nicht an, und ihr war zum Heulen zumute.

»Wenn Sie meinen«, entgegnete Jessa steif.

»Jessa, wenn Sie das weiterverfolgen, werde ich nicht mit Ihnen wegfahren können. Ist es das, was Sie wollen? Wenn das alles ist, dann sagen Sie es einfach.«

»Ich dachte, da gibt es überhaupt nichts, das ich weiterverfolgen könnte«, erwiderte Jessa sarkastisch. Sie drehte sich um, aber als sie den verlorenen, schmerzvollen Ausdruck auf Sharas Gesicht sah, erhellte sich ihre Miene. »Na gut, Shara, ich richte mich nach Ihnen. Aber da Chopin mich wahrscheinlich für den Rest meines Lebens an Sie erinnern wird, möchten Sie nicht was für mich spielen?«

»Was war das, was Sie vorhin gespielt haben?«

»Rachmaninoffs Variationen über ein Thema von Chopin.«

»Das war wunderschön.«

»Danke.« Jessa rutschte an ein Ende des Klavierstuhls, um Shara Platz zu machen. »Also, was spielen Sie für mich?«

»Eine Nocturne? Ich muß Sie aber warnen; ich habe das schon seit Jahren nicht mehr aus dem Gedächtnis gespielt, und auch da war ich nicht annähernd so gut wie Sie.«

»Dafür bin ich ja da. Um die Musik zu genießen, die Sie machen, und Ihnen mit Ihrer Technik zu helfen, wenn Sie meinen, daß es nötig ist.«

Aus irgendeinem Grund überlief Shara bei dieser Erklärung ein Schauer, bevor sie sich neben Jessa setzte, nah genug, daß sich ihre Oberschenkel berührten. Nach dem, was zwischen ihnen vorgefallen war, wußte sie, daß Jessa sie nicht dazu zwingen würde, sich mit dem auseinanderzusetzen, was auch immer das war, das sie zueinander hinzog. Also entspannte sie sich, genoß die Nähe zu Jessa und fing an, Chopins Zweite Nocturne zu spielen, nach kaum spürbarem Zögern.

Kapitel 12

Als sie bei Shara zu Hause vorfuhren, war es bereits dunkel, so dunkel, wie es eben in London jemals wurde. Diesmal war weder der Verkehr schuld, noch hatten sie verschlafen.

Shara war um sieben Uhr aufgestanden; als sie nach unten kam, fand sie Jessa in Lotusposition sitzend vor dem Altar. Jessas Hände ruhten auf ihren Schenkeln, ihre Augen waren geschlossen und ihre Lippen leicht geöffnet. Ihre Haltung war perfekt, und die einzige Bewegung ihres Körpers kam vom Atmen.

Am Tag zuvor war die Frage aufgekommen, ob sie beim Meditieren schlucken mußte. Jessa hatte erzählt, daß sie gelernt hatte, die Zunge gegen den Gaumen zu pressen, um die Speichelproduktion zu hemmen. Aber nach all den Jahren der Übung fiel sie ganz leicht in Trance und mußte nicht mehr darüber nachdenken.

Shara erinnerte sich daran und ließ Jessa allein. Sie ging in die Küche, um Kaffee zu machen. Sie wußte inzwischen, daß Jessa an den Tagen, an denen sie meditierte, keine Anregungsmittel und auch keinen Alkohol trank, und das war jeder Tag, den sie in der Hütte verbrachten. Shara hatte allerdings Grenzen, wenn es darum ging, was sie selbst für eine Rolle aufgeben würde.

Also setzte sie Teewasser auf und nahm Jessas Lieblingstasse aus dem Schrank, damit sie sich ihren Kräutertee machen konnte, sobald sie fertig war. Während ihr Kaffee kochte, ging sie wieder nach oben, um zu duschen.

Am späten Vormittag wanderten sie noch einmal zu Harry hinüber, ohne Eile, obwohl der Himmel sich wieder einmal verdunkelte. Shara hoffte insgeheim, daß es wieder zu regnen beginnen würde, wie an ihrem ersten Tag. Aber im Einklang mit dem gedämpften Sturm in ihrer Beziehung verdeckten die Wolken die Sonne und jagten sich gegenseitig über den Himmel, gestatteten sich aber nicht, ihre Last über den Wildwiesen und Bäumen loszulassen, zwischen denen die beiden Frauen wanderten.

Sie kehrten wieder zurück zur Hütte, mit Harry auf den Fersen, und veranstalteten halb verhungert und den Wolken zum Trotz ein Picknick vor der Haustür. Leider mußten sie schnell feststellen, daß Harry eine zerstörerischere Wirkung auf ein spontanes Picknick hatte als ein ganzes Ameisenheer. Sie witzelten darüber, und Shara schob Harry ab und an heimlich ein Stück von ihrem Brot oder einem Apfel zu. Als Jessa deswegen mit ihr schimpfte, mußte sie noch mehr lachen, vor allem, weil Harry so aussah, als würde er schadenfroh grinsen.

Anschließend gingen sie rein, um die Essensreste wegzuräumen beziehungsweise zum Kompost zu geben, und als sie wieder nach draußen kamen, entdeckten sie, daß Harry dabei war, die Decke, auf der sie gesessen hatten, als Nachtisch zu verspeisen. Jessa schimpfte ihn aus, und er drehte ihr den Rücken zu, schlug mit dem Schwanz und verabschiedete sich dann. Shara beobachtete das Ganze von den Stufen aus und mußte so sehr lachen, daß ihr die Tränen die Wangen herunterliefen. Das brachte ihr einen strengen Blick von Jessa ein, der plötzlich bewußt wurde, wie lustig die Situation eigentlich war. Was als ernste Rüge für Shara gedacht war, kam als Kichern und Schnauben heraus, worüber Shara noch heftiger lachen mußte. Nach einer Weile brachte sie endlich hervor: »Jetzt weiß ich wenigstens, was Ziegenböcke machen, wenn ihnen der Mittelfinger fehlt!«

Den Nachmittag verbrachten sie damit, in der Hütte alles wieder ordentlich zu verstauen und arbeiteten in wohltuender, einvernehmlicher Stille. Sie stellten Wasser- und Gashähne ab, schalteten Schalter aus und sorgten dafür, daß alles Leichtverderbliche entweder eingepackt oder auf dem Komposthaufen war. Shara war überrascht, wie wenig echten Müll sie mit zurücknehmen mußten, nachdem sie Papier und Kartons, Flaschen und Dosen fürs Recycling vorgetrennt hatten und alles Organische auf dem Kompost gelandet war. Jessa nahm sonst die Bettwäsche immer zum Waschen mit nach London, aber Shara überredete sie dazu, diesmal in der Hütte zu waschen.

Wenn sie schon eine Waschmaschine und einen Trockner dort hatte, warum sollte sie dann den ganzen Kram mit nach London nehmen? Jessa war schnell von ihrer Logik überzeugt, weshalb Shara sich weniger schuldig fühlte, sie zu einer Hausarbeit zu überreden, die sie Daheim sicher nicht oft selbst erledigte, nur weil sie so noch ein paar weitere Stunden miteinander verbringen konnten. Am späten Nachmittag fielen ihnen beiden keine Ausreden mehr ein, und so stiegen sie in den Geländewagen, um nach Hause zu fahren.

Die Sicherheitslampen draußen waren an, aber das Haus selbst war dunkel. Da es nach zehn war, vermutete Shara, daß Derek schmollte und dafür gesorgt hatte, daß er nicht zu Hause sein würde, um sie begrüßen zu müssen. Ein leeres Haus war etwas besser als ein gereizter Freund, aber keine dieser Aussichten trieb Shara aus dem Wagen.

»Danke für einen wunderbaren Miniurlaub –«

»Na, dann sehen wir uns wohl morgen –«

Sie sprachen beide gleichzeitig in die unangenehme Stille, die sich über sie gebreitet hatte und die nur von den leisen Klaviertönen einer Schostakowitsch-Fuge unterbrochen wurde.

»Ich bin froh, daß ich nicht alles verdorben habe, weil ich –« Jessa wußte nicht, was sie sagen sollte. ›Deine Hand auf meine Brust gelegt habe‹ würde nur die Verlegenheit für beide wieder wachrufen, aber sie war zu aufrichtig, um so zu tun, als wäre nichts passiert. Sollte sie erklären, warum sie es getan hatte? ›Ich kann sehen, wie du versuchst, die Art und Weise, wie du mich anschaust zu verleugnen und zu ignorieren, und ich will nicht, daß du einen Typen heiratest, um es noch mehr verleugnen zu können! Ich weiß, daß du mich berühren willst. Wie könnte ich das nicht wissen, wenn mein Verlangen, dich zu berühren manchmal stärker ist als zu atmen?‹ Aber sie wußte, daß eine solche Erklärung das verbale Gegenstück zu der Handlung wäre, die fast die Atmosphäre zwischen ihnen zerstört hätte.

»Sie haben überhaupt nichts verdorben.« Sharas einfache Feststellung rettete Jessa davor, ihren Satz beenden zu müssen. »Wie dem auch sei, danke.« Sie öffnete die Wagentür und hüpfte auf den Boden.

Jessa stieg aus und ging nach hinten, um ihr beim Ausladen zu helfen. »Ich könnte Ihre Taschen ins Haus tragen, wenn Sie möchten.«

»Nein, das geht schon. Hören Sie, warum laden wir nicht den Abfall und das Recycling-Zeugs hier aus? Wir haben doch diese großen Tonnen, und es ist bestimmt einfacher, als alles bei Ihnen wegzuwerfen.«

»Ja sicher, danke.«

Sie trugen die Tüten gemeinsam zur einen Hausseite. Die Stelle wurde nur indirekt durch die Sicherheitsbeleuchtung erhellt, aber das reichte aus, um alles in die entsprechenden Tonnen zu werfen.

Als sie fertig waren, fragte Jessa: »Brauchen Sie eine Mitfahrgelegenheit zum Flughafen?«

»Nein danke. Ich benutze einen Dienst, der sehr gut ist, aber lieb von Ihnen, es anzubieten.«

»Tja, so bin ich eben«, sagte Jessa ironisch, »lieb.«

»Das bist du wirklich, weißt du«, beharrte Shara und betrachtete Jessa in dem gedämpften Licht.

»Ich gehe jetzt lieber«, sagte Jessa mit leiser Stimme.

»Bis morgen um elf?«

»Ja.« Jessa fühlte sich plötzlich unsicher.

Shara trat einen Schritt vor und umarmte sie. Jessa schloß die Augen und kostete es aus, für einige Sekunden Sharas warmen, festen Körper gegen den ihren zu drücken. Hiernach hatte sie sich gesehnt. Seit dem Moment, als Shara Quinn an jenem ersten Tag ihr Gesicht dem Regen entgegengestreckt hatte, hatte sie dies gewollt. Als Shara dieses leise, kehlige Geräusch gemacht hatte, als sie oben auf dem Hügel waren und sie auf Jessas Mund geschaut hatte, als wollte sie sie lebendigen Leibes verspeisen, hatte Jessa es noch viel mehr gewollt. Und während der folgenden drei Tage, in denen sie zusammen gegessen, zusammen geschwiegen und lebhaft miteinander geredet hatten, war ihr Wunsch danach mit einer fast verzweifelnden Intensität gewachsen.

Sie lösten ihre Umarmung, bewegten sich aber nicht von der Stelle. Shara schaute zu Jessa auf, und das Verlangen, das sie in Jessas Gesicht sah, brachte Tränen in ihre Augen. Sie machte wieder dieses leise, kehlige Geräusch, an das Jessa sich vom Regen her erinnerte.

Jessa lehnte sich in dem Augenblick vor, in dem Shara die Hand in ihren Nacken legte. Als ihre Lippen sich zum ersten Mal berührten, stöhnten sie beide. Ein Kuß wurde zu zwei und dann zu drei. Jessas Hände wanderten unruhig über Sharas Rükken, und Shara fuhr mit einer Hand durch Jessas Haar, während die andere freiwillig das tat, wozu Jessa sie noch am Tag zuvor gezwungen hatte. Shara sog das leise Geräusch in ihren Mund, das Jessa hervorstieß, und fühlte sich ermutigt, Jessas erregte Brustwarze weiter mit ihrem Daumen zu streicheln.

Keine zehn Meter von ihnen entfernt knallte eine Autotür. Sie fuhren auseinander, schwer atmend, und starrten sich gegenseitig in stillem Schock an.

Kapitel 13

Shara zeigte dem Mitarbeiter der Fluggesellschaft ihre Bordkarte, und er hieß sie in dem Warteraum für die Passagiere der ersten Klasse willkommen. Sie hatte Jessa nicht am Abflugschalter gesehen, und wenn sie hier auch nicht war, dann nutzte sie wohl die Gelegenheit, zollfrei einzukaufen. Oder sie war noch gar nicht eingetroffen. Jessa schien ihr weder der Typ Frau, die es riskieren würde, einen Flug zu einem so wichtigen geschäftlichen Treffen zu verpassen, noch der Typ, Heerscharen von Urlaubern in einer Gucci-Boutique zu trotzen, also ließ sie nervös den Blick durch den Raum schweifen.

Jessa trug dunkelblaue Jeans, Sandalen und eine blaßblaue Bluse mit hochgerollten Ärmeln. Sie hatte ihre langen Beine ausgestreckt und auf einer Louis Vuitton-Tasche abgelegt, ihre Knöchel waren verschränkt und die perfekte Pediküre deutlich sichtbar. Ihre Sonnenbrille war zurück in ihre Haare geschoben, und ihre Nase steckte in Jeanette Wintersons *Der Leuchtturmwärter*. Ein sommerlich-dünner Kaschmirblazer hing über dem Sitz rechts neben ihr, aber ohne ihn sah sie eher aus wie eine Studentin und nicht wie eine klassische Musikerin, noch viel weniger wie eine Dirigentin.

Eine sehr elegante und wunderschöne Studentin, gestand Shara sich ein. »Das ist seit langem ihr bestes Buch, findest du nicht?«

Jessas Kopf schnellte hoch, und Sharas Herz begann zu klopfen, als sich ihre Blicke trafen.

Jessas Augen leuchteten auf, als sie Shara ansah, und sie nahm sich Zeit, sie genauer zu betrachten. Shara hatte eine cremefarbene Leinenhose an und ein smaragdgrünes Baumwolloberteil, das das Grün in ihren Augen betonte. Sie hatte die zur Hose passende legere Jacke über ihren Arm gehängt, und die wie üblich übergroße Handtasche saß auf dem Handgepäck, das sie hinter sich herzog. Auch sie hatte ihre Sonnenbrille in die Haare geschoben, und ein paar der weichen Strähnen fielen über die Gläser. Sie versuchte nicht, ihr Lächeln zu verbergen, das sich automatisch auf ihre Lippen stahl, als sie Jessa anschaute, obwohl sich in ihren Augen auch Besorgnis wiederspiegelte.

Jessa bemerkte alles: die hochhackigen Sandalen, die Sharas zierliche Gestalt um mehrere Zentimeter anwachsen ließen, die vollen Brüste in dem enganliegenden Oberteil, der Kontrast der goldenen Haut zum Grün des Stoffes, und der hungrige Blick, den sie Jessas Lippen schenkte, bevor sich ihre Blicke trafen.

Jessa bemerkte auch, wie Sharas Lächeln verblaßte und von einem fast verzweifelten Blick ersetzt wurde, was sie davon abhielt, irgend etwas zu dem zu sagen, das am Vorabend zwischen ihnen passiert war.

»Ja, da stimme ich dir zu. Ich fand *Das Schwesteruniversum* ziemlich gut, im Gegensatz zu den Rezensenten«, erwiderte Jessa anstatt eines Grußes. »Aber ich war nicht so beeindruckt von allem danach. Moment, laß mich das konkretisieren: selbst an ihrem schlechtesten Tag schafft Winterson es, Sätze, Absätze und Ideen zu formulieren, die mich mit ihrer Brillanz zum Schweigen bringen, aber sie hat seit langem nichts mehr geschrieben, das diese Ideen so gut zusammenbringt, wie das hier.«

»Ganz meine Meinung.« Shara nickte und setzte sich an Jessas linke Seite. »Allerdings gefallen mir ihre Essays über Kunst besser als *Das Schwesteruniversum*.«

»*Art Objects*? Ja, ich war zwar nicht immer mit ihr einer Meinung, aber sie hat einen bemerkenswerten Verstand, und es war interessant, ihre Ansichten zu lesen.« Unfähig der Versuchung zu widerstehen fragte sie Shara: »Ich nehme nicht an, daß du *Orangen sind nicht die einzige Frucht* gelesen hast?«

»Doch«, erwiderte Shara und wandte den Blick ab. »Habe ich. Mein Vater war zwar nicht ganz so verrückt wie die Mutter der Protagonistin, aber es gab genug Ähnlichkeiten, um es zu einer beunruhigenden Lektüre zu machen.« Als sie Jessas verwirrten Blick bemerkte, fügte sie hinzu: »Mein Vater ist Pfarrer – und alleinerziehend.«

Jessa nickte, stellte aber nicht die naheliegende Frage nach

Ähnlichkeiten in Bezug auf die sexuelle Orientierung der lesbischen Hauptfigur in Wintersons erstem Buch und Shara selbst. Daß Shara dies vollkommen außen vorgelassen hatte, war eine so prägnante Unterlassung, daß es Jessa aus dem Konzept brachte. *Wie tief hat sie dies vor sich selbst versteckt?* wunderte sie sich und wandte den Blick von Shara ab und hin zum großen Flachbildfernseher, das dankbarerweise auf stumm gestellt war.

»Shara, wegen gestern abend ... ist mit Derek alles noch gut gelaufen?« Sobald sie die Frage ausgesprochen hatte, geriet ihr Magen ins Schlingern. Wollte sie die Antwort wirklich hören? Wollte sie hören, daß Shara und ihr Freund, ihr Verlobter, sich vertragen hatten und sie zum Abschied miteinander gebumst hatten, während Jessa allein und schlaflos in ihrer Wohnung lag?

Shara und Jessa hatten nicht bedacht, daß Derek annehmen könnte, daß sie im Haus wären. Leider versetzte es einen Mann nicht gerade in gute Laune, wenn er seine Verlobte um halb elf abends in einem dunklen Haus mit einer Lesbe allein vermutete. Vor allem, wenn besagte Verlobte gerade vier Tage mit derselben Lesbe in einer einsamen Hütte verbracht hatte. Das Haus erschütterte fast bis auf die Grundmauern, angesichts der Wucht, mit der Derek die Haustür hinter sich zuknallte.

»Ich ... Ich gehe jetzt lieber.« Sharas Stimme war heiser, als hätte sie sie eine lange Zeit nicht benutzt.

Ihr Timbre tanzte auf Jessas Nervenenden herum, aber sie brachte es fertig zu nicken. »Willst du, daß ich mit dir ... mit dir reinkomme?«

»Nein, ist schon gut. Er wird sich wieder beruhigen. Er ist wütend, weil er sich vernachlässigt fühlt, aber er wird begreifen müssen, daß ...« Sie beendete den Satz nicht, weil sie nicht sicher war, was sie Derek begreiflich machen wollte.

Jessa gab widerwillig nach und beschloß zu fahren, aber erst mußte Shara versprechen, ihr Bescheid zu geben, ob Derek sich wieder gefaßt hatte. »Ich fahre zu dem Starbucks in Hampstead Heath, keine zehn Minuten von hier, und ich werde nicht eher nach Hause fahren, bis du mir eine SMS geschickt oder mich angerufen hast, daß alles in Ordnung ist.«

Eine halbe Stunde und einen sehr großen Masala Chai später

vibrierte Jessas Handy.

»Hallo?«

»Es ist alles in Ordnung, Jessa, du kannst nach Hause fahren. Ich hätte schon früher angerufen, aber ich wollte allein sein, und Derek war im Zimmer.«

»Wo ist er denn jetzt?«

»Ich habe ihm gesagt, daß ich was Thailändisches essen wollte. Will ich zwar nicht, aber so ist er für mindestens eine halbe Stunde aus dem Haus.« Jessa konnte ein süßsaures Lächeln in ihrer Stimme hören.

»Ich sitze vorm Starbucks, in Dusty, mit meiner zweiten Tasse Chai und einem klebrigen Plätzchen.«

»Jessa, du hattest seit vier Tagen überhaupt kein Kaffein mehr! Bei all dem Tee und dem Zucker wirst du die ganze Nacht über kein Auge zutun.«

»Daran gibt's nichts auszusetzen, die ganze Nacht kein Auge zuzutun«, erwiderte Jessa mit leiser, beinahe rauher Stimme.

»Nicht mal, wenn du für den folgenden Tag einen Überseeflug gebucht hast?« Die Veränderung in Jessas Stimme hatte Shara einen wohligen Schauer über den Rücken gejagt.

»Ich will dich, Shara.« Die Worte versetzten Shara sofort in Erregung, und sie sog hörbar die Luft ein. »Wenn es nach mir ginge, würde ich dich die ganze Nacht lang lieben . . . Wir würden völlig erschöpft am Flughafen ankommen, und du würdest noch von Nachbeben erzittern, weil du so hart gekommen bist.«

»Oh, Gott, Jessa, bitte laß das«, bettelte Shara, aber ihr Körper war von dem sexuellen Verlangen angespannt, so heftig, daß es sie erbeben ließ, und ihre Hand umklammerte den Hörer so fest, daß sie sich hinterher wunderte, daß das Plastik nicht zerbrochen war.

»Was lassen? Dir sagen, was ich fühle? Ist es dir unangenehm zu wissen, wie sehr ich dich will? Stößt dich der Gedanke ab?« Shara sagte nichts. Was sie fühlte, war keine Abscheu. »Oder ist es dir unangenehm, von mir zu hören, was du selbst fühlst? Weißt du, wie es für mich war, dich zu küssen, Shara? Ich habe deine weichen Lippen an meinen gefühlt, deinen warmen Mund, wie er gierig meine Zunge in sich aufnahm, deine Zunge, wie sie meine streichelte, deinen Körper, der sich gegen meinen drückte, und deine Hand auf meiner Brust, und es war das intensivste sexuelle Erlebnis meines Lebens.« Ein Wimmern kam von Shara. »In deinen Armen zu sein fühlte sich einfach richtig an, als wäre dort seit ewigen Zeiten mein angestammter Platz. Und als es geschah, sagte mir meine Seele, daß du dasselbe fühltest wie ich. Hast du es gefühlt, Shara?«

»Es kommt nicht darauf an, was ich fühle.« Jessa hörte die Tränen in Sharas Stimme. »Mein Leben ist . . . zur Zeit kompliziert, Jessa, und wir, ich . . . bin gerade eine große Verpflichtung anderen gegenüber eingegangen.«

»Derek?« In dem einen Wort offenbarte sie den rohen, wunden Schmerz, den sie fühlte.

»Derek ist einer der Menschen, die ich berücksichtigen muß«, gestand Shara vorsichtig ein. *Und meine Agentin und Peter Garofolo und Hunderte von Leuten, die für diesen Film angeheuert wurden und deren Lebensunterhalt gefährdet sein könnte, wenn noch vor Produktionsbeginn ein Skandal aufkommen würde. Ich kenne Derek und weiß, daß er rachsüchtig sein kann. Er wäre imstande, das, was du mit Stephanie durchgemacht hast, wie ein Kindergartenpicknick aussehen zu lassen.* »Die Dinge sind nicht so schwarzweiß, Jessa.«

»Manches aber schon. Manches ist grundlegend und wesentlich und wahr.« Shara erwiderte nichts, aber Jessa konnte sie leise weinen hören und fühlte ihr eigenes Herz zerbrechen. In dem Moment wurde ihr deutlich, daß Shara nicht eingestehen wollte oder konnte, was sie beide fühlten. Ihr wurde deutlich, daß Shara lieber eine Lüge mit Derek leben würde, als sich mit einer Wahrheit auseinanderzusetzen, die alles zerstören würde, was sie über sich selbst glaubte.

Wie um dies zu bekräftigen sagte Shara mit gebrochener Stimme: »Jessa, wenn du das weiterverfolgst, werde ich nicht mit dir auf Reisen gehen können.« Einfach so.

Jessa wollte jammern, Shara und die Welt anbrüllen, daß die Situation vollkommen unfair war. Sie hatte so lange darauf gewartet, so zu fühlen. Nach Stephanie hatte sie Jahre gebraucht, um sich überhaupt in einer gesunden Weise auf jemanden einlassen zu können. Sie hatte Verhältnisse gehabt und mehr Bettgenossinnen als die meisten, aber sie war immer ehrlich mit ihnen gewesen und hatte ihnen gesagt, daß sie keine feste Beziehung eingehen wollte. Aber ein Teil von ihr hatte gewußt, daß sie eines Tages dazu bereit sein würde. Es war die höchste Form von Ironie, daß sie endlich eine Frau gefunden hatte, die sie zutiefst berührte und mit der sie ... alles wollte, daß diese Frau nun vor ihren eigenen Gefühlen Angst hatte und sich nicht auf das einlassen wollte, was zwischen ihnen passierte.

Sie schloß ihre Augen und ließ sich von dem Schmerz überschwemmen. Im ersten Moment wollte sie Shara sagen, daß sie sich verziehen sollte. Ihr sagen, daß sie ein Feigling war und sich zum Teufe scheren sollte oder wieder zurück zu ihrem Verlobten, mit Jessas besten Empfehlungen. Dann blitzten Bilder und Empfindungen durch ihr Gedächtnis: Sharas Verwirrtheit in der Hütte; Shara, die durch den Regen zu ihr schaute und sie küssen wollte, ohne wirklich zu verstehen, was sie überhaupt wollte; Shara, wie sie neben ihr saß und Chopins Nocturne spielte und sie danach mit soviel Wärme und Zuneigung anschaute, während ihre Körper sich berührten und Hitze entwickelten, an der sie sich beide wort- und tatenlos erfreuten.

Hauptsächlich dachte sie jedoch daran, wie sie sich geküßt hatten: als sie sich berührten, war es, als ob bei ihnen beiden die Kontrolle gerissen war. Sie wußte nicht, wer angefangen hatte, aber sie wußte, wenn Derek nicht nach Hause gekommen wäre, dann hätten sie es zu Ende gebracht, gleich da an der Hauswand. Sie hätten beide nicht weiter darüber nachgedacht und sich einfach geliebt. Wenn Shara die Macht dessen leugnen wollte, dann konnte Jessa das gut verstehen; sie selbst wußte seit ihrem vierzehnten Lebensjahr, daß sie lesbisch war, und trotzdem war sie vollkommen aus dem Gleichgewicht geworfen.

Hör auf, nur an dich selbst zu denken, Hanson. Gib ihr Zeit und Raum. Aber als die Stille immer mehr wuchs, drängten sich Zweifel in Jessas Gedanken. *Vielleicht bist du ja nur ein heißes Bi-Experiment für eine Frau, die nichts anderes will, als Sex mit dir zu haben, wenn ihr Verlobter nicht zur Verfügung steht. So oder so, es ist wahrscheinlich besser, sich zurückzuziehen, zumindest fürs erste.*

»Gut. Ich werde nichts weiterverfolgen, außer das, wofür ich in Amerika und Kanada bezahlt werde. Und Du kannst Dich darauf konzentrieren, deine Rolle zu recherchieren.«

Jessas Stimme, in umsichtig angepaßter Tonart, aber krächzend von den unterdrückten Gefühlen, wirkte wie ein Faustschlag in Sharas Bauch und sie preßte eine Hand darauf. *O Gott, ich will ihr doch nicht wehtun.* Aber sie sah keinen anderen Ausweg aus der unmöglichen Situation, in der sie sich befand. »Jessa, ich –«

»Ich sehe dich dann am Flughafen?« Jessa versuchte mit übermenschlichen Kräften, ihre Worte unbeschwert klingen zu lassen, aber sie klangen nur unglaubhaft in den Ohren der Frau, die sie mittlerweile so gut kannte. Trotzdem war Shara dankbar, daß Jessa es ihr leichter machen wollte, indem sie das beiseiteschob, was zwischen ihnen vorgefallen war, und sie so zusammen die Reise antreten konnte.

»Ja. Ja, das wirst du.«

»Derek geht's gut.« Sharas Stimme drang in Jessas Gedanken. »Er schmollt immer noch.« *Vor allem, weil ich gestern nacht nicht mit ihm schlafen wollte – obwohl er meine Beteuerung, krank zu sein, kaum anzweifeln konnte, wo ich doch nach paar Happen von dem Thai-Essen über seine Schuhe gekotzt habe.* »Aber er plant nicht mein Ableben oder so was in der Art. Er hat mich sogar zum Flughafen gebracht.«

Jessa nickte. Also waren sie noch immer ein Paar und haben es bestimmt gestern nacht miteinander getrieben, und danach durfte Derek dann mit ihr in den Armen einschlafen. Sie konnte es nicht über sich bringen, etwas Belangloses oder Zustimmendes zu sagen, also fragte sie statt dessen: »Möchtest du was zu trinken oder zu essen? Ich habe verschlafen und hatte keine Zeit fürs Frühstück, und jetzt sterbe ich fast vor Hunger.«

Shara fragte nicht, warum Jessa verschlafen hatte oder wie schwer es ihr gefallen war, in der Nacht zuvor einzuschlafen.

Kapitel 14

Es war Donnerstagmorgen und Shara war erschöpft. Sie waren am späten Montagnachmittag auf dem John F. Kennedy Flughafen eingetroffen, und Shara mußte am nächsten Tag um halb sieben in der Früh im Fernsehstudio sein, um ein Interview zu drehen. Danach ging sie mit Jessa zu einem ersten Treffen ins Lincoln Center, bevor sie dann zu einem Studio in Queens fuhr, um ein Video zu filmen, das in der ›Hinter den Kulissen‹-Dokumentation benutzt werden würde, sobald der Film über Jessa vor der Veröffentlichung stand. Das einzige, was ihre durch die Zeitumstellung durcheinandergebrachte Stimmung an dem Nachmittag aufheiterte, war die Neuigkeit, daß der vorläufige Filmtitel *Maestra* war, was sie perfekt fand. Sie aßen mit hohen Tieren von Jessas Plattenfirma im Le Cirque zu Abend und kamen erst kurz vor Mitternacht erschöpft und leicht angesäuselt wieder zur Loftwohnung zurück.

Der zweite Tag war genauso vollgestopft gewesen: Jessa hatte sie morgens um fünf geweckt, damit sie im Central Park joggen konnten, wobei sie von einem stämmigen und, was sie leicht beunruhigte, offensichtlich bewaffneten Mann namens Brad begleitet wurden. Es war unbestreitbar bizarr, von einem Chauffeur zum Joggen gefahren und abgeholt zu werden, aber Shara war mittlerweile an so vieles in der Unterhaltungsbranche gewöhnt, daß sie sich nicht mehr dabei dachte, als einfach nur ihr Glück zu preisen, daß das Mineralwasser offenbar im Preis mitinbegriffen war.

Nach dem Frühstück stand eine Probe mit Orchester und Chor auf dem Programm, gefolgt von einem Mittagessen mit einigen finanziellen Förderern. Danach gab es eine weitere Probe, dann Tee im Plaza Hotel mit dem Musikdirektor und der Ersten Geige, was allerdings eher eine zweistündige technische Diskussion war, in der sie die Partitur eingehend studierten und auf Kopien selbiger Notizen machten. Obwohl Shara diesen Vorgang sehr interessant fand, war sie froh, als Jessa mehrere Einladungen für den Abend höflich ablehnte, mit der Begründung, daß sie früh zu Bett gehen wollte.

Abgesehen von den Proben und dem Treffen im Plaza schien ständig jemand an Jessas Seite zu sein und ihre Aufmerksamkeit zu beanspruchen. Spätestens Mittwochnachmittag mußte Shara mit sich kämpfen, um diese Leute nicht anzufahren, Jessa endlich mal in Ruhe zu lassen.

Als nun am Donnerstag um sieben Uhr morgens das Telefon klingelte, vergrub Shara ihren Kopf unter dem Kissen. Aber da sie ja Jessas Leben nachvollziehen wollte, hievte sie sich aus dem Bett und ins Badezimmer, weil sie herausfinden mußte, wer warum angerufen hatte – vorausgesetzt, es hatte sich um einen geschäftlichen Anruf gehandelt.

Sie stöhnte, als sie beim Trockenrubbeln ihrer Haare im Spiegel ihre verschlafenen Augen erblickte. Sie brauchte mindestens noch zwei Stunden Schlaf, bezweifelte aber nicht, daß Jessa schon wieder fürchterlich putzmunter war, obwohl sie zur gleichen Zeit ins Bett gegangen waren. Daß Jessa eine Frühaufsteherin war, war genauso beunruhigend wie die Art und Weise, wie sie mit ihr flirten und ihren Hormonhaushalt in Aufruhr versetzen konnte, ohne auch nur das kleinste Gewissensbißchen zu zeigen. Sie ging nie soweit, daß Shara dagegen protestieren konnte, aber weit genug, um deutlich zu machen, wie sehr sie sich von ihr angezogen fühlte.

Als Shara einmal gefragt hatte, warum sie das tat, hatte sie erklärt: »So zu tun, als würde ich nicht empfinden, was ich empfinde, wäre eine Lüge. Ist dir das unangenehm?«

Shara hatte vor ihrer Antwort kurz nachgedacht. Was sie fühlte war nicht Unbehagen oder sonst etwas Negatives. Durch Jessas offene Zuneigung, in allem außer körperlichem, fühlte sie sich . . . geschätzt. »Nein«, hatte sie leise geantwortet, »ist es nicht.«

»Guten Morgen.« Jessa schaute nicht von der *New York Times* auf, aber Shara konnte das Lächeln in ihrer Stimme hören.

»Ist er das?« fragte Shara mürrisch und ging in die Küche, um sich einen Kaffee zu holen, von dem sie wußte, daß Jessa ihn für sie gekocht hatte.

»Finde ich schon. Ich bin hier mit einer umwerfenden Frau in einer phantastischen Wohnung in einer der besten Städte der Welt –«

»Hör auf, dich lustig zu machen.«

»Na gut, die Wohnung ist nur toll, nicht phantastisch, und die Stadt zeigt sich im Sommer wirklich nicht von ihrer besten Seite, aber die Frau ist eindeutig umwerfend.«

Shara ließ sich Jessa gegenüber in einen Stuhl fallen und schloß die Augen, während sie an ihrem Kaffee nippte. »Ich glaube, du brauchst eine Brille«, sagte sie, als sie ihre Augen wieder öffnete.

Jessa senkte die Zeitung und schaute zu Shara hinüber. Shara hatte kein Make-up aufgetragen, aber ihre Lippen waren weich und rosa, ihre Wangen waren leicht von der Dusche gerötet, und ihre Augenlider hingen noch schwer vom Schlaf – oder von den langen Wimpern. Jessa fand, daß ihre leicht mürrische Miene sie noch bezaubernder machte. »Mit meinen Augen ist alles in Ordnung«, sagte sie nur.

Die Wertschätzung in Jessas Blick und Worten veranlaßte Sharas Bauch zu einem kleinen Salto, und sie senkte den Blick auf ihre Tasse. »Danke.« Sie hörte kein Papierrascheln, weshalb sie wußte, daß Jessa sie weiterhin anschaute. Um sie beide abzulenken fragte sie: »Wer hat denn so früh schon angerufen?«

»Lisa. Sie kümmert sich gerade um die Verhandlungen für meine erste Filmvertonung. Sie kommt morgen her und bleibt wahrscheinlich bis nach dem Konzert am Samstagabend. Vielleicht kommt sie am Sonntag mit uns nach Toronto und bleibt dort auch ein paar Tage. Aber hauptsächlich haben wir über die Filmmusik gesprochen. Wenn alles so läuft wie geplant, dann werde ich die erste Schnittfassung nach meiner Reise zu sehen bekommen.«

»Das klingt spannend.« Shara war nun hellwach. Lisa hatte ihr von dem legendären Produzenten und Regisseur erzählt, der von Jessas Kompositionen begeistert war und mit dem Gedanken spielte, ihre Musik für seinen nächsten Film zu benutzen. Aber es ging hier nicht nur um einige extra für den Film geschriebene Stücke, er wollte tatsächlich, daß sie die gesamte Musik für den Film komponierte. Das war eine tolle Nachricht für Jessas Karriere.

»Ja, das ist es.« Aber sie klang nicht sehr begeistert. Sie legte die Zeitung beiseite und ging zur Fensterwand der Wohnung, um auf den frühmorgendlichen Verkehr in TriBeCa hinabzuschauen.

»Was ist los?« fragte Shara. Jessa war zwar berühmt für ihre Launenhaftigkeit, aber Shara hatte einen gesunden Respekt vor ihrer professionellen Geduld entwickelt. Trotz all der Ansprüche, die an ihre Zeit gestellt wurden und die im direkten Gegensatz zu den Vorbereitungen auf ihr Debüt mit den New Yorker Philharmonikern am Abend standen, war Jessa stets charmant und geduldig, und erst am vorherigen Abend hatte sie sich zum ersten Mal höflich aus der Affäre gezogen, um nicht einen weiteren Abend in Gesellschaft von Fremden verbringen zu müssen. Sie hatte Shara auch erzählt, wie dankbar sie für den Verlauf ihrer Karriere war, vor allem, da sie ihr vor acht Jahren fast in Fetzen um die Ohren geflogen wäre. Es war so ganz und gar nicht ihre Art, auf eine Gelegenheit dieses Ausmaßes so gleichgültig, ja fast ablehnend zu reagieren.

Am Abend vorher hatten sie sich Essen in die Wohnung kommen lassen und es in fast vollkommenem Schweigen gegessen, während sie beide mit den Gedanken den Ereignissen eines unmöglich vollgestopften Tages nachhingen. Danach folgten sie Jessas Vorschlag und spazierten durch TriBeCa und SoHo. Sie tranken in einem Lokal ein Glas Wein und gingen dann zurück zur Wohnung, wo sie es sich bei Musik gemütlich machten und ab und an über Musik oder anderes sprachen. Jessa konnte stundenlang schweigen, und Shara genoß die Stille zwischen ihnen fast genauso sehr wie ihre Gespräche. Als sie langsam Müdigkeit verspürte, erkannte sie erschrocken, daß es bereits ein Uhr morgens war. Nachdem sie noch am Nachmittag so erschöpft gewesen war, konnte sie kaum glauben, daß sie so lange aufgeblieben waren.

Noch unglaublicher war allerdings, daß sich an ihrem ersten gemeinsamen Abend allein seit der Hütte die sexuelle Anziehung zwischen ihnen sich nicht als Problem herausstellte. Alles war zwar unverändert: Ihr Körper reagierte auf die gleiche Art, wenn sie Jessa sah und ihr nahe war. Aber ihr Verlangen war nicht nur körperlich, also lenkte sie sich dadurch ab, daß sie sich auf den Wohlklang von Jessas sanfter Stimme konzentrierte und auf ihren Sprachrhythmus und auf das, was sie zu sagen hatte.

Sie sprach mit Jessa über Dinge und Menschen, die ihr wichtig waren, und sonnte sich in Jessas intelligentem Einfühlungsvermögen. Sie erzählte von witzigen Begebenheiten, weil sie Jessas Art zu lachen liebte. Jessa konnte auch sie zum Lachen bringen.

Aus irgendeinem Grund schien das Lachen ihre sexuelle Anziehung näher an die Oberfläche zu bringen, was gefährlich war, aber nicht so gefährlich, daß sie dafür das berauschende Vergnügen aufgegeben hätte, den ihr gemeinsamer Humor ihr bereitete. Jessas Flirten hatte einen ähnlichen, wärmenden Effekt, aber keine von beiden erlaubt es sich, weiter darauf einzugehen.

Sie hatte das Gefühl, daß sie Jessa Hanson auf eine Art kannte, wie es nur wenige andere Menschen taten, und daß Jessa sie ebensogut kannte. Daher war ihr klar, daß die Gründe für Jessas Vorbehalte bezüglich der Filmmusik weder Undankbarkeit noch ein Mangel an Bewußtsein für die Wichtigkeit dieses Projekts war. »Liebling, was hast du denn?«

Jessa drehte sich abrupt um, überrascht, Sharas Stimme zu hören, und sie so nah neben sich am Fenster stehen zu sehen. »Ach nichts, wirklich.«

»Jessa . . .« Shara zog ungläubig eine Augenbraue in die Höhe.

Zu ihrer eigenen Überraschung wurde Jessa rot und vermied es, sie anzuschauen. »Ich sollte nicht einmal so was denken. Musikalisch ausdrücken zu könne, welche Emotionen ein Film eines so berühmten Regisseurs in mir auslöst . . . Das ist eine einmalige Gelegenheit.«

»Aber?«

»Aber, es handelt sich um Vorstellungen einer anderen Person; jemandes Schöpfung. Und wenn ich das in den Sand setze? Wenn ich nicht wirklich nachvollziehen kann, was er ausdrükken will? Alles, was ich bisher geschrieben habe, war persönlich. Einerseits rät mir eine kleine innere Stimme davon ab, mich auf ein solch extrem kommerzielles Unterfangen einzulassen, aber andererseits glaube ich, daß Kunst in einem gewöhnlichen Medium erschaffen werden kann und daß es im Endeffekt nur auf das Können und die Vision des Künstlers ankommt. Wobei wir wieder beim ersten Problem angelangt wären –«

»Liebling, hör auf, dir Sorgen zu machen. Du bist eine begabte Komponistin. Ich habe die Musik gehört, die du geschrieben hast, Pop und Klassik, und wenn du es nur willst, dann wird es ein Kinderspiel für dich, die Musik zu dem Film zu schreiben, so begabt, wie du bist. Aber natürlich wirst du es nicht wie ein Kinderspiel angehen, du wirst hart arbeiten und es besser machen, als es sein muß. Du wirst das Beste abliefern.« Sie nahm Jessa beim Arm und drehte sie so, daß sie gezwungen war, sie anzuschauen. »Ich weiß, daß wir beide das wissen.«

Ihr ruhiges Vertrauen trieb Tränen in Jessas Augen; sie preßte ihre zitternden Lippen zusammen, während sie dort stand, gefangen zwischen Sharas Glauben an sie und ihrem eigenen Zweifel. Schließlich wandte sie den Blick ab und sagte: »Vielleicht ist das alles eh müßig. Noch sind keine Verträge unterschrieben, und wenn ich das Konzert heute abend gründlich vermassel, ist dieses Problem ohne Bedeutung.«

»Jessa, ich war bei der Probe und habe den ersten Durchlauf gehört. Es war schon hervorragend *vor* der Generalprobe in ein paar Stunden. Du hast ein Verhältnis zu den anderen Musikern, wie ich es noch nie gesehen habe. Dein Ruf für ausgezeichnete Qualität ist verdient, und du wirst auch deinen eigenen Ansprüchen heute abend genügen – von denen wir beide wissen, daß sie höher sind, als die irgendwelcher Produzenten oder Regisseure es jemals sein könnten.«

Jessa sah sie nun mit voller Aufmerksamkeit an und suchte in ihrem Gesicht nach dem kleinsten Anzeichen von Zweifel, aber es gab keines. Sharas vollkommener Glaube in sie verursachte ein wohlig warmes Beben in ihrem Bauch, und sie fühlte sich überwältigt.

»Komm her«, sagte Shara leise und zog Jessa in ihre Arme, um sie eng an sich zu drücken. Während sie sie hielt, sagte sie sanft: »Dies sind die Regeln: Ich bin hier die flatterhafte Schauspielerin, die eine Selbstvertrauenskrise haben darf und aus heiterem Himmel entscheidet, daß sie nichts wert ist. Du bist die unglaublich begabte Dirigentin, die überall Musik sieht und deren Hände sich beim Abheben eines Flugzeugs bewegen, weil sie beim Zuschauen komponiert und in ihrem Kopf Klavier spielt. Das bist du, Jessa. Und das wirst du sein, mit oder ohne Filmvertrag, mit oder ohne die New Yorker Philharmoniker.« Sie lockerte die Umarmung, um Jessa anschauen zu können. »Verstanden?« Ihre Stimme hatte einen leicht belustigten Ton.

Jessa mußte trotz ihrer vorherigen Befürchtungen lächeln. »Du bist unglaublich.«

»Nein.« Shara lächelte zurück. »Ich bin hungrig. Und wenn ich nicht bald gefüttert werde, dann werde ich ganz schnell gefährlich.«

Die Lachfalten um Jessas Augen wurden tiefer und sie grinste. »Nachdem ich dich habe essen sehen, macht mich das angemessen nervös.«

Als wäre ihnen zur gleichen Zeit klargeworden, daß sie sich in den Armen hielten, ließen sie diese rasch sinken und traten einen Schritt zurück; Shara wandte verlegen ihren Blick ab, und Jessa schaute leicht ratlos drein.

»Möchtest du irgendwo zum Frühstücken hingehen?« fragte Shara. Essen war ein sicheres, neutrales Thema.

Jessa zuckte mit den Schultern. »Warum nicht? Ich kenne da genau das Richtige in Chelsea; warum sollten wir nicht ausnutzen, daß wir einen Wagen mit Chauffeur zur freien Verfügung haben.« Sie zögerte, sagte dann aber doch leise: »Und Shara?«

Shara schaute sie mit fragend hochgezogenen Augenbrauen an.

»Danke. Ich bin es nicht gewohnt, daß jemand ...« Sie hielt inne, weil sie sich plötzlich vor dem fürchtete, was sie gerade beinahe preisgegeben hätte. Sie hatte gelernt, allein mit ihren Problemen fertig zu werden. Lisa wußte zwar von ihren Zweifeln und Ängsten, aber ihr praktischer Ratschlag, sich auf ihre vergangenen Errungenschaften und ihre harte Arbeit zu konzentrieren, um ihre Unsicherheit zu bekämpfen, reichte nie so weit bis in den dunklen Ort in ihrem Inneren, wo ihre Panik lauerte. Diesen Ort hatte Shara gerade berührt, scheinbar ohne große Anstrengung.

»Ich weiß«, antwortete Shara mit ähnlich sanfter Stimme. »Ich auch nicht. Aber ich gehe davon aus, daß du dasselbe für mich tun würdest.«

Jessa nickte, aber sie mußte auf einmal Distanz zwischen sich und Shara bringen, ehe sie etwas sagte oder tat, das sie beide bedauern würden. »Ich gehe und rufe den Chauffeur.«

»Und ich ziehe mir lieber ein Paar Schuhe an«, murmelte Shara. Sie war sich der Intimität dessen bewußt, was gerade zwischen ihnen vorgefallen war, und flüchtete aus dem Raum, noch bevor Shara den Telefonhörer abgenommen hatte.

Kapitel 15

Aufregung und Erwartung durchdrangen die Luft in der Avery Fisher Hall. Es gab gemurmelte Konversationen und die Musiker stimmten ihre Instrumente oder übten, und Shara stand im Eingang, um das alles auf sich einwirken zu lassen. Sie holte tief Luft und atmete den leicht exotischen Geruch von Hunderten von teuren Parfums ein, die sich in der kühlen, gefilterten Luft zu einem einzigen vermischten – dem Duft nach Privilegien. Karten für die Vorstellung waren seit Monaten ausverkauft, was Lisa zu dem Scherz verleitet hatte, daß dies mehr ein Rockkonzert als ein klassisches war. Allerdings waren dies keine Rockkonzert-Zuschauer.

Die Leute im Parkett waren im Durchschnitt älter, als Shara erwartet hatte, und sie waren tadellos herausgeputzt. An den Frauen funkelte so viel dezenter Diamantenschmuck, daß es einem Versicherungsangestellten wochenlang Alpträume beschert hätte. Trotz der Hitze auf den Straßen schienen die Männer in ihren makellosen Abendanzügen davon unberührt. Shara sah sich nicht in Gefahr, hier erkannt zu werden. Es bedurfte hierzu nicht einmal ihrer dunkelgefärbten Haare. Da *Gegen den Staat* seit über zwei Jahren nicht mehr in den Kinos gespielt wurde und ihre letzten Filme eher Massenware gewesen waren, bezweifelte sie, daß sie in der Menge viele Fans finden würde.

Die Entscheidung, das erste Mal ein von Jessa dirigiertes Konzert vom Zuschauerraum aus zu erleben und nicht von einem Stehplatz hinter der Bühne, war ihr nicht leicht gefallen. Sie war während der Proben hinter der Bühne gewesen und hatte die technischen Diskussionen miterlebt und die Wiederholungen der Übergänge, bis Jessa zufriedengestellt war. Sie hatte das verstehende Nicken beobachtet, als Jessa den Musikern – manche von ihnen Jahrzehnte älter als sie selbst – erklärte, wie sie etwas realisieren wollte. Sie hatte den kleinen Tobsuchtsanfall der Sopranistin miterlebt, die von Jessa mit ein paar gutgewählten Komplimenten beruhigt wurde, worauf dann eine ernste Diskussion über ihre Einwände folgte.

Bei der Generalprobe am Morgen hatte Shara sich vorgestellt, wie es sein würde, wenn die Musiker in feiner Abendgarderobe gekleidet wären und die Halle voll mit zahlenden Besuchern statt der Freunde und einer Gruppe Juilliard-Studenten, aber ihre Vorstellungskraft hatte kläglich versagt.

Nach der Probe hatte sie Jessa anvertraut, daß sie sowohl ein Gefühl dafür bekommen wollte, wie es war, sie zu ›sein‹, als auch sie als Zuschauerin zu erleben, weshalb sie Schwierigkeiten hatte, sich zu entscheiden, wo sie am Abend am besten sitzen sollte.

Jessa grinste sie an. »Hinter der Bühne wird es total verrückt zugehen, nicht unbedingt die beste Atmosphäre, um sich auf den Genuß von Mahler vorzubereiten.« Sie erläuterte, daß während der Vorbereitungszeit, in der die Musiker ihre Instrumente stimmten und die Sänger ihre Stimmen aufwärmten, ein Fernsehteam versuchen würde, alle diejenigen zu interviewen, die sie für bedeutend und zitierbar hielten. Während der letzten Nachbesserungen bei den Frisuren und dem Make-up würden zum Teil schlüpfrige Witze gerissen, um die unvermeidbare Nervenanspannung abzubauen. Abgesehen von dem Fernsehteam würden Journalisten von Tageszeitungen und klassischen Radiosendern und Magazinen herumlaufen, und viele von denen würden noch ein letztes Wort mit ihr erhaschen wollen. Auch einige der reichen Mäzene würden eine quasi-Privataudienz mit der Dirigentin gewährt bekommen, als besonderes Privileg für die Zehn- oder gar Hunderttausende von Dollars, mit denen sie das Orchester oder das Kunstangebot des Lincoln Centers unterstützten.

»Wirklich? Aber mußt du dich denn nicht auch auf das Konzert vorbereiten?«

Jessa zuckte mit den Achseln. »Ist alles hier drin«, sagte sie und deutete dabei auf ihren Kopf, »und wenn ich mich dem Orchester zuwende und sie mich anschauen und darauf warten, daß ich das Signal gebe, damit wir mit dem anfangen können, was wir am besten können, verlagert es sich nach hier.« Sie legte eine Hand über ihr Herz. »All die Leute und das Chaos, sogar die Zuschauer können diese beiden Orte in mir nicht berühren.« Sie zwinkerte. »Aber verrat das niemandem. Wenn ich den Leuten erzähle, daß sie ein liebenswertes Publikum waren, dann halten sie es für bedeutungsvoller, als es wirklich ist. Ich bin nur froh, wenn sie ruhig sind und ich sie ignorieren kann.«

»Demnach würde es dir nichts ausmachen, vor leerem Haus zu spielen?« Shara war fassungslos. »Für mich ist es ein prickelndes Gefühl, im Theater zu spielen statt in einem Film – unmittelbare Rückmeldung und Genugtuung. Willst du etwa sagen, daß ich ein größeres Ego habe als du?«

»Na ja, ich wollte es zwar nicht erwähnen, aber ...«

Shara gab ihr einen Klaps auf den Arm.

»Nein, es ist nicht dasselbe, vor einem leeren Haus zu spielen – aber nur, weil Konzerthallen akustisch so gestaltet sind, daß Leute darin sitzen, weshalb sie dann zu hell oder zu trübe klingen, wenn sie leer sind.«

Shara schaute sie mit skeptischem Blick an.

»Na gut, zugegeben, wenn uns etwas so perfekt gelingt, daß ich fast das Lächeln des Komponisten vor mir sehen kann, ist es schon toll, wenn Tausende von Leuten anerkennend applaudieren.«

»Also gefällt es dir doch, für ein Publikum zu spielen.«

»Ja, manchmal. Aber nicht unbedingt für das Publikum an einem Premierenabend oder einer Gala, das oft nur anwesend ist, um gesehen zu werden, und nicht weil sie Musik lieben. Es ist schwierig zu erklären, wie unterschiedlich ein Publikum auf mich wirken kann ...«

»Meinst du, ich könnte hinter der Bühne ein besseres Gefühl dafür bekommen, wenn ich in ihre Gesichter schauen kann?«

»Du kennst das vielleicht selbst vom Theater. Wenn ich hereinkomme, nehme ich die Gesichter kaum wahr. Ich bin tief in mich versunken und spiele die Routine ab, bis kurz vor Beginn, wenn dann alles in den Brennpunkt rückt. Hinter der Bühne zu sein kann dir nicht viel dabei helfen zu verstehen, was ich in bezug auf das Publikum sehe oder fühle. Wenn du eine Vorstellung davon bekommen willst, warum mich dieses Premierenpublikum nicht berührt, dann solltest du zwischen ihnen sitzen.« Sie lächelte Shara scheu zu. »Und ich gebe zu, daß ich mich besser fühlen würde, wenn ich wüßte, daß dort draußen mindestens eine Person sitzt, die Musik ihrer Echtheit wegen schätzt und möchte, nein daran glaubt, daß ich es gut machen werde.«

Bei Jessas Worten zog sich Sharas Herz zusammen. »Liebes, daran läßt weder mein Verstand noch mein Herz irgendeinen Zweifel«, erwiderte sie, und damit war die Entscheidung gefallen.

Shara hatte Jessa zuletzt in einem schwarzen Kleid gesehen, als sie in ihrer Garderobe verschwand, gefolgt von Brad, der eine Kleiderhülle und eine Reisetasche im Raum abstellte, hinaustrat, die Tür schloß und sich mit vor seiner muskulösen Brust verschränkten Armen davorstellte. Er würde dafür sorgen, daß Jessa ungestört war, bis sie ihre Garderobe verließ, um ihre vorkonzertliche Runde zu drehen; sie würde zum Probenraum gehen, in dem die Sänger sich aufwärmten, auf die Bühne, wo die Musiker zwischen Presseleuten und Mäzenen umherliefen, und schließlich würde sie sich in die Kulissen begeben und dort warten, nur mit dem Konzertmeister, den Journalisten mit Exklusivrechten und den Leuten, die benötigt wurden, um ein Konzert dieser Größe über die Bühne zu bringen.

Währenddessen würde Brad sich unter das Publikum mischen, und danach Stellung bei der Tür beziehen, die der Bühne am nächsten war, und von wo aus er die Leute dabei beobachten konnte, wie sie Jessa beobachteten. Er hatte Shara gebeten, in seiner Nähe zu bleiben, bis es Zeit war, zu ihrem Sitz zu gehen, und sie dann angewiesen, nach dem Konzert auf ihn zu warten, damit er sie hinter die Bühne führen konnte. Sie hatte nicht einmal daran gedacht, ihm widersprechen zu wollen.

Während sie sich setzte, lächelte sie ihn an, und er nickte ihr zu. Das Orchester war auf der Bühne, und das Publikum verstummte. Shara hielt beinahe ihren Atem an, als sich die Seitentür auf der Bühne öffnete und der Konzertmeister heraustrat. Er verbeugte sich zum Applaus des Publikums, stellte dann das Orchester vor, wobei mehr Applaus erklang, dann verbeugte er sich abermals und nahm seinen Platz als Erste Geige ein. Er gab der Oboe das Zeichen, ein langanhaltendes A zu spielen, damit der Rest des Orchesters die Instrumente ein letztes Mal vor dem Konzert aufeinander einstimmen konnte. Shara hatte das Gefühl, daß die Schmetterlinge in ihrem Bauch zusammen mit den unterschiedlichsten Instrumenten vibrierten, die entweder diesen durchdringenden Ton oder als Kontrapunkt ein B spielten. Sie konnte kaum glauben, wie nervös sie war, wo sie selbst doch gar nicht auf die Bühne mußte. Dann sah sie, wie sich die Tür wieder öffnete, und als Jessa herausschritt, vergaß sie alles andere und war nur noch von ihr gefesselt.

Jessa sah umwerfend aus. Das was sie anhatte als ›Männerklamotten‹ zu bezeichnen, wie Derek es getan hatte, wurde dem nicht gerecht, wie vollkommen weiblich der Frack an Jessa aussah. Die silbrige Weste schmiegte sich an ihren Körper und betonte ihre schlanke Taille und den flachen Bauch, und das Weiß-auf-Weiß ihrer maßgeschneiderten Leinenbluse und der Fliege bildeten einen Ausgleich zu ihrer Sonnenbräune und der dramatischen Bühnenschminke.

Shara hatte Jessa noch nie mit Make-up gesehen, nur auf Photos, und sie fuhr sich mit der Zunge über die Lippen, als sie bemerkte, wie dramatisch Jessas Wangenknochen betont wurden, und wie es ihr einen leichten Schmollmund gab. Jessas Augen waren durch den dunklen Eyeliner betont, so daß sie noch größer und leicht exotisch aussahen, besonders als die Bühnenbeleuchtung die dichten, durch schwarzes Mascara verlängerten Wimpern hervorhob.

Die Länge des schwarzen Fracks und die schwarze Hose mit den längsverlaufenden Satinstreifen ließen Jessa groß und stattlich erscheinen, selbst in den flachen Schuhen, die spiegelblank poliert waren, aber sie verbargen nicht ganz die weiblichen Kurven ihres Körpers. Jessa schritt selbstbewußt in donnerndem Applaus zur Mitte der Bühne und verneigte sich, ließ den Blick durch den Raum schweifen, lächelte höflich und verneigte sich wieder, um die Schmeichelei der Menge anzunehmen, noch bevor eine einzige Note gespielt worden war.

Dann sah Jessa hinunter in die ersten Reihen und suchte, bis sie Shara entdeckte. Ihr Lächeln wurde breiter, und sie schenkte ihr ein kleines Kopfnicken, das, obwohl kaum merkbar, dazu führte, daß Shara sich unglaublich besonders vorkam. Der Moment war vorüber, noch bevor er richtig begonnen hatte. Jessa wandte sich zur Seite, um der Ersten Geige die Hand zu schütteln und den Rest des Orchesters zu begrüßen. Dann betrat sie das Podium und hob den Taktstock.

Nach einem Moment vollkommener Stille erklangen die unverwechselbaren ersten Töne des angespannten, grüblerischen, fast ärgerlichen ersten Satzes von Mahlers zweiter Symphonie, der *Auferstehungssymphonie*.

Shara war wie hypnotisiert. Jede Bewegung von Jessas Körper war von Bedeutung, und sie hielt nichts zurück. Die körperliche Kontrolle und das emotionale Eintauchen, mit der sie dirigierte, machte es Shara unmöglich, ihren Blick abzuwenden. Es gab keinen Zweifel, daß Jessa Hanson eine Führungspersönlichkeit war – von dem Moment an, da sie vor das Orchester trat, wurde sie zu dessen Herz und Seele.

Shara hatte Aufnahmen von Mahlers Zweiter gehört, und sie war ihr immer ein wenig unzusammenhängend vorgekommen, aber als sie nun zuhörte, führte das Orchester nicht nur mit ungeheurer Präzision jede einzelne Note aus, sondern jeder Satz floß sogar für ihre relativ ungeübten Ohren mit perfektem Tempo in den nächsten über. Jessa hatte nicht nur das Publikum in ihren Bann geschlagen, sondern offenbar auch die Musiker.

Es war eine Symphonie mit allen Facetten, von spärlich zu üppig, von gequält zu triumphierend, von Verzweiflung zu Frohlocken und allem dazwischen. Während der ruhigen Passagen waren Jessas Bewegungen nuanciert und fast zart, aber Shara bemerkte, wie ihr eigener Körper sich anspannte, als sich Ruhe und Beherrschtheit immer weiter aufbauten und in kleine Explosionen musikalischen Ausdrucks mündeten, die Mahler scheinbar für dieses herrliche Orchester und die Frau, die es dirigierte, geschrieben hatte. Sharas Bauch machte einen Salto, als Jessa sich in die musikalischen Höhepunkte warf, wobei eine widerspenstige Locke auf ihre Stirn fiel und sich an ihre weiche Haut schmiegte, die vom Schweiß glänzte.

Der vierte Satz begann, und Shara mußte ihre vorgefaßte Meinung über Bord werfen; *Urlicht* war eines der schönsten musikalischen Stücke, das sie jemals gehört hatte. *Und Jessa Hanson ist eines der schönsten menschlichen Wesen, die ich jemals gesehen habe.*

Als die Altistin ihren Platz vor dem Orchester einnahm, riß Shara für einen Moment ihren Blick von Jessa los, um dem vollen Klang der tiefen Stimme – diesem höchsten und intimsten Instrument – gebührende Achtung zu erweisen. Das eindringliche Solo der Sängerin, das in ein Duett mit einer hinter der Bühne gespielten Geige mündete, berührte Shara tief in ihrem Innern.

Als der Chor auf die Bühne kam, stellten sich die kleinen Härchen an ihren Armen leicht auf, und während sich der letzte Satz voll entfaltete – mit all der Anspannung, dem Zweifel, der Wut und letztendlich dem Triumph – fühlte sie alles in ihrem eigenen Körper wiedergespielt, der sich mehr und mehr anspannte. Eine Schicht musikalischer Intensität folgte der nächsten, bis es schließlich in einem finalen, triumphierenden Höhepunkt gipfelte, der Tränen in ihre Augen brachte, die sich dann langsam einen Weg über ihre Wangen suchten.

Kapitel 16

Als sich die Tür zu ihrer Garderobe öffnete, breitete Jessa die Arme aus und empfing Shara, die zu ihr gelaufen kam. Brad schloß taktvoll die Tür hinter Shara, aber er hatte ein für ihn untypisches Lächeln auf den Lippen. *Das wurde aber auch Zeit*, dachte er. Er hatte genug Gespräche zwischen der kleineren Frau und ihrem nicht anwesenden Freund und auch zwischen den beiden Frauen mitbekommen, um zu wissen, daß sich dies anders als nur rein freundschaftlich entwickeln würde. Er hatte zu lange Sicherheitsdienst für berühmte Persönlichkeiten gemacht, um ein märchenhaftes Ende zu erwarten, aber die Art und Weise, wie diese zwei Frauen sich anschauten, gab ihm Hoffnung auf einen guten Ausgang.

»Du warst unglaublich«, murmelte Shara in Jessas Nacken und atmete den warmen Duft von sauberer Haut und Parfüm ein, der durch die körperliche Anstrengung während des Dirigierens intensiviert worden war.

»Danke«, murmelte Jessa in Sharas Haar, direkt über ihrem Ohr, ohne sie loszulassen. »Was für ein Erlebnis! Ich bin mir nicht sicher, daß mir schon jemals etwas so perfekt gelungen ist. Es gab keinen Moment, in dem ich dachte, daß das Orchester nicht das traf, was ich mir vorgestellt hatte oder in dem ich hoffte, daß das Publikum etwas nicht bemerkt hatte. Keinen einzigen Moment.«

Shara drückte sie fester an sich, bewegt von der Verwunderung in Jessas Stimme. »Sie wollten für dich perfekt spielen und für sich selbst. Ich habe gehört, wie eine Bratsche meinte, daß du etwas in Mahler gefunden hast, von dem sie nicht wußte, daß es da war, und daß es sie umgehauen hat.« Shara rückte etwas ab, um Jessa anschauen zu können, und lächelte sie an. »Und ich glaube, sie ist scharf auf dich.«

Jessa lächelte zurück. »Das ist mir so was von egal. Dieser

Abend heute war nur für dich.«

Shara schaute sie mit großen Augen an, tiefbewegt von Jessas schlichten Worten.

Jessa betrachtete die weichen, leicht geöffneten Lippen und die grünbraunen Augen, in denen die überschäumenden Gefühle so deutlich zu sehen waren. Sie konnte Sharas Parfüm riechen und war berauscht von dem Duft und von dem Gefühl, Shara in ihren Armen zu halten. Sie wand sich aus der Umarmung und stolperte rückwärts, bis sie einige Meter Abstand hatte.

Shara war verwirrt und etwas gekränkt. »Was ist denn? Habe ich irgendwas falsch gemacht?«

Jessa schüttelte den Kopf, sagte aber nichts. Sie hatte ihre Fliege gelockert, die nun um den offenen Kragen ihres Hemdes hing, und ihren Frack über einen Stuhl geworfen. Jetzt stand sie da, in der eleganten, schwarzen Hose und der engansitzenden Weste. Das Make-up, das ihre Augen und Wangenknochen betonte, und der fast verzweifelte Ausdruck auf ihrem Gesicht ließen sie wild erscheinen und, wie Shara fand, sexy.

»Jessa?«

»Du hast nichts falsch gemacht, Shara. Im Gegenteil, du hast alles richtig gemacht!« Mit diesem kryptischen Kommentar wandte sich Jessa von ihr ab und begann damit, ihre Manschettenknöpfe abzunehmen.

»Ich verstehe das nicht. Ich dachte, du wolltest –«

»Meinen Triumph feiern? Tja, das wäre schon schön. Ich würde gern nach der besten Vorstellung meines Lebens von der Bühne kommen, die Frau, die ich liebe, in meine Arme schließen und mich in ihrer Herzlichkeit baden und in der Freude daran, was ich geleistet habe.« Sie wandte sich wieder Shara zu. »Aber das ist ja nur eine Wunschvorstellung, nicht wahr? Ich bin hier mit der Verlobten eines anderen, und wenn ich meinen Instinkten folge und sie küsse, wenn ich dem nachgebe, was mein Herz und mein Wesen für richtig befinden, dann fällt diese Wunschvorstellung in sich zusammen, oder nicht?«

Shara wußte nicht, was sie sagen sollte. Ihr Herz hämmerte in ihrem Brustkorb, und ihr Körper verlangte danach, die kurze Distanz zwischen ihnen zu überbrücken und Jessa die Entscheidung abzunehmen, indem sie selbst den Kuß initiierte. Sie hatte nicht den geringsten Zweifel, daß sie Jessas Vorbehalte überwinden und sich über ihr Widerstreben hinwegsetzen könnte. Sie wollten diesen Kuß genauso sehr wie Jessa, wenn nicht sogar noch mehr. Aber hatte Jessa gerade gesagt, daß sie sie liebte? Nein, sie konnte das nur allgemein gemeint haben, und etwas anderes anzunehmen, wäre aus der Luft gegriffen. Aber der Gedanke daran verursachte ein so starkes Sehnen in ihr, daß Shara ein kleiner Laut entwich und Tränen in ihre Augen traten.

Sie machte nicht die paar Schritte, die sie zurück in Jessas Arme gebracht hätten, denn die Distanz zwischen ihnen war größer als ein paar Meter Bodenfläche. Das Überwinden dieser physischen Distanz hätte sie in einen Gefühlsstrudel gerissen, dessen Konsequenzen sehr viel weiter gereicht hätten, als die körperliche Befriedigung, die unbestreitbar gefolgt wäre.

Mit diesen Schritten hätte sie die Bedeutung der Tatsache geleugnet, daß sie bereits mit jemandem in einer Beziehung steckte. Oder geleugnet, daß zwischen ihr und Jessa eine Anziehungskraft bestand, die Dereks Existenz zu einem Problem werden ließ. Sie mußte sich eingestehen, daß ihr letzteres mehr ausmachte als ersteres.

Sie konnte sich nicht einmal einreden, daß es ja sicher bei einem freundschaftlichen Kuß geblieben wäre, oder daß es, mit Brad vor der Tür dieses öffentlich zugänglichen Raums, unschuldig hätte zugehen müssen. Sie wußte, ja sie hatte es seit dem ersten Kuß gewußt: Sobald Jessa und sie sich wieder anders als rein freundschaftlich berühren würden, gäbe es kein Halten mehr, bis sie sich geliebt hätten. Aber was danach?

»Hast du dir die Zunge abgebissen?« fragte Jessa spöttisch und wandte sich ab, um ihr Hemd aufzuknöpfen, nachdem sie ihre Weste abgelegt hatte.

Es klopfte leise, und Brads Stimme erklang durch die verschlossene Tür. »Meine Damen, wir müssen in einer halben Stunde zum Empfang im Rainbow Room. Ich habe die Massen damit vertröstet, daß Sie sich später unter sie mischen werden, damit sie Ihnen dann zu Ihrem Konzert gratulieren können.«

»Ich ... Ich gehe lieber, damit du dich umziehen kannst«, murmelte Shara beschämt; heiße Tränen traten in ihre Augen und rollten über ihre Wangen. Weil sie die beißende Bemerkung nicht ertragen hätte, die sie von Jessa als Antwort erwartete, riß sie die Tür auf und wäre fast mit Brad zusammengestoßen.

»Scheiße!« Jessa schlug wütend mit der Hand auf den Schminktisch und biß die Zähne aufeinander, um nicht zusammenzubrechen und loszuheulen. Wie hatte sie es nur geschafft, einen ihrer beruflichen Höhepunkte so spektakulär zu verpfuschen? *Habe ich ihr wirklich gesagt, daß ich sie liebe? Nein, natürlich nicht. Das war doch nur rein hypothetisch gemeint ...*

»Aber sicher doch«, sagte sie laut. *Alle haben dir dein ganzes Leben lang gesagt, daß du eine besondere Begabung hast. Das mußt du wohl, weil es einiges an Begabung verlangt, eigenhändig einen wunderbaren Abend in einen fürchterlichen zu verwandeln, der Süße einer deiner besten Aufführungen einen bitteren Nachgeschmack zu geben und die Frau zu kränken, die diese Aufführung inspiriert hat – und all das in einer Minute. Die Frau, die du liebst, seit du mit ihr im Regen spazierengegangen bist.*

»Frau Hanson?« fragte Brad mit ungewöhnlich sanfter Stimme. »Möchten Sie etwas?«

»Nein, danke ... Warten Sie, können Sie mir eine Flasche Mineralwasser besorgen?«

»Kommt sofort. Aber verlassen Sie unter keinen Umständen den Raum, bis ich wieder da bin, abgemacht?«

»Sicher«, antwortete Jessa leise, während sie sich weiter auszog.

Als Brad zurückkehrte war sie in eine Art halbbewußte Taubheit versunken und stand nur in Unterwäsche mitten im Raum. Ihre spärliche Bekleidung brachte ihn nicht aus der Fassung, dafür hatte er sich zu lange um die Sicherheit von Models und anderen unbefangenen Leuten gekümmert. »Es wurden auch mehrere Nachrichten abgegeben und fast ein Duzend Blumensträuße. Ich habe Ihnen die Karten mitgebracht, die bei den Sträußen waren, aber was soll ich mit den Blumen machen?«

»Schicken Sie sie in ein Altersheim, suchen Sie sich eins aus«, sagte sie mit matter Stimme.

Er reichte ihr die Karten. »Vielleicht heitern Sie die hier auf. Wir fahren in zwanzig Minuten, spätestens aber fünfundzwanzig.«

»Danke, Brad.« Jessa zwang sich zu einem Lächeln.

Nach einem kurzen Zögern, als wollte er noch etwas sagen, zog Brad sich taktvoll zurück.

Jessa ließ sich in einen Sessel fallen und blätterte durch die Karten, die zwar in Umschlägen steckten, die allerdings als Vorsichtsmaßnahme von Brad vorher geöffnet worden waren. Die meisten wünschten ihr viel Glück für das bevorstehende Konzert, einige waren Glückwünsche nach dem Konzert, aber eine Karte war per internationalem Kurier von London gekommen. Der Absender war ›D. Finch‹. Jessa erkannte die Adresse in Highgate und faltete die Nachricht auseinander, die auf geprägtem Briefpapier geschrieben war.

Aus irgendeinem Grund hatte Sharas Verlobter Jessa nicht zu der Premiere mit den New Yorker Philharmonikern gratuliert, sondern statt dessen die Gelegenheit genutzt, ihr an diese berühmte Adresse eine besitzanzeigende Mitteilung zu schicken. Sie lautete schlicht: »Sehr geehrte Frau Hanson, bitte benachrichtigen Sie Shara, daß ich Sonntag zu ihr nach Toronto kommen werde.«

Jessa lachte freudlos. *Habe schon begriffen, Herr Finch. Und danke, daß Sie mich davor bewahren, mich mit ihrer Verlobten noch mehr zum Affen zu machen.*

Kapitel 17

Derek gab zwischendurch Bescheid, daß er erst am Montag in Toronto eintreffen würde, aber weder seine verspätete Ankunft noch Lisas Anwesenheit trugen dazu bei, die Stimmung zwischen Shara und Jessa aufzutauen.

Jessa hatte Shara am Donnerstag vor der Abfahrt zum Rainbow Room Dereks Mitteilung in die Hand gedrückt und danach nur noch mit ihr geredet, wenn es unbedingt notwendig war.

Sie kam zwar dem Versprechen nach, Shara an allem zu beteiligen, tat dies aber mit zurückhaltender Höflichkeit, die den Zorn Lügen strafte, der in ihren dunklen Augen glühte, wenn sie Shara anschaute.

Am Sonntag trafen sie zur Mittagszeit in Toronto ein. Es war ein wunderbarer Tag, an dem die Segelboote über das dunkelblaue Wasser des Ontario-Sees glitten und anmutige Menschen auf Rollschuhen den Sonnenschein nutzten, um sich auf den kilometerlangen gepflasterten Wegen am See entlang zu vergnügen.

Lisa hatte eine Suite im Westin Harbour Castle Hotel gebucht, das Aussicht auf den See und auf die Skyline der Stadt bot, und das nur wenige hundert Meter den Queen's Quay entlang von der Wohnung entfernt war, die für Jessa gemietet worden war. Sie lud die beiden zum Brunch in das Drehrestaurant ihres Hotels ein, aber Jessa klinkte sich aus, mit Verweis auf Kopfschmerzen.

Kurz nachdem Lisa und Shara an einen Tisch begleitet worden waren und Getränke bestellt hatten, fragte Lisa frei heraus: »Was ist denn los mit Ihnen und Jessa?«

»Überhaupt nichts«, erwiderte Shara ebenso offen, wobei allerdings ihr Ton unbeabsichtigt die Bitterkeit darüber verriet, wie schrecklich schief alles zwischen ihnen geraten war.

»Das kommt mir aber ganz anders vor. Ich kenne Jessa, und

es ist sehr untypisch für sie, sich so verschlossen zu verhalten, wie sie es in Ihrer Gegenwart ist. Und wenn Sie nicht zugegen sind, dann weigert sie sich, über Sie zu sprechen oder darüber, wie es mit Ihnen läuft.«

»Vielleicht liegt es daran, daß sie mich nicht leiden kann. Haben Sie das schon mal in Erwägung gezogen?«

Der Ober brachte ihre Getränke, und Lisa nippte an ihrem, ehe sie mit nachdenklichem Blick antwortete: »Ich habe noch nie erlebt, daß Jessa nicht einfach sagt, wenn sie jemanden nicht leiden kann. Außerdem vermittelte sie einen genau gegenteiligen Eindruck, als ich am Donnerstagmorgen mit ihr telefonierte. Weshalb sollte sie ihre Meinung geändert haben?«

Shara wand sich unbehaglich und nahm einen großen Schluck, wobei sie sich plötzlich wünschte, daß sie etwas Stärkeres als Orangensaft bestellt hätte. »Ich glaube ... Ich glaube, es hat was damit zu tun, daß Derek zu Besuch kommt.«

»Oh ...« Lisa nickte verständnisvoll, runzelte dann aber die Stirn. »Aber sie hat ihn doch noch nie getroffen, oder?« Es war nicht zu überhören, daß eine Bekanntschaft mit Derek die schlechte Stimmung erklärt hätte, bei der Aussicht, ihm noch einmal begegnen zu müssen.

»Nein, aber sie hat ein paarmal mit ihm am Telefon gesprochen –« sagte Shara und errötete dann leicht, weil ihre Erläuterung Lisas Andeutung bestätigte und weil ihr peinlich war, daß ihr niemand von ihren Freunden oder Bekannten einfiel, der Derek wirklich mochte.

»Warum zum Kuckuck sollte es sie stören, daß er kommt? Sie ist ja nicht gezwungen, Zeit mit ihm zu verbringen.« Sie holte ein paar Bögen Papier aus ihrer Handtasche. »Hier ist unser Programm für die nächsten drei Tage.«

Shara faltete die bedruckten Blätter auseinander und schaute immer entsetzter drein, je länger sie las.

Lisa nickte. »Ja, das sind keine Druckfehler. Jeder Morgen beginnt mit einem Interview in einer Frühstückssendung – zwei im Radio, eines im Fernsehen –, jeden Tag gibt es mindestens zwei reine Geschäftstreffen, und dann hat sie noch jeden Tag Probe. Zu allem Übel hat sie noch um eine Änderung fürs erste Konzert gebeten, für die nun Beilagen in Tausende gedruckter

Programme gelegt werden müssen. Als die Agentin dieser launenhaften Künstlerin arbeite ich mit dem kanadischen Büro ihrer Plattenfirma daran, weil sonst niemand dafür zahlen will. Das ist zwar mein Problem, aber für Jessa bedeutet es, daß sie länger mit dem Orchester arbeiten muß, um sie auf den neuesten Stand zu bringen. Sie hat bis Freitagmorgen keine Minute Zeit für sich, noch nicht mal zum Essen.«

Mist. Derek wird einen Koller kriegen. »Gibt es irgendeine Möglichkeit, daß Derek zu den Abendveranstaltungen mitkommen kann? Jessa hat geplant, daß ich mitkomme, aber ich hatte nicht erwartet, wie –«

»Wie zeitaufwendig es sein würde, wenn sie eine Musikerin bei ihrer Reise auf Schritt und Tritt begleiten wollen?« Lisa bemühte sich nicht, ihre Ungeduld zu verbergen.

Shara konnte es ihr nicht ankreiden. Es war ihre Aufgabe, sich trotz vollem Programm auch noch um Jessas launenhafte Änderungswünsche zu kümmern, aber sie taten Shara einen Gefallen damit, sie hiersein zu lassen, und ihr Verlobter sollte keine zusätzliche Arbeit bedeuten.

»Hat er Sie denn noch nie auf eine PR-Tour begleitet? Dies hier ist das gleiche, nur zusätzlich noch die Belastung durch Proben und Live-Auftritte.«

»Das habe ich versucht ihm klarzumachen«, sagte Shara unglücklich, »aber er hat mich in eineinhalb Wochen nicht länger als ein paar Stunden zu Gesicht bekommen.« Sie zuckte mit den Schultern. »Ich glaube, er hat erwartet, daß ich zumindest an den Abenden frei bin.« Sie ließ die Schultern sinken. »Wenn es nicht möglich ist, ist das auch in Ordnung. Dann laß ich die Abendveranstaltungen aus und verbringe die Zeit mit ihm.« Der Gedanke daran schlug ihr auf den Magen, denn sie hoffte, daß mit der Zeit ihre ständige zwangsläufige Anwesenheit Jessa ein wenig aufweichen lassen würde und daß sie dann wieder die Freundschaft aufnehmen könnten, die sie vor dem ersten Konzert in New York hatten.

Sie wußte, daß sie sich mehr auf Dereks Ankunft freuen und weniger Panik davor haben sollte, Jessa nicht zu sehen und sich nicht mit ihr vertragen zu können, aber sie schob ihre Gefühle auf Dereks mangelnde Rücksichtnahme, sie mit seinem Besuch zu überfallen.

»Ich schaue mal, was ich machen kann«, gab Lisa nach, »aber ich weiß bereits, daß er nicht zum Konzert am Donnerstag mitkommen kann, es sei denn, eine der Karten wird wieder zurückgegeben. Sogar die Plätze, die für VIPs freigehalten werden, sind schon belegt.«

Shara war dankbar, daß ihr Unglück nicht vollkommen war. »Bis dahin muß er wieder nach London zurück«, versicherte sie Lisa. »Seine Großmutter hat Freitag Geburtstag, und da kann er nicht fehlen.«

Lisa hob eine Augenbraue. »Das nenne ich Leidenschaft.«

Shara wurde rot. Sie konnte Lisa nicht erzählen, warum ein Mann, der eine familiäre Verpflichtung hatte, die nicht umgangen werden konnte, den Atlantik zweimal überquerte und seiner Freundin auf einer beruflichen Reise solche Unannehmlichkeiten bereitete, nur um sie über den Zeitraum von drei Tagen für ein paar mickrige Stunden sehen zu können. Lisa nahm offenbar an, daß er sich nach Shara sehnte, aber sie selbst war fast sicher, daß es sich dabei mehr um Machtspielchen handelte. »Ich glaube, es gibt da was, das er ... regeln will.«

Lisa sah sie mit leicht zusammengekniffenen Augen an, als wollte sie herausfinden, was wirklich in ihrem Hirn vorging, aber dann zuckte sie die Schultern. »Wie Sie meinen, Frau Quinn, aber ich behaupte, daß sechzehn Flugstunden in drei Tagen bedeutet, daß er hofft, die Regelung wird zu seinen Gunsten ausfallen.« Dann lächelte sie. »Sollen wir bestellen? Ich bin am Verhungern.«

Als Lisa zurück in ihre Hotelsuite kam, war sie überrascht, in ihrem Wohnzimmer Jessa vorzufinden, die lustlos mit der Fernbedienung von einem Fernsehsender zum nächsten schaltete.

»Sollte ich mich darum sorgen, wie du reingekommen bist?«

Jessa zuckte die Schultern. »Ich habe ein ehrliches Gesicht und habe höflich gefragt.« Auf Lisas skeptischen Blick hin schob sie nach: »Und ich habe dem Portier zwei Karten für das Konzert am Samstagabend gegeben. Scheinbar werden die derzeit auf dem Schwarzmarkt für je vierhundert Dollar gehandelt.«

»Wie geht's deinem Kopf?«

Jessa warf ihr einen finsteren Blick zu. Sie wußten beide, daß Jessa keine Kopfschmerzen hatte. »Wie ging's beim Brunch?«

»Es war lehrreich. Hast du was gegessen? Soll ich dir was beim Zimmerservice bestellen?«

»Lisa, ich bin nicht hier, um zu essen. Was hat Shara erzählt?«

Die Frage überraschte Lisa nicht. Sie wußte, daß der Grund für Jessas stillen Ärger in den letzten zwei Tagen schwerwiegender war, als nur eine Verärgerung oder Abneigung. Zwischen den beiden war etwas vorgefallen – etwas, daß Jessa tief verletzt hatte. Jessa trug ihr Herz stets auf der Zunge, weshalb das tagelange Verschleiern ihres Schmerzes hinter vorgeschobenem Ärger Spuren hinterlassen haben mußte. Lisa hatte keinen Zweifel daran, daß Jessa dieses Gespräch dazu nutzen würde, ihrem Ärger Luft zu machen und ihr von den zugrundeliegenden Ursachen zu erzählen. Jessas Wortkargheit war genauso unerklärlich gewesen, wie Shara Quinns offensichtliche Verletztheit, als sie meinte, daß Jessa sie nicht leiden könnte.

»Sie hat mir erzählt, daß du sie nicht magst. Entweder das, oder du magst ihren Verlobten nicht. Oder vielleicht beides.«

Jessa schaltete den Fernseher aus und stand abrupt auf, ging hinüber zur Schiebetür und blickte hinaus auf den See und die kleine Inselkette gut einen Kilometer vom Ufer entfernt. »Vielleicht hat sie recht.«

»Warum quält es dich dann so, daß ihr Verlobter zu Besuch kommt?« Lisa hatte sich noch nie zurückgehalten, aber als Jessa bei ihren Worten zusammenzuckte, wünschte sie sich, daß sie etwas weniger direkt gewesen wäre.

Jessa schloß ihre Augen, als ob sie das Vorübergehen einer Schmerzwelle erduldete. Als sie sie wieder öffnete, waren sie voller Tränen. »Ich verstehe es nicht, Lisa. Manchmal schaut sie mich an, als ob – Und wenn wir uns berühren, ganz harmlos berühren, dann fühle *ich mich* berührt –« Sie preßte eine Faust auf ihr Herz. »Und ich weiß, sie fühlt es . . . sie fühlt etwas. Wie k-kann sie ihn dann heiraten?«

Wortlos ging Lisa zu ihr hinüber, nahm sie in die Arme und drückte sie schweigend an sich, während sie schluchzte.

Kapitel 18

Am Montag verließ Shara die Probe vorzeitig, um Derek vom Flughafen abzuholen, und verpaßte so, wie das Orchester sich zum ersten Mal an Jessas neuer, noch namenloser Komposition versuchte. Sie war gekränkt, daß Jessa ihr die Partitur nicht gezeigt hatte.

Wie sich herausstellte, hätte sie ruhig der gesamten Probe beiwohnen können, denn Derek hatte wegen eines gewerkschaftlich organisierten Protestes auf der M25 seinen Flug verpaßt. Er war zu ungeduldig gewesen, um auf den nächsten Direktflug aus Heathrow zu warten, also hatte er umgebucht. Der Flieger nach Amsterdam ging kurz nach dem, den er verpaßt hatte. Er hatte es nicht für nötig befunden, Shara anzurufen und Bescheid zu geben. Noch nicht einmal dann, als er erfuhr, daß der Flug von Amsterdam nach Toronto mehrere Stunden Verspätung haben würde. Als er dann schließlich doch anrief, aus dem Flugzeug, war sie schon mit dem Chauffeur auf dem Weg zum Flughafen.

Sie war nicht in der Stimmung, sich mit Jessa auseinanderzusetzen, und angesichts der neun Stunden Wartezeit bis zu Dereks Ankunft bat sie den Fahrer, sie zu den Niagarafällen zu fahren. Auf der Fahrt fragte er, ob sie Radio hören wollte, und sie bat ihn, den Klassiksender einzuschalten. Sie biß sich auf die Lippe, als Jessas Stimme aus den Lautsprechern erklang; es war ein Zusammenschnitt des Interviews vom Morgen. Jessa wurde nach den Härten des Reisens befragt und wie sie mit eventuellem Heimweh fertig wurde. Jessas Stimme klang traurig, als sie antwortete, daß der beste Weg Einsamkeit zu vermeiden der sei, mit jemandem zu reisen, der einem viel bedeutete, daß ihr auf Reisen aber auch die Musik als Balsam diene. Shara schloß fest die Augen und versuchte den Schmerz zu ignorieren – ihren eigenen und Jessas.

Zu ihrer Erleichterung bat der Moderator kurz darauf Jessa darum, das Musikstück anzukündigen, das sie am meisten mit ihrer englischen Herkunft in Verbindung brachte. Jessa scherzte, das sei die englische Nationalhymne, *God Save the Queen*, stellte dann aber *Die aufsteigende Lerche*, von Vaughan Williams vor. Das Stück gab Shara stets eine Gänsehaut, auch ohne Jessas Einführung mit einer Stimme, deren Traurigkeit unmittelbar auf sie selbst zurückzuführen war. Während die einsame Violine durch die Luft glitt und eine Geschichte idyllischer Schönheit und musikalischer Eleganz erzählte, fühlte Shara sich zu einer kleinen Hütte auf dem Land zurückversetzt. Ihr Atem verfing sich in einem Schluchzer, und der kleine Laut schien eine Art Katalysator für den Verlust ihrer Kontrolle über den Schmerz zu sein, der ihr Herz zu verbrennen drohte, seitdem Jessa sie in eine Rolle irgendwo zwischen einer geschäftlichen Bekannten und einem notwendigem Übel verbannt hatte.

Als die Tränen zu fallen begannen, wollten sie nicht mehr aufhören. Obwohl sie sich mit aller Kraft darum bemühte, sich nicht auf sie einzulassen, ließen die Schluchzer ihren Körper erzittern und schmerzten in ihrer Kehle. Das Stück von Williams endete, und die Berliner Philharmoniker stimmten die unverwechselbaren ersten Takte von Beethovens *Eroica* an, eine Symphonie, dessen Schönheit, Stärke und Vielschichtigkeit Shara wie selbstverständlich an Jessa erinnerte. Wenn überhaupt möglich, verstärkte dies nur noch ihre Tränen.

Eine Reihe schlafloser Nächte, emotionale Entkräftung, das sanfte Wiegen des Luxuswagens und ein beruhigendes Stück von Tschaikowski, das im Anschluß erklang, sorgten dafür, daß sie überwältigt in einen erschöpften Schlaf fiel.

»Frau Quinn?«

Shara öffnete die Augen und sah den Chauffeur verständnislos an, bevor sie sich daran erinnerte, wo sie war.

»Ich dachte mir, Sie könnten eine Tasse Kaffee gebrauchen. Ich habe versucht, Ihnen Bescheid zu geben, als wir die Fälle erreichten, aber Sie haben so fest geschlafen, daß ich bis nach Niagra-on-the-Lake weitergefahren bin. Es ist ein richtig nettes Städtchen mit viel weniger Touristen als bei den Fällen, also wenn Sie sich ein wenig die Beine vertreten möchten ...« Er war es offenbar nicht gewohnt, seinen Kundinnen so viel zu sagen und schaute verlegen drein, als er ihr den Kaffee in die Hand drückte.

»Danke, Tony. Das weiß ich wirklich zu schätzen. Ich muß wohl müder gewesen sein, als mir bewußt war.« Sie verlor kein Wort über die Tränen, die sie vor dem Schlaf vergossen hatte, und er war zu taktvoll, um sie zu erwähnen.

Statt dessen nickte er. »Ein Nickerchen am Nachmittag ist gesund. Wo ich herkomme, ist das ein Zeichen von guten Manieren.« Er hatte sich beim Sprechen durch die offene Tür zu ihr gelehnt und richtete sich nun auf. »Ich bleibe hier beim Auto. Die Hauptstraße ist gleich dort drüben.« Er zeigte in die Richtung hinter dem Auto. »Und meine Tochter ist ganz vernarrt in den Bonbonladen. Vielleicht finden Sie da ja auch etwas.«

Sie ließ sich Zeit dabei, ihren Kaffee zu trinken, während sie sich unter die Touristen mischte und ihre Anonymität und das angenehme Sommerwetter genoß. Danach stöberte sie eine gute halbe Stunde durch die kleinen Läden entlang der hübschen Hauptstraße in Viktorianischer Architektur und Postern, die das George Bernard Shaw Theaterfestival ankündigten.

Auf der Rückfahrt fuhren sie ganz langsam an den Niagarafällen vorbei. Shara kurbelte das Fenster herunter, um die Ausmaße und die Gewalt dieses Naturphänomens auf sich wirken zu lassen, und spürte kurz darauf den Sprühnebel, der sich auf ihr Gesicht legte. Tony bot an anzuhalten, damit sie aussteigen und die Wasserfälle näher betrachten konnte, aber sie verzichtete darauf, sich den Tausenden von Touristen auf dem Fußweg nah der Schlucht anzuschließen.

Trotz des Kaffees schlief sie auf dem Weg zurück nach Toronto wieder ein. Als sie aufwachte, stellte sie fest, daß ein Sommergewitter über die Metropole hereingebrochen war – und daß sie vor Hunger fast umkam. »Tony, haben Sie Hunger?«

»Ja, aber das ist kein Problem. Ich werde essen, nachdem ich Sie am Hotel abgesetzt habe.«

»Ich möchte Sie gern zum Essen einladen, bevor wir zum

Flughafen fahren.« Sie schaute auf ihre Uhr. »Es sind noch mindestens zwei Stunden, bis Dereks Flug eintrifft.«

»Aber das schickt sich doch eigentlich nicht –«

»Ich werd's keinem erzählen, wenn Sie's nicht tun. Kommen Sie schon. Ich habe Hunger und Sie haben Hunger, und ich kenne mich hier in Sachen Restaurants nicht aus.«

»Ich kann Ihnen ein paar Empfehlungen geben –«

»Nouvelle Cuisine, voll mit Touristen und einem Blick auf den See?« spottete Shara milde. »Ich möchte dort essen, wohin Sie ihre Frau und Tochter ausführen – nicht in einem Restaurant, das auf irgendeiner Liste steht, die Sie zitieren sollen.«

Tony lachte. »Na gut, aber ich hoffe, Sie legen ein gutes Wort für mich ein, wenn ich mir eine neue Stelle suchen muß.«

»Ich mache Ihnen einen Vorschlag. Wie wäre es, wenn Sie eine Pause fürs Abendessen einlegen? Sie wären dann nicht im Dienst, und ich würde Sie dafür entschädigen, indem ich Sie zum Essen einlade.«

Wie um ihn zu einer Entscheidung anzufeuern, knurrte in dem Moment sein Magen so laut, daß Shara es hören konnte. »Wie könnte ich einer schönen Frau eine Einladung abschlagen und einen so hartnäckigen Magen ignorieren?«

Sie fuhren zu einem kleinen italienischen Restaurant namens *Roccos Tomatentraum* in einem westlichen Vorort. Das Essen war vorzüglich und Shara erlaubte sich zwei Gläser Wein. Rocco, der Besitzer, kam zu ihnen an den Tisch, um mit Tony zu plaudern und viel Aufhebens um Shara zu machen, aber nicht, weil sie berühmt war sondern offenbar eine gute Freundin von Tony.

»Shara, ich finde, du solltest diesen Unsinn aufgeben und mit mir nach Hause kommen.«

»Ich finde es auch schön, dich zu sehen, Derek«, erwiderte Shara gelassen.

Derek bremste sich, weil ihm plötzlich auffiel, daß er sich nur ereifert hatte, seit er aus der Zollabfertigung erschienen war. »Entschuldige, Schatzi«, sagte er verlegen. »Du hast mir gefehlt, Shara.« Er zog sie in seine Arme und drückte sie an sich. Dann rückte er etwas ab und schaute sie an. Sie sah müde aus, obwohl er derjenige war, der fast seit vierundzwanzig Stunden auf den Beinen war.

Shara starrte ihn an und wunderte sich, warum sie nichts empfand, noch nicht einmal Verärgerung über die überhebliche Tirade, die Derek vom Stapel gelassen hatte, sobald er sie entdeckt hatte. Es hatte sich nicht dafür entschuldigt, daß er ihre Reise unterbrach oder sie hatte warten lassen, nur anhaltend gejammert. Er war noch immer gutaussehend, sogar in dem zerknitterten Hemd, der Khakihose und dem Haar, das ihm unordentlich in die Stirn fiel. Sie fragte sich, ob diese lässige, zerzauste Eleganz bei reichen Leuten angeboren war. Seine Züge waren ihr vertraut, aber das tröstete sie nicht. Es hatte eine Zeit gegeben, in der allein ihn zu sehen ein Lächeln auf ihr Gesicht gezaubert hätte.

Derek war all das, was sie nicht war. Angefangen bei seiner gelassenen Lebenseinstellung und seiner Kinderstube in den gehobenen Kreisen, bis zu seinem Mangel an echtem Verständnis für Menschen wie sie, die ehrgeizig waren, weil Ehrgeiz ein ihm fremder Wesenszug war.

Sie spendete an wohltätige Organisationen, nachdem sie sich über sie informiert hatte und wußte, wieviel sie wirklich benötigten, wem sie halfen und welche Ansichten sie vertraten, während er seinen Buchhalter zu Spenden anhielt, weil sie ihm einen Steuervorteil verschafften. Er konnte nicht verstehen, worin der Unterschied lag.

Es fiel ihm leicht, Freundschaften zu schließen und auch wieder aufzulösen, wenn jemand Interessanteres auf der Bildfläche erschien, wohingegen sie einige wenige, kostbare Freundschaften pflegte, die Jahrzehnte überdauert hatten.

Das einzige, was Derek wichtig war, war die Beziehung zu seiner Familie. Sie nahm an, daß dies nur natürlich war, weil seine Erbschaft sicher seinen Treuhandfond noch übertreffen würde, egal wie großzügig bereits der ausgelegt war. Sie, auf der anderen Seite, hatte fast jeden Kontakt zu ihrem Vater verloren, weil sie seinen Erwartungen nicht gerecht geworden war, die er an die Tochter gestellt hatte, die er nach dem frühen Tod seiner Frau allein aufgezogen hatte. Dereks unvoreingenommenes Wesen hatte sie möglicherweise gerade deshalb angezogen, weil es in direktem Gegensatz zu ihrem Vater stand, und sie versuchte sich genau daran zu klammern, während sie damit kämpfte, eine Zuneigung zu empfinden, die sich in den letzten paar Monaten in Luft aufgelöst hatte.

»Ist was?«

Sie schüttelte den Kopf. »Nein, es war nur ein langer Tag. Du bist doch sicher müde. Komm, der Fahrer wartet draußen. Sein Name ist Tony, und er freut sich schon darauf, dich kennenzulernen.«

»Du schließt Freundschaften mit den seltsamsten Leuten«, bemerkte er und folgte ihr, als sie davonging. »Aber ich gebe zu, daß es ein langer Tag war. Habe ich dir schon erzählt, daß ich nach Amsterdam im Zwischendeck sitzen mußte, weil die erste Klasse voll war?«

»Mehrere Male«, murmelte Shara. »Da sind wir ja schon«, sagte sie laut und mit aufgesetzter Heiterkeit, als sie Tony entdeckte, der neben dem Wagen auf einem Kurzzeitparkplatz stand.

Als sich die Türen schlossen und Tony den Motor anließ, legte sich eine ungemütliche Stille über den Wagen, deren Gewicht Shara deutlich spürte, aber die sie nicht zu brechen wußte. Sie erinnerte sich an eine Zeit, als sie sich hätten beherrschen müssen, um nicht übereinander herzufallen. Jetzt grauste ihr davor, daß Derek versuchen könnte, sie zu berühren. Sie hatte keine körperlichen Beschwerden, und ihr fiel keine plausible Erklärung ein, warum sie keinen Sex mit dem Mann haben wollte, der den Rest seines Lebens mit ihr verbringen wollte. Doch sie wollte ihn nicht – zumindest nicht so, wie sie . . . Jessa wollte.

Shara verscheuchte Jessas Ebenbild aus ihren Gedanken, aber nun gab es nur noch das enge Wageninnere, das Trommeln des Regens auf dem Dach und die wie wild hin und her rasenden Scheibenwischer, die versuchten, dem Fahrer die Sicht freizuhalten. Dereks Gegenwart schien sich auszudehnen und den ganzen Raum auszufüllen, bis sie die Luft aus Sharas Lungen quetschte und sie kaum noch atmen konnte.

Gerade als sie Tony bitten wollte den Wagen anzuhalten, damit sie hinaus in den Regenguß gehen und tief Luft holen konnte, setzte sich Derek so, daß er sich anschauen konnte. »Kannst du mir wenigstens sagen, was zum Teufel los ist? Ich reise um die halbe Welt, um dich zu sehen, und du dankst mir das mit diesem ... unpersönlichen Empfang.«

Shara wurde rot und warf einen nervösen Blick in Tonys Richtung. »Derek, können wir das besprechen, wenn wir im Hotel sind?«

»Nein. Wir können es jetzt besprechen. Was ist los, Shara?«

»Das sind jetzt ... einfach keine guten Umstände. Ich bin müde. Ich habe in letzter Zeit wirklich hart gearbeitet, um mich auf diese Rolle vorzubereiten, und seit ich in New York gelandet bin, hatte ich einen vollen Terminkalender –«

»Hart gearbeitet? Diesem Mannweib hinterherlaufen? Hat dich das so ermüdet, daß du keine Begeisterung zeigen kannst, nachdem ich mehr als vierzehn Stunden auf der Reise war, um in dieses verfluchte Land zu kommen und dich zu sehen?«

Shara war entsetzt, weil sie wußte, daß Tony jedes Wort hören konnte, vor allem, nachdem sie die Verehrung für seine Wahlheimat in Tonys Worten gehört hatte. »Derek! Nur damit das klar ist: Was ich bisher von diesem Land gesehen habe, ist sehr schön. Und ich möchte nicht, daß du Jessa als ... Mannweib bezeichnest.«

»Aber das ist sie doch. Was ist passiert? Hat sie dich gegen mich aufgebracht?«

Sharas durch Dereks Ankunft ausgelöste Benommenheit begann sich in Ärger zu verwandeln und drohte in Wut auszuarten. Sie schaute aus dem Wagenfenster, bemüht sich zu beruhigen und ihre Gedanken zu sammeln. Es gab kaum Verkehr, und sie waren schon nach links abgebogen und fuhren den See entlang in die Stadt hinein. Geradeaus konnte sie den Lichtschimmer der Wolkenkratzer sehen, aber die Skyline und der unverwechselbare Umriß des CN Towers waren von Nebel und Regen verschleiert. »Niemand hat mich gegen dich aufgebracht. Falls es dir entgangen sein sollte, ich habe neun Stunden damit verbracht, auf dich zu warten. Ich habe deswegen eine Probe, ein Fernsehinterview und ein Abendessen mit Vertretern der renommiertesten Plattenfirma für klassische Musik verpaßt.«

»Du hörst dich ja an, als wärst du die Musikerin! Nichts von dem Müll hat doch irgendwas mit dir zu tun. Du bist doch nur ein Anhängsel! Was meinst du wohl, wie ich mich fühle zu wissen, daß du deine Zeit lieber mit Fremden, schlimmer noch, mit Musikern und Blutsaugern der Schallplattenindustrie verbringst als mit mir?«

»Du kennst diese Leute doch gar nicht und doch hält dich nichts davon ab, sie zu beleidigen –«

»Du kennst sie doch auch nicht. Was würde das ändern, sie zu kennen? Es bleibt doch bei der Tatsache, daß du lieber mit diesem Mannweib und ihrem Gefolge zusammen bist als mit mir, trotz all der Anstrengungen, die ich unternommen habe –«

»Und warum genau hast du diese Anstrengungen überhaupt unternommen, Derek?« Shara drohte die Beherrschung zu verlieren. »Und sag ja nicht, daß du es für mich getan hast. Wir wissen doch beide, daß das ein Haufen Schwachsinn wäre. Ist es der Unmut über meine Karriere? Beweinst du, daß mein Erfolg mir nicht genug Zeit dafür läßt, dir mehr Aufmerksamkeit zu widmen? Ist das der Grund, warum du so absolut dagegen bist, daß ich versuche, in dieser Filmbiographie so gut wie möglich zu sein?«

»Das ist doch absurd.«

»Dann sag mir, warum du hier bist, obwohl ich dir extra vorher erzählt habe, daß in dieser Stadt der Zeitplan am vollsten ist und obwohl du weißt, daß ich in den kommenden zwei Wochen in Berlin viel mehr Zeit habe und danach, noch viel bequemer für dich, in London?« Ehe er antworten konnte, fuhr sie mit immer lauter werdender Stimme fort. »Warum? Wegen irgendeinem irrationalen Unsicherheitsgefühl? Weil du glaubst, daß ein Monat in Gegenwart einer Lesbe mich selbst in eine verwandeln wird?«

Kapitel 19

Shara stand vor der Tür zur Wohnung und versuchte das Zittern in ihrem Bauch unter Kontrolle zu bringen. Sie wußte, daß die beinahe lähmende Nervosität zum Teil auf Erschöpfung zurückzuführen war. Ihre Augen brannten vom Schlafmangel und von der hellen Sommersonne, die erpicht darauf schien, den Regen vom Vorabend wieder wettzumachen, obwohl es erst gegen sechs Uhr morgens war, als das Taxi sie wieder zum Queen's Quay zurückgebracht hatte.

Als sie sich etwas ruhiger fühlte, steckte sie den Schlüssel ins Schloß und drehte ihn um; ihr Herz pochte in Erwartung des Augenblicks, in dem sich ihr Leben ändern würde. Sie zögerte kurz, bevor sie die Tür aufschob, und dachte zurück an den Streit mit Derek.

Er machte sich über die Vorstellung lustig, daß sie lesbisch sein könnte, während die Erkenntnis in ihrem eigenen Inneren Wurzeln faßte und sich plötzlich alle Teile des Puzzles wie von Zauberhand zusammenfügten. Sie hörte ihm nicht länger zu, nahm nur am Rande den verächtlichen Ausdruck auf seinem Gesicht wahr, weil sich ihre Gedanken mit der unerwarteten Einsicht beschäftigten, warum sie immer in der Lage gewesen war, eine so große Distanz zu den Männern in ihrem Leben selbst zu Derek – zu wahren. Warum sie immer den Sex mit ihnen genossen hatte, aber nie dieses fast zwanghafte körperliche Verlangen verspürt hatte, das sie für Jessa empfand, obwohl sie sich noch nie geliebt hatten. Bei dem Gedanken daran tat ihr Herz weh.

»Wieso verhältst du dich so, Shara? Wie kannst du meine Motive für meinen Besuch in Frage stellen? Ich erzähle dir, daß du mir gefehlt hast, und du scheinst dich nur mit mir streiten zu wollen! Ich hatte gehofft, daß wir ein wenig Zeit miteinander verbringen könnten und damit anfangen, die Hochzeit zu planen. Ist das so schwer zu begreifen?«

Dereks Worte drangen in ihr Bewußtsein, und sie schnappte erschrocken nach Luft. »Derek, ich habe deinen Antrag gar nicht angenommen.«

»Was willst du damit sagen?«

»Ich will damit sagen, daß du vorgeschlagen hast, wir sollten heiraten, und daß ich dem nie zugestimmt habe! Und selbst wenn ich das hätte, glaubst du wirklich, daß eine Geschäftsreise die passende Gelegenheit ist, an den Hochzeitsplänen zu basteln, wenn du weißt, daß ich in weniger als zwei Wochen wieder in England bin? Warum drängst du mich so?«

»Laß mal den Mist mit deiner ›Geschäftsreise‹ außen vor«, sagte er wild. »Willst du andeuten, daß du mich nicht heiraten willst?«

»Ich deute gar nichts an, Derek, ich sage es dir!« schrie Shara ihn an. »Ich will dich nicht heiraten, ich habe es noch nie gewollt. Du willst doch keine Frau, du willst nur einen Meilenstein in deinem Leben erreichen – und dieser Meilenstein sollte am besten daheim bleiben, dich hofieren, und Nachwuchs im selben Takt hervorbringen, wie deine oberflächlichen, statusbesessenen, sogenannten Freunde! Bevor du hiergeflogen bist, um die Hochzeit zu planen, hättest du mich fragen sollen, ob ich überhaupt eine Hochzeit will, aber das setzt Einfühlungsvermögen oder Rücksicht voraus, oder zumindest ein winziges Krümelchen Zugeständnis, daß mein Leben und meine Wünsche gleichranging zu deinen sind!«

Als hätte Derek zum ersten Mal erkannt, in welchem Ausmaß seine Anwesenheit und seine Annahmen Shara auf die Palme brachten, versuchte er einzulenken. »Hör mal, Shara, es tut mir wirklich leid, wenn ich dir das Gefühl gegeben habe, daß deine Meinung nicht zählt – natürlich tut sie das –, aber sicher siehst du doch ein, daß wir Zeit miteinander verbringen müssen –«

»Miteinander Zeit zu verbringen wird nicht reparieren können, was an unserer Beziehung kaputt ist, Derek. Was schon seit einiger Zeit kaputt ist.« Der Kampfgeist war aus Shara gewichen und hatte eine Leere in ihrer Stimme hinterlassen, und eine tiefe Traurigkeit in ihrem Herzen. Egal was jetzt war, sie hatte Derek einmal geliebt, nur nicht genug – nie genug.

»Wir müssen ja nicht gleich heiraten –«

»Ich kann dich nicht heiraten, Derek«, unterbrach Shara ihn mit tränenerstickter Stimme.

Aufrichtig verwirrt und ohne vorherige Erfahrung darin, abgewiesen zu werden und seine Pläne vereitelt zu sehen, starrte Derek sie einige Sekunden lang nur an und platzte dann heraus: »Warum?«

»Weil ich dich nicht liebe.« Shara tastete nach dem Türgriff.

Glücklicherweise hielt der Wagen gerade vor dem Sutton Place Hotel, wo Derek ein Zimmer gebucht hatte. Shara stolperte hinaus in die Nacht und hastete blindlings um eine Ecke, ohne sich um den heftigen Regen und die Tränen zu kümmern, die ihr Gesicht benetzten. Einige Fußgänger kamen vorbei und warfen ihr neugierige Blicke zu, als sie dort gegen das Gebäude gelehnt stand und schluchzte.

Als sie sich etwas beruhigt hatte, schaute sie sich um und entdeckte den Wagen; Tony parkte ein Stückchen von ihr entfernt am Bürgersteig und hatte die Warnblinklichter angeschaltet. Taktvoll wie immer hielt er seinen Abstand und sie gleichzeitig im Auge, damit sie in ihrem aufgebrachten Zustand allein in einer fremden Stadt nicht in Schwierigkeiten geriet. Shara war dankbar für seine Rücksichtnahme. Sie ging langsam zum Wagen zurück und stieg wieder ein.

»Wohin soll ich Sie bringen?« fragte Tony behutsam.

»Ich weiß nicht ... Ich muß nachdenken ... Können Sie mir für heute nacht ein Hotel empfehlen?«

Er rief jemandem auf seinem Handy an und sagte dann: »Ich fahre Sie zum Royal York Hotel. Der Portier wird Sie am Hintereingang hereinlassen und Sie dann zu Ihrem Zimmer bringen. Sie können sich dann hinterher um die Formalitäten kümmern.«

Shara nickte in stummer Dankbarkeit.

Die nächsten Stunden verschwammen in Erschöpfung, Tränen und Erinnerungen, die ihre Seele zu zerreißen drohten. Sie hatte so viele schöne Stunden mit Derek verlebt, es hatte aber auch so viele andere gegeben, in denen sie ihre Beziehung einsam und emotional unerfüllt gelassen hatte. Sie bedauerte so vieles, daß sie fast daran erstickte; es betraf die verschwendete

Zeit in einer Beziehung, die leise gestorben war, aber auch die dunkelhaarige Frau, die mittlerweile einen so großen Teil ihres Herzens und ihrer Seele bewohnte, und nach der sich ihr Körper so sehr sehnte, daß sie es nicht mehr ignorieren und kaum noch von sich fernhalten konnte.

Sie vermißte Jessa so sehr, daß es schwer auf ihrem schlechten Gewissen lag, zu Derek nicht ganz offen und ehrlich gewesen zu sein. Sie wollte um die verlorene Beziehung mit Derek trauern, stellte aber fest, daß ihre Trauer sich eher auf den Verlust der Sicherheit bezog, genau zu wissen, was die Zukunft – mit Derek – für sie bereit gehalten hätte. Ihre Gefühle in bezug auf Jessa waren viel konkreter: ihr fehlte die Intimität ihrer Freundschaft, die Geborgenheit in Jessas Zuneigung und Unterstützung und die Gewißheit über Jessas Gefühle für sie. Die Intensität, mit der sie diese Dinge vermißte, ließ ihre Gefühle für Derek ins Unbedeutende verblassen, sogar als sie einer Zukunft entgegensah, die möglicherweise weder den einen noch die andere beinhaltete.

Als die Morgenröte den Nachthimmel erhellte, traf sie eine Entscheidung. Sie wollte die Angelegenheit mit Jessa in Ordnung bringen. Sie wollte eine Beziehung mit ihr, aber sie fürchtete, daß es dafür schon zu spät sein könnte. Sie wußte, daß Jessa sich verletzt und betrogen fühlte, und die Komplexität dieser Gefühle machte sie nervös.

Derek war zwar Teil ihres Lebens, aber sie und Jessa waren sich beide bewußt, daß das, was sich zwischen ihnen entwickelte, besonders und exklusiv war. Sie sprachen nie über Derek, aber beide wußten, daß Shara sich nach der Reise mit ihm auseinandersetzen mußte, um sich über ihre eigene Zukunft klar zu werden. Sie hatten sich bemüht, dies zu ignorieren und die Gesellschaft der anderen in der künstlichen Abgeschiedenheit der Reise zu genießen.

Jessas Annahme, daß Shara Derek nach Toronto eingeladen hatte, gerade dann, als Jessa im schlimmsten Streß steckte, seit sie sich kannten, und als Shara sie hätte unterstützen können, wäre sogar dann herzzerreißend gewesen, wenn es nichts anderes als Freundschaft zwischen ihnen gegeben hätte. Und dabei gab es da doch soviel mehr.

Es war höchste Zeit, daß Shara offen eingestand, was sie fühlte. Sie wußte, daß nach Dereks kleinem Überfall die Verantwortung, den ersten Schritt zu tun, nun bei ihr lag. Sich emotional verwundbar zu machen und Jessa zu offenbaren, daß sie mit ihr zusammensein wollte. Ihr erklären, daß Dereks Besuch genauso ein Schock für sie gewesen war wie für Jessa, und ihr zu erzählen, daß sie mit Derek Schluß gemacht hatte und nun hoffte, daß sie und Jessa wieder zusammen sein könnten, nicht nur als Freunde sondern als Liebespaar.

Sie schob die Tür ganz auf und bemerkte sofort, daß etwas anders war. Sie schaute sich um, auf der Suche nach dem Grund. Als erstes entdeckte sie den Geigenkasten auf dem Sofa und eine Partitur, deren Blätter über dem Eßtisch verteilt lagen. *Vielleicht hat Jessa gestern abend gespielt*, dachte sie, obwohl sie wußte, daß das nicht sein konnte, weil der Deckel des Salonflügels offenstand und auch dort eine Partitur lehnte. Jessa hatte die Geige nicht gespielt.

Sharas Herz klopfte noch immer, aber nun aus einem anderen Grund. Als sie weiter in die Wohnung hineinging, sah sie leere Mineralwasserflaschen und Gläser – Mehrzahl – auf dem Wohnzimmertisch. Jessa war eindeutig nicht allein gewesen, und wer immer es auch gewesen sein mag, mußte sehr lange geblieben sein, wenn all das Mineralwasser im Anschluß an ein Abendessen getrunken wurde, das nicht vor elf Uhr geendet haben konnte.

Sie war fast in der Küche, als sie es sah: ein zerknautschtes, recht kurzes, schwarzes Kleid auf dem Boden vor Jessas Schlafzimmer. Sie wußte, daß es nicht Jessa gehörte, und sie sog scharf die Luft ein, wobei ein leiser, gequälter Laut von ihren Lippen fiel.

Kapitel 20

Die Schlafzimmertür war offen, und Shara hörte eine Stimme, die sie von irgendwoher kannte. »Jessica, du bist wirklich unglaublich. Erst läßt du mich fast bis zum Morgengrauen nicht schlafen, und dann bist du jetzt schon wieder wach. Vielleicht ist das ja auch ganz gut – ich muß nach Hause und mich umziehen. Ich kann ja schlecht mit den Klamotten von gestern abend auf der Probe erscheinen.«

»Du kannst gern hier duschen und was von mir anziehen. Ich habe ein schlechtes Gewissen, weil ich dich so überbeansprucht habe. Ich weiß, daß ich anstrengend sein kann und –«

»Sei still, es war ja ganz mein Vergnügen. Also, wo ist mein Kleid?«

Noch bevor Shara sich bewegen konnte, kam die Frau aus dem Schlafzimmer. Shara wußte, wer sie war: Lucia Scattaglia, eine der Geigen im Orchester. Sie und Jessa hatten mal was miteinander gehabt.

Als Shara bei der ersten Probe aufgefallen war, daß die beiden sich kannten, hatte Jessa zugegeben: »Ich kenne Lucia, seit ich acht war. Sie war das erste Mädchen, das ich geküßt habe, aber ich habe sie schon über ein Jahr nicht mehr gesehen, das letzte Mal war in Wien. Damals hat sie ihr Talent als eine der Geigen bei den Wiener Symphonikern verschwendet – obwohl sie von einem anderen Orchester ein Angebot für die Erste Geige hatte –, nur damit sie in Wien bleiben und mit der Frau zusammenleben konnte, die sie damals als die Liebe ihres Lebens bezeichnet hat.« Sie hatte traurig mit den Schultern gezuckt. »Vielleicht gibt es das gar nicht, denn nun ist sie ja hier. Schade, daß ich in meinem vollen Terminkalender keine Minute finden kann, damit wir uns mal treffen und auf den neuesten Stand bringen könnten. Wie auch immer, Wien zu verlassen wird wohl für ihre Karriere sehr gut sein. Sie ist außerordentlich begabt und hat eine Karriere als Solistin verdient.«

Es sieht ganz danach aus, als hätte Jessa in ihrem Kalender doch noch Zeit gefunden, dachte Shara verbittert, während der Kummer ihr Herz zusammenpreßte. Dabei half es auch nicht gerade, daß Lucia umwerfend aussah, besonders in ihrem schwarzen Schlüpfer, der ihren goldenen Teint betonte. Ihre Brüste waren nackt, und Shara errötete bei dem Bemühen, ihren Blick von ihnen abzuwenden. Sie waren klein und genauso gebräunt wie der Rest ihres durchtrainiert aussehenden Körpers. Lucia war größer als Shara und hatte kurzes, schwarzes Haar und große, braune Augen, mit denen sie Shara erschrocken anstarrte.

»Oh, Entschuldigung, ich wußte nicht, daß Jessica Gesellschaft hat –«

»Ich bin keine Gesellschaft«, unterbrach Shara schroff und kämpfte mit den Tränen, weil sie sich vor dieser Frau nicht zur Närrin machen wollte, was nach der letzten Nacht ein Einfaches gewesen wäre. »Entschuldigen Sie mich«, schob sie kurzangebunden nach und eilte blindlings auf die Tür zu ihrem Zimmer zu.

»Sprichst du mal wieder mit dir selbst?« fragte Jessa lächelnd, als sie aus dem Schlafzimmer kam. Ihr Haar war noch feucht von der Dusche, sie trug ein aufgeknöpftes Hemd, eine beigefarbene Hose und war barfuß.

Shara drehte sich zu ihr um, und Jessa wußte sofort, was sie dachte. Und sie konnte es ihr nicht einmal verdenken. Es war halb sieben in der Früh, sie war halb angezogen und hatte offenbar im selben Schlafzimmer genächtigt wie die Frau, die nun weniger als halbbekleidet vor ihr stand. Sie fragte sich auch, wieviel von ihrem Gespräch Shara mitbekommen hatte und wie sie es auslegen würde. »Shara, ich habe dich so früh noch gar nicht zurückerwartet –« Sie unterbrach sich, weil dies das Falscheste war, das sie hätte sagen können, denn obwohl es der Wahrheit entsprach, hörte es sich so an, als hätte Shara sie bei etwas Verbotenem erwischt.

»Offensichtlich«, sagte Shara höhnisch.

Lucia war inzwischen dabei, sich hastig in ihr Kleid zu zwängen und die hochhackigen Sandalen anzuziehen, die Shara zuvor nicht bemerkt hatte, obwohl sie verlassen vor dem Sofa gelegen hatten. »Jessica, wir sehen uns später auf der Probe. Shara, es war ... äh ... nett, Sie wiederzusehen.« Sie verzichtete darauf, Sharas Antwort abzuwarten, schnappte ihre Abendtasche und den Geigenkasten und stürzte der Tür entgegen. Sie erahnte den bevorstehenden Ausbruch und wollte nicht zugegen sein, wenn er eintrat.

»Ja, bis später, Lucia. Und Danke.«

Shara entwich ein Laut, dessen emotionale Bedeutung Lucia nicht einschätzen konnte, weshalb sie ohne weiteren Kommentar durch die Tür verschwand. Sobald sie gegangen war, drehte Shara sich wieder um und setzte ihren Weg zu ihrem Zimmer fort.

»Shara?«

Sie hielt inne.

»Wollen wir nicht darüber reden?«

»Was gibt es da zu reden?« fragte Shara mit erstickter Stimme. »So wie es aussieht, solltest du wohl besser Schlaf nachholen; du hast in zwei Stunden ein Interview und danach eine Probe.«

»Wieso schaust du mich nicht an?«

Wenn ich das tue, dann sehe ich nur ihre Hände auf deinem Körper. Ihren Mund auf deinem Körper. Und das zerfrißt mein Inneres. »Wieso ziehst du dich nicht weiter an. Mein Quantum an fastnackten Frauen ist für heute morgen schon voll –«

»Es stört dich, daß Lucia die Nacht in meinem Bett verbracht hat«, stellte Jessa fest.

Diese sachliche Bestätigung des Sachverhalts war wie ein Dolch, der in der Wunde hin und her gedreht wurde, obwohl es natürlich auch bereits vorher klar gewesen war. Shara verschloß fest die Augenlider, drehte sich aber noch immer nicht zu Jessa um.

Jessa bemerkte dennoch, wie sich Sharas Rückgrat leicht versteifte, und legte es falsch aus. »Der Gedanke kotzt dich an, daß ich irgendwas anderes getan habe, als mich nach dir zu verzehren, während du's mit deinem Verlobten getrieben hast, stimmt's nicht? Du willst mich nicht, aber du willst auch nicht, daß irgendeine andere mich kriegt. Dir gefällt die Vorstellung, daß ich in den Kulissen auf dich warte, um dich anzubeten, wenn du gerade mal Zeit dafür übrig hast.«

Shara hörte die Verachtung in Jessas Stimme, und obwohl sie wußte, daß ihr eigenes Schweigen dafür gesorgt hatte, daß Jessa annahm, sie würde sich nichts aus ihr machen, erinnerte sie sich dennoch an die vielen Momente, in denen sie Jessa gezeigt hatte, wieviel sie ihr bedeutete.

Sie drehte sich um. Der Schmerz zerriß sie und sie hatte kein Ventil dafür. Sie wollte weinen, sie wollte schreien und um sich schlagen. Sie haßte sich selbst dafür, so lange damit gewartet zu haben, ihre Gefühle zuzugeben, daß Jessa sie mittlerweile aufgegeben und sich jemand anderen gesucht hatte. Sie haßte Derek, weil er die ganze Entwicklung erzwungen hatte, indem er in Toronto aufgekreuzt war und Jessa den Eindruck vermittelt hatte, daß Shara ihn hatte sehen wollen. Aber in diesem Moment haßte sie auch Jessa, weil sie so einfach aufgegeben hatte. Wie tief konnten ihre Gefühle denn sein, wenn sie bereits weniger als zwei Wochen nach ihrem ersten Kuß schon mit einer anderen ins Bett stieg? Konnte Jessa fühlen, was sie selbst fühlte, und doch den Händen einer anderen Frau erlauben, ihren Körper zu berühren? Dem Mund einer anderen Frau? Sie rang um Worte, um ihren Schmerz und Ärger angemessen auszudrücken, fand aber keine. »Fahr zur Hölle, Jessa!«

Jessa zuckte zusammen, als Shara die Tür hinter sich ins Schloß knallte. »Da bin ich schon«, flüsterte sie und drehte sich um, um in ihr eigenes Zimmer zu gehen.

Kapitel 21

Als Jessa ohne Shara zur Probe erschien, nahm Lucia sie zur Seite und fragte leise: »Hast du alles mit Shara geklärt, oder glaubt sie noch immer, daß wir miteinander geschlafen haben?«

»Das haben wir doch auch, Lucia«, antwortete Jessa ebenso leise, jedoch mit einem Schuß Ironie in der Stimme, allerdings straften ihre geröteten Augenränder und ihre Blässe diesen Humorversuch Lügen.

Lucia entfuhr ein ungeduldiger Laut, und ihre Augen blitzten verärgert. »Aber nicht so, wie sie denkt. Hör auf mit dem Unsinn und beantworte meine Frage.«

»Warst du schon immer so herrisch?« fragte Jessa kraftlos, wobei ihr bewußt war, daß ihnen die anderen Musiker, die ihre Unterhaltung mitbekommen hatten, verwunderte Blicke zuwarfen, und Lisa starrte wütend in ihre Richtung. Sie seufzte resigniert, weil Lucia auf jeden Fall eine Antwort aus ihr herausbekommen würde, selbst wenn sie ihr dafür eine Szene machen müßte. »Nein, ich habe Shara nicht erklärt, daß du mit mir an einem großen Solo gearbeitet hast, für das bis vor zwei Tagen noch niemand die Partitur gesehen hat. Wenn sie glauben will, daß wir miteinander geschlafen haben, dann laß sie. Das kann für sie ja wohl kaum ein Problem darstellen, wenn es genau das ist, was sie zur gleichen Zeit auch mit ihrem Verlobten gemacht hat.«

»Woher willst du das denn wissen?«

»Ach, komm schon, Lu«, flüsterte Jessa heftig und lehnte sich näher zu Lucia heran, »sie hat ihn hierher eingeladen, und er ist den weiten Weg von London geflogen. Glaubst du, die haben die Nacht mit Kartenspielen verbracht?«

»Na ja, du kennst ja den Spruch: Sex ist wie Bridge – wenn du schon keinen guten Partner hast, dann hast du hoffentlich wenigstens eine gute Hand ...« Jessa lachte nicht über den Witz, und Lucia schüttelte ungeduldig den Kopf. »Jessica, du nimmst an, daß sie Sex mit ihm hatte, genauso wie sie annimmt, daß du Sex mit mir hattest. Aber du hattest keinen Sex mit mir, weil du in sie verliebt bist. Kann es nicht vielleicht sein, daß es bei ihr genauso war?«

Jessa verzog einen Mundwinkel zu einem halben Lächeln, das nicht ganz ihre Augen erreichte. »Ich hatte keinen Sex mit dir, weil du nicht danach gefragt hast, und als du dein Solo ausgearbeitet hattest – ja, ich finde es ist jetzt perfekt, ich weiß, daß du das nicht so siehst –, war es schon fast Morgengrauen.«

»Ich habe nicht danach gefragt, weil du von ihr geschwärmt hast. Glaub mir, Jessica, ich kenne dich gut genug. Wenn es sie nicht gäbe, dann hätte ich dich schon lange vor dem Morgengrauen davon überzeugt, daß ein Duett viel wichtiger gewesen wäre als mein Solo.«

Dieses Mal lächelte Jessa richtig, weil Lucia bezaubernd war, und weil sie froh war, daß sie wieder in ihrem Leben war. »Ich leugne nicht, was ich fühle, Lu, aber wenn sie mich lieben würde, hätte sie diese vier Wochen mit mir verbracht und ihm danach gesagt, daß sie ihn nicht heiraten kann. Sie hätte ihn doch wohl kaum zu einem Besuch eingeladen, während sie mit mir auf Reisen ist.«

»Vielleicht wollte sie sich nur ihrer Gefühle sicher sein, und die beste Art, dies zu tun, war, ihn wiederzusehen. Vielleicht wollte sie ja sogar mit ihm persönlich Schluß machen und konnte das Ende der Reise nicht abwarten.«

Jessa wandte den Blick ab, weil sie sich diese Theorie selbst hatte einreden wollen, nachdem sie Dereks Nachricht gelesen hatte. Aber daß Derek die Nachricht an sie und nicht direkt an Shara geschickt hatte, war besitzergreifend gewesen, beinahe triumphierend. Nicht gerade die Tat eines Mannes, der vorgeladen worden war, um schlechte Nachrichten in Empfang zu nehmen. »Wenn das wahr ist, warum hat sie dann die Nacht mit ihm verbracht? Sein Flieger ist gestern am frühen Nachmittag eingetroffen. Das hätte ihr doch wohl ausreichend Zeit gegeben, mit ihm Schluß zu machen. Wie oft mußte sie es denn mit ihm treiben, um dann endgültig zu entscheiden, daß es aus ist und daß sie zu mir nach Hause kommen sollte?«

»Entschuldigung, aber wir haben hier ein paar Duzend Musiker, die auf deine Aufmerksamkeit warten«, unterbrach Lisa und rettete Lucia davor, auf Jessas Frage antworten zu müssen. »Es ist schlimm genug, daß du Lucia für das Solo wolltest statt der Ersten Geige, da wollen wir doch nicht die Gerüchteküche anfeuern, daß sie dafür mit dir geschlafen hat.«

»Gut zu wissen, Lisa, daß du noch immer Jessicas Mama spielst, wo sie so offensichtlich ihr Leben allein nicht in den Griff bekommt. Du solltest aber wissen, daß ich nicht mit deiner Tochter schlafe, es sei denn, sie würde mir vorher die Ehe versprechen. Ich komme aus gutem Hause, erinnerst du dich? Und sie kann ja nicht mehr behaupten, daß das nicht möglich wäre, wie vor all den langen Jahren, als ich sie verführt habe, weil es das mittlerweile nämlich ist – zumindest in Kanada.«

Lisa lächelte Lucia an. Sie hatte das Mädchen schon immer gemocht, und sie war enttäuscht gewesen, als sie sich auseinandergelebt hatten und Jessa die Affäre mit Stephanie begann. Damals dachte sie, daß ein Teil ihres Mißfallens darauf beruhte, daß Stephanie Jessa überredete, eine PR-Agentin zu engagieren. Sie fand, daß Lisa damit überfordert war, Jessa in dem Maße zu Ruhm und Reichtum zu verhelfen, wie Stephanie es sich ersehnte.

Anders als Stephanie war Lucia eine begabte Musikerin und eine wirklich liebe Person. Ihre Familie hatte Jessa gern und sie hätten sie fast adoptiert, nachdem sie sich von dem Schock erholt hatten, daß Lucia lesbisch und ihre Freundschaft mit Jessa mehr als platonisch war. Im nachhinein hatte Lisa vermutet, daß das einer der Gründe war, daß die beiden ein Paar geworden waren: Lucia wußte, daß ihre Familie Jessa gern hatte, und sie konnten kaum etwas dagegen haben – außer rein prinzipiell –, daß sie mit einer Person zusammen war, die sie sowieso bereits mochten. Jessa jedenfalls schien nie sehr in Lucia verliebt gewesen zu sein. Vor allem nicht so, wie sie nun in Shara verliebt war. Lisa hatte ein schlechtes Gewissen, daß sie Jessa mit der Schauspielerin bekannt gemacht und etwas in Bewegung gesetzt hatte, das sich nun als eine solche Katastrophe herausstellte.

Zwei Jahre nach dem Bruch mit ihrer eigener Familie – nachdem sie von ihrer sexueller Orientierung erfahren hatten –, hatte Jessa das Ganze noch einmal erlebt, jedoch diesmal indirekt und mit einem viel positiveren Ausgang. Das hatte ihr dabei geholfen, den unterschwelligen Schmerz und Ärger, der noch immer von damals vorhanden war, durchzuarbeiten und loszulassen. Dafür war Lisa Lucia und der ganzen Scattaglia-Familie sehr dankbar.

»Na, solange ihr beide in eurer Freizeit heiratet, kann mich das kaum jucken, aber diese Unterhaltung hier beginnt langsam nach einem Stelldichein auszusehen, also würde ich vorschlagen, daß ihr damit aufhört und euch an die Arbeit begebt.«

»Sì, mamma«, neckte Lucia. »Obwohl ich finde, daß du mir ein bißchen Spielraum gönnen könntest, weil ich am Donnerstag die Komposition deiner bambina dermaßen hervorragend spielen werde, daß es das wichtigste klassische Werk wird, das in diesem Jahr Premiere hat – vielleicht sogar das wichtigste in diesem Jahrzehnt!«

Lisa konnte sich nicht zurückhalten und lachte laut los. »Das sind ja mal gute Neuigkeiten. Also, wenn es dir möglich sein sollte, dich und dein Ego ohne fremde Hilfe auf die Bühne zu hieven, würde ich vorschlagen, daß mal jemand diese Probe auf die Beine bringt.«

Jessa brauchte ein paar Sekunden, um sich zu sammeln. Alles schien jetzt so unbedeutend: die Stelle, die sie bei diesem Orchester im nächsten Jahr antreten sollte, der Rest der Reise und ganz besonders die Probe, die ihr nun bevorstand. Um die Dinge schlimmer zu machen: Das Stück, das sie an diesem Morgen einstudieren wollten, war nicht etwa von einem Komponisten aus dem achtzehnten Jahrhundert, sondern ein sehr persönliches Werk, das sie für eine Liebe komponiert hatte, von der sie nun wußte, daß sie sie für immer verloren hatte. Verloren, noch bevor sie sie wirklich jemals hatte. Sie hatte zunächst erwogen, es *Shara* zu nennen, in der Hoffnung, so die Erinnerung an dessen Inspiration aus ihrer Seele zu vertreiben, dann aber beschlossen, daß sie damit Shara nur in Verlegenheit bringen und Derek Hohn entlocken würde.

Auch als es noch namenlos gewesen war, hatte festgestanden, daß sie es aufführen wollte – um den Heilprozeß in der Stadt zu beginnen, in der sie sich niederlassen wollte. Sie wußte, daß es bei weitem das Beste war, was sie jemals geschrieben hatte, und sie war überrascht gewesen, wie schnell und mühelos es aus ihr herausgeströmt war. Es war ein musikalisches Gedicht: Jede Strophe stand für einen Abschnitt ihrer kurzen, stürmischen Beziehung mit Shara.

Die erste Strophe war zögerlich und melodisch, dominiert von dem Geigensolo, das Lucia so spielte, als ob es direkt aus ihrer Seele strömte und nicht aus ihrer Geige, was Jessa offenbarte, daß sie die Liebe, die in Wien zurückgeblieben war, nicht vergessen hatte.

Die zweite Strophe war ein Adagio, bei dem das Cello im Mittelpunkt stand, und in der die Verwirrung zum Ausdruck kam, die das Eingestehen ihrer Gefühle für Shara mit sich gebracht hatte. Das Tempo steigerte sich langsam während einer Passage, in der die Bratsche das melodische Thema trug und in der sie die schwindelerregenden Minuten zelebrierte, in denen sie sich geküßt hatten, ehe es in einem triumphalen Höhepunkt mit ausgeprägtem Rhythmus ausklang.

Die letzte Strophe wurde von derselben Melodie getragen wie die erste, zunächst nur in Fragmenten, mit einem quälenden Widerhall vom Cello, ab und an betont durch die Oboe. Dieser quälende Widerhall war, in Jessas Herz, der Klang einer wunderbaren, instinktiven Freundschaft, überschattet von den Verwicklungen einer erwachenden Liebe.

In den letzten Takten gab es kein Melodrama, kein großes Finale. Es gab nur die ruhige Klarheit eines sich herausstellenden Liebesthemas, gespielt von den Geigen in Harmonie mit den Bratschen. Es war eindeutig der Klang des Herzens einer Frau, das um etwas weinte, dessen sie sich unumstößlich sicher war – um etwas, dessen sie sich zudem unumstößlich sicher war, es verloren zu haben.

Nachdem sie es zum ersten Mal gespielt hatten, brachen die Musiker in spontanen Applaus aus. Sie wußten, daß sie ein Teil von etwas Besonderem waren, das nicht nur Lucias beeindrukkende Leistung beinhaltete – die jeden Zweifel beseitigte, warum sie dafür erkoren worden war –, sondern auch den Nervenkitzel einer neuen Komposition. Es passierte nicht oft, daß sie die Gelegenheit hatten, von einem Komponisten bei dessen Stück dirigiert zu werden, und sie genossen die Chance, von Jessa zu einer genauen Interpretation jeder Gefühlsnuance und technischen Komplexität geführt zu werden, die ihrer Vorstellungskraft entsprungen war. Eine euphorische Pauke ging sogar so weit, Jessa darum zu bitten, seine Partitur zu signieren, woraufhin sie errötete und seine Kollegen, die ihn zweifelsohne später damit aufziehen würden, erneut leicht applaudierten.

Lisa bemerkte, daß Jessa erschöpft aussah, und schlug vor, eine Pause zu machen, ehe sie mit der Probe für *Die Planeten* weitermachten. Als sie das unbenannte Stück gehört hatte, wußte sie, daß es die Frau ehrte, die Jessas Herz gestohlen und dann gebrochen hatte.

Bevor Jessa den Konzertsaal verließ, teilte sie dem Orchester mit, daß sie das Stück *Spaziergang im Regen* nennen würde.

Kapitel 22

Das einzige, was Shara an diesem Morgen davon abhielt, zum Flughafen zu eilen, war die Gewißheit, daß Derek alle Hebel in Bewegung setzen würde, um auch den ersten Flieger zurück nach London zu erwischen.

Statt dessen verbrachte sie mehrere Stunden damit, ihre Abreise zu planen und sich um eine besondere Angelegenheit zu kümmern, die sie sich überlegt hatte, bevor ihre Welt zusammengebrochen war.

Als sie damit soweit zufrieden war, und nachdem sie per Kurier ein Päckchen erhalten hatte, rief sie Tony an und bat ihn, sie über die Grenze zu fahren, damit sie von dort über New York nach Heathrow fliegen konnte. Zum zweiten Mal in ebensovielen Tagen saß sie im Fond des Wagens in Richtung Niagara Falls. Diesmal fuhren sie an den Wasserfällen vorbei und über die Rainbow Bridge in die USA. Während sie auf die endlosen Einreiseformalitäten wartete, besorgte Tony ihr eine Tasse Kaffee. Shara dachte wieder, daß Tonys Tochter sich glücklich schätzen konnte, einen solch aufmerksamen, fürsorglichen Vater zu haben.

Eine Stunde später, am Flughafen von Buffalo, verabschiedete sich Shara von einer weiteren Person, die ihr ans Herz gewachsen war. Zumindest mußte sie diesmal nicht so tun, als ob es einfach für sie wäre.

Tony weigerte sich, Geld von ihr anzunehmen, aber da sie damit gerechnet hatte, schob sie ihm einen Umschlag zu, »um die Spritkosten zu decken.« Er nahm ihn widerwillig entgegen, und Shara fühlte sich gleich besser.

Sie hatte zuvor herausgefunden, daß Tonys Tochter im letzten Studienjahr an der Universität in Toronto war, und obwohl es einige Stunden gedauert hatte, hatte Shara in die Wege geleitet, die Studiengebühren der jungen Frau bis zu ihrem Abschluß zu begleichen und einen Fonds für die Kosten eines Aufbaustudiums eingerichtet, mit der Klausel, daß der Fonds in ein Stipendium für finanziell benachteiligte Studenten umgewandelt werden sollte, für den Fall, daß sie ihn selbst nicht in Anspruch nehmen würde.

In dem Umschlag, den Shara Tony gegeben hatte, steckte ein Dokument mit den Einzelheiten, ausgestellt von der Universität, ein Brief von Shara selbst, und – als Geste, die Tony zum Lächeln bringen würde – ein paar Geldscheine für die Benzinkosten. In dem Brief hatte Shara versucht zum Ausdruck zu bringen, wieviel ihr Tonys Freundlichkeit bedeutet hatte, als sie an einem der schwierigsten Wendepunkte ihres Lebens gestanden hatte – aber sie war ziemlich sicher, daß es ihr nicht gelungen war.

In den darauffolgenden zwei Wochen konzentrierte Shara sich auf das Studium des Drehbuchs für *Maestra*. Sie war noch mehr als zuvor entschlossen, mit ihrer Verkörperung nicht die Frau zu hintergehen, die ihr genug vertraut hat, um sie so vollkommen in ihr Leben zu lassen. Sie wußte, daß Jessa sich etwas aus ihr gemacht hatte, und daß sie Jessas Gefühle verraten hatte, indem sie sich erst weigerte, sie anzuerkennen, und später dann die Einsicht ignorierte, daß sie auf Gegenseitigkeit beruhten.

In diesen zwei Wochen nach ihrer Rückkehr nach London durchlebte sie noch einmal jede Sekunde, die sie mit Jessa verbracht hatte. Letztendlich beschloß sie, daß es der Augenblick auf dem Hügel im Regen gewesen war, in dem sie sich tief und unwiderruflich in Jessa Hanson verliebt hatte.

Herzschmerz. Gebrochenes Herz. Shara dachte über die Bedeutung dieser Ausdrücke nach und welche Bedeutung sie für sie persönlich hatten, bevor sie Jessa begegnet war. Sie vermutete, daß sie immer abstrakte Ideen gewesen waren. Schließlich war das Herz ein Muskel, der nichts mit Gefühlen zu tun hatte: Wenn es aufhörte zu schlagen, hörte der Mensch auf zu leben. Das war eine einfache biologische Tatsache. Aber nichts war einfach, seit sie Jessa in Toronto zurückgelassen hatte. Mittlerweile wußte sie, daß ein biologisch gesundes Herz schmerzen konnte, daß es brechen konnte, und – das Grausamste von allem – obwohl es zerbrach, überlebte sie, um den Schmerz zu erdulden.

Sie weinte, bis sie keine Tränen mehr hatte, schluchzte ihren Kummer aus sich heraus, über den Verlust von etwas, das ihr erst klargeworden war, als sie es verloren hatte. Sie spielte ›Was wäre wenn‹-Szenarien durch, bis es sie an den Rand des Wahnsinns brachte. Was wäre passiert, wenn sie Jessa an dem Tag geküßte hätte? Wenn sie an dem Abend ihres Abschiedsessens in der Hütte einfach den Hörer aufgelegt und Jessa in ihr Bett eingeladen hätte? Wenn sie Jessa geliebt, sie berührt, sie geschmeckt und befriedigt hätte? Wenn sie an dem Morgen in New York zugegeben hätte, daß Jessa, nach nur wenigen Wochen, das Wertvollste in ihrem Leben war, und daß sie sich ihre Zukunft nicht ohne sie vorstellen wollte?

Was wäre passiert, wenn sie alle oder eines dieser Dinge getan hätte? Wären sie nun zusammen, oder wäre sie trotzdem allein mit ihren lebhaften Erinnerungen, allerdings nicht nur von ihren Spaziergängen im Wald und langen Gesprächen in der Nacht, sondern überdies mit Erinnerungen daran, wie sie sich geliebt hatten, was sie sicherlich tief in ihrer Seele berührt hätte?

Schließlich hatte Jessa offenbar nicht empfunden, was sie selbst empfunden hatte – was sie noch immer empfand –, sonst hätte sie sich nicht auf Lucia einlassen können. Das war doch eine ganz einfache Sache.

Was sie für Jessa empfand, hatte sie noch nie zuvor erlebt. Es verzehrte sie. Sie wußte, daß es ihre Darstellung in dem Film positiv prägen würde, aber es würde den Rest ihres Lebens dauern, es aus ihrer Seele zu vertreiben. Allein die Erinnerung daran, Jessa zu küssen, die Intimität, ihren Mund auf dem ihren zu fühlen, brachte Tränen in ihre Augen und ließ das Herz in ihrer Brust schneller schlagen, obwohl der Kuß eine sinnliche Dimension hatte, die sie nach Jessa in einer Art verlangen ließ, die wahrscheinlich als schändlich betrachtet werden sollte.

Sie wußte, daß es mehr als körperlich sein würde, Jessa zu lieben: es wäre sakral. Sie konnte sich nicht einmal vorstellen, mit einer anderen Person zusammen zu sein, wo sie so viel für Jessa empfand. Sie hoffte aufrichtig, daß sich die Intensität ihrer

Gefühle mit der Zeit legen würde, weil sie wieder leben wollte – nicht nur weiterhin mit einem gebrochenen Herzen existieren, das fortfuhr zu schlagen.

Es war eine Erleichterung, die tägliche Arbeit an dem Film zu beginnen, und Shara war dankbar, daß Peter Garofolo ein hartes Regiment führte, weil der ungnädige Zeitplan sie körperlich erschöpfte. Es war auch gefühlsmäßig gut für sie, sich in die Gedanken der Frau zu versetzen, die sie liebte, und auf Dinge so zu reagieren, wie sie wußte, daß Jessa es tun würde.

Die Rolle von Stephanie war mit Keeley Hawes besetzt – in der bedeutendsten Rolle ihrer bisherigen Karriere –, und Shara war beindruckt von der Art, wie sie die Figur mit Leben erfüllte, was es ihr einfach machte, die unbesonnene Vernarrtheit darzustellen, die Jessa dazu gebracht hatte, alles für Stephanie zu tun, auch wenn es das Ende ihrer Karriere bedeuten sollte – was auch beinahe eingetreten wäre.

Die Massenszenen mit Paparazzi und Blitzlichtern und all den Statisten, die ihr Autogrammbücher entgegenstreckten und sie mit Aufforderungen und Fragen bombardierten waren am schwierigsten, weil sie beinahe zu wirklichkeitsgetreu waren.

Weil sie beinahe in jeder Szene war, arbeitete Shara fast genauso hart wie der Regisseur. Als ihm auffiel, daß Sharas Interesse an dem Film über ihre eigene Rolle hinausging, hieß er sie in seiner Welt willkommen und bat sie um ihre Meinung, während sie sich zusammen die täglichen Rohfassungen anschauten.

Sie vermutete, daß er an mehr interessiert war als nur an ihrer Erfahrung als Schauspielerin, weshalb sie von vornherein deutlich machte, daß sie mit Derek Schluß gemacht hatte, weil sie in jemand anderen verliebt war. Abgesehen von einem jungenhaften Grinsen und Achselzucken hatte er die Abfuhr gelassen hingenommen. Wenn überhaupt, dann führte es dazu, daß er Shara noch ernster nahm.

Er ging sogar so weit, ihr anzubieten, sie im Abspann als Assistentin des Regisseurs aufzuführen, falls sie das wollte. »Aber keine zusätzlichen Tantiemen!«

Sie lachten beide, und sie erwiderte, daß sie sich damit begnügen würde, eines Tages bei einem von ihm produzierten

Film Regie zu führen.

»Einverstanden«, antwortete er und streckte ihr seine Hand entgegen, um die Abmachung zu besiegeln.

Shara schob es auf ihren Tunnelblick während der Dreharbeiten, daß sie erst sechs Monate später, nach Drehschluß, von dem einschlagenden Erfolg erfuhr, den Jessa mit ihrer neuesten Komposition hatte. Als sie in die Limousine stieg, die sie zur Feier anläßlich des Endes der Filmarbeiten fahren sollte, hörte sie Jessas Namen aus den Lautsprechern des Radios, dem der Fahrer zugehört hatte, während er darauf wartete, daß sie aus ihrem einstweiligen Zuhause in Beverly Hills kam.

»Können Sie das bitte lauter drehen?« fragte sie mit klopfendem Herzen.

»Aber sicher doch, Frau Quinn. Dachte mir nicht, daß Sie noch mehr über Jessa Hanson hören wollen, wo Sie sich doch in letzter Zeit so viel mit ihr beschäftigt haben.«

Du hast ja keine Vorstellung, wie sehr sie mich wirklich beschäftigt, dachte Shara und biß sich auf die Unterlippe, als der Schmerz sie überflutete. Ehe sie sich wieder sammeln konnte, drehte der Fahrer das Radio lauter und übertönte so dankbarerweise ihre Gedanken.

»Stimmt, Leute, sie hat's wieder mal geschafft. Nicht nur, daß sie den Rekord für den höchsten Einstieg eines klassischen Stücks in die Popcharts hält – die Diskoversion von Beethovens Fünfter in 1976 zählen wir mal nicht. Nein, mittlerweile hält sie auch einen neuen Rekord: Ihr klassisches Stück hat gleich zwei MTV-Preise gewonnen, den für das beste Kurz-Video und auch noch den für die lange Version. Nicht schlecht für ein Mädchen mit 'nem Stäbchen! Also, wenn ihr die letzten Monate in einer Höhle verbracht habt und nicht wißt, wovon ich hier fasele, habt ihr jetzt die Gelegenheit, das Toronto Symphonieorchester unter der Leitung von Jessa Hanson zu hören, wie es ihre phänomenale Komposition *Spaziergang im Regen* spielt. Gleich nach dieser Werbeunterbrechung.«

Sharas Welt drehte sich. Wieso hatte das während der Dreharbeiten niemand erwähnt? Und auch nicht Elise, Susan oder eine ihrer anderen Freundinnen?

Die letzte Frage war einfach zu beantworten: weil sie alle vermieden hatten, Jessa zu erwähnen. Shara hatte Elise von ihren Gefühlen für Jessa erzählt und sie gleichzeitig gebeten, den anderen in ihrem Freundeskreis zu sagen, daß sie sie damit in Ruhe lassen sollten, während die Wunden noch so frisch waren. Sie hatte im Scherz versprochen, ihr über ein paar Gläsern Wodka alles zu erzählen, sobald ›es‹ überstanden war, aber tief in ihrem Herzen war sie nicht sehr überzeugt gewesen, daß sie es jemals überstanden haben würde. Nach ihrer Beichte hatte sie mit den Tränen gekämpft, und Elise hatte sie lange in den Armen gehalten und ihr versprochen, ihre Wünsche zu respektieren. Zum Glück hatte sie dank Derek und seines drängelnden Verhaltens viel Gesprächsstoff und so nicht das Gefühl, ihre Freunde vollends ausgeschlossen zu haben.

Während Shara darüber nachdachte, endete die Werbepause und die ›phänomenale‹ Komposition begann. Als die letzten Töne verklangen, war Shara in hilfloses Schluchzen ausgebrochen und ihr war klar, daß sie nicht zur Feier gehen würde.

Kapitel 23

Noch nie in ihrem Leben hatte Jessa so wenig Lust gehabt, Weihnachten zu feiern. Weniger noch als an ihrem sechzehnten Weihnachten. Es war das erste ohne ihre Familie gewesen, obwohl sie da bereits mit dem Mädchen Schluß gemacht hatte, das die Entfremdung zu ihnen ausgelöst hatte. Damals hatte sie eine Familie verloren, aber sie hatte eine andere gehabt – Lisa. Wenn sie über die Feiertage nach Italien hätte fliegen wollen, wäre sie auch von den Scattaglias mit offenen Armen empfangen worden. Das hatten sie dann nachgeholt, als sie sie zu dem sogenannten kleinen Weihnachten am sechsten Januar besuchte. Ihr derzeitiges Problem war jedoch, daß es keinen Ersatz für die Person gab, die ihre Seele vervollständigt hatte.

Sie stieg aus dem Taxi und drückte das Päckchen an sich, um die guten Wünsche, die positive Energie und den Weihnachtsgedanken in sich aufzunehmen, die der Inhalt symbolisierte. Die Kinder in der Schule hatten mitbekommen, daß sie oft ihre Autoschlüssel verlegte, also hatten sie ihr eine Schale gebastelt, in der sie sie aufbewahren konnte. Sie war aus rotem Ton, aber außen mit Duzenden von kleinen, buntbemalten Keramikfliesen übersät. Jedes Kind im Programm hatte eine Fliese mit der Hand bemalt und dann in den noch nassen Ton der leicht krummen Schale gedrückt, bevor sie glasiert und gebrannt worden war. Als Jessa sie erblickt hatte, war sie zu Tränen gerührt gewesen. Sie hatten sie ihr vor einer halben Stunde, nach Abschluß des Weihnachtskonzerts überreicht. Ein Konzert, das unglaublich gut gewesen war, wenn man bedachte, daß das Programm erst vor zwei Jahren aus der Taufe gehoben worden war.

Das letzte Lied war *Stille Nacht* gewesen. Die Kinder hatten außerordentlich hart daran gearbeitet, damit sie beim Spielen keine Noten lesen mußten und bei Kerzenschein spielen konnten. Sogar die Eltern hatten ihren Teil dazu beigetragen und an ihren Photoapparaten die Blitzlichter ausgeschaltet. Der Effekt war so wunderbar gewesen, daß Jessa eine Gänsehaut bekommen hatte. Aber es hatte auch dazu geführt, daß sie sich nun schrecklich einsam fühlte.

Es hatte sich als weise herausgestellt, daß Jessa beschlossen hatte, nicht selbst zu fahren; der Schulparkplatz war überfüllt gewesen und auch am Straßenrand hatte es keinen freien Platz gegeben. Sie hatte sich gerade an den Straßenrand gestellt, um auf das Taxi zu warten, als es angefangen hatte zu schneien. Die weichen Flocken waren auf ihren Mantel und ihre Haare gefallen, als die Familien, Lehrer und freiwilligen Helfer aus der Schule geströmt waren; die Stimmen der Kinder waren angesichts der Aussicht auf eine weiße Weihnacht aufgeregt gewesen. Jessa hatte sich gefragt, ob es dort, wo Shara gerade war, auch schneite. War Shara in Irland, bei ihrer Familie? Oder war sie in Hollywood und gab weiterhin vor, die Frau zu sein, deren Herz sie noch immer in Händen hielt?

Sie wußte, daß Shara nicht mehr mit Derek zusammen war. Wie Stephanie hatte auch Derek die Klatschblätter als Racheinstrument benutzt und sich selbst als den untröstlichen verschmähten Verlobten präsentiert, dem von der Frau Unrecht getan worden war, die er abgöttisch geliebt hatte, obwohl sie nicht einmal seiner sozialen Schicht entstammte. Jessa hatte hilflose Wut empfunden, als sie die Schlagzeile sah. Trotz der Art und Weise, wie Shara sie behandelt hatte, und obwohl sie ihr nie eine Chance gegeben hatte, die Dinge richtig zu stellen, liebte sie Shara Quinn und wollte alles Böse von ihr abwenden.

Jessa zögerte kurz, bevor sie die Straße überquerte, um ihr Gebäude zu betreten. Gedanken an Shara hatten manchmal diese Wirkung: Sie war dann wie gelähmt. Sie hatte gelernt, es nicht zu bekämpfen. Sie ließ die Gedanken an Shara zu und hob ihr Gesicht gen Himmel, um die eisigen Küsse der Schneeflocken willkommen zu heißen und sich dadurch zu trösten, daß die Frau, die sie liebte, irgendwo unter demselben Himmel war.

»Jessa?«

Sie dachte zuerst, daß sie es sich eingebildet hätte – Sharas Stimme, die zaghaft ihren Namen rief. Sie schüttelte fast unmerklich den Kopf und begann dann, die Straße zu überqueren; es gab kaum Verkehr am Weihnachtsabend in Clerkenwell.

»Jessa! Warte!«

Mit weichen Knien drehte sie sich um, gerade als Shara aus dem Schatten der Klostermauer trat, wo sie gestanden hatte. »Shara«, sagte Jessa mit schwacher Stimme. Sie wunderte sich, ob sie nun endgültig den Verstand verloren hatte.

»Hiya, Jessa.« Ein nervöses Lächeln umspielte Sharas Lippen.

Jessa verschlang ihr Antlitz mit Blicken. Ihr Haar war genauso kurz wie damals, als sie sich zum ersten Mal begegnet waren, aber es war durchnäßt von geschmolzenem Schnee. Sie mochte zwar in Kalifornien gearbeitet haben, aber ihre Haut war bleich wie der Tod, und das schwache Leuchten der Straßenlaterne ließ ihre Augen groß und mit Besorgnis erfüllt erscheinen.

»Ich hoffe, ich störe nicht deine Weihnachtsfeierlichkeiten, und ich werde versuchen, nicht allzuviel von deiner Zeit in Anspruch zu nehmen.« Sie sprach rasch, als befürchtete sie, Jessa würde sie unterbrechen oder davonlaufen.

Jessa war überrascht, wie nervös sie klang und wie sehr ihre Stimme zitterte. »Ich feiere Weihnachten nicht«, erklärte sie.

Sharas Blick fiel auf das unordentlich wiederverpackte Geschenk in Jessas Händen, und ein verwirrter Ausdruck legte sich auf ihr Gesicht.

Jessa drückte das Päckchen fester an sich. »Das ist von den Kindern, die du getroffen hast. In der Schule?«

Shara nickte ruckartig und wandte kurz den Blick ab, bevor sie fragte: »Dann verbringt also Lucia Weihnachten nicht mit dir?«

Jessa war plötzlich ärgerlich. All der Schmerz, den sie all diese Monate in sich getragen hatte, kam hoch und drohte in einem wütenden Ausbruch aus ihr herauszuplatzen. Aufgrund ihrer Vermutungen darüber, was zwischen Jessa und Lucia vorgefallen war, hatte Shara sie verlassen und sich einfach nie wieder gemeldet.

Den Rest der Reise über und auch während der gesamten Zeit, in der sie den Film vertont hatte, war Jessas volle Konzentration auf ihre Arbeit gerichtet gewesen, um den fast unerträglichen Schmerz zu bewältigen, der sie zu verzehren drohte. Er hatte sie auch sensibilisiert für jede Nuance des Liebesfilms, den sie auf der Leinwand betrachtete. Das Endprodukt ihrer Arbeit war von höherer Qualität, als sie zu hoffen gewagt hatte, der Produzent hatte sich zuversichtlich gezeigt, daß die Lieder und Themen, die sie komponiert hatte, kommerziell erfolgreich sein würden.

Aber das Projekt war nun abgeschlossen und ihre Zukunft gähnte ihr endlos entgegen. Wieder einmal trat der Verlustschmerz um Shara ins Scheinwerferlicht ihres Lebens, und nun stand Shara selbst – die Frau, die die Entscheidung getroffen hatte, alles wegzuwerfen – vor ihr und fragte sie nach Lucia.

»Es würde dich nichts angehen, wenn sie es täte«, zischte Jessa durch ihre Zähne hervor.

Die Rohheit ihrer Antwort schien Shara wortwörtlich umzustoßen. Sie trat einen Schritt zurück, um ihr Gleichgewicht wiederzuerlangen, und schaute dann unerschrocken in Jessas Augen. »Du hast recht«, sagte sie und konnte das Zittern in ihrer Stimme nicht unterdrücken. »Ich habe kein . . . Recht darauf.« Ihre Stimme war heiser. »Ich bin nur gekommen, um dir zu sagen, daß ich es gestern gehört habe. Es ist wunderbar, Jessa. Wunderschön. Als ich es hörte, war es, als ob . . . als ob ich alles noch einmal erleben würde, in leuchtenden . . . prächtigen –« Ihre Stimme versagte. Sie konnte nur Ärger in Jessas Gesicht ausmachen; Tränen traten in ihre Augen, fielen aber nicht. Sie dachte, daß sie vielleicht in ihren Augen gefroren waren, wie alles andere in ihr zu gefrieren schien, als sie die Abscheu in Jessas Gesicht sah. »Du haßt mich.«

Jessa wandte sich ab, unfähig eine solch ungeheure Unwahrheit auszusprechen.

»Na gut«, sagte Shara.

Sharas Stimme hatte gefestigter geklungen, aber als Jessa sich zu ihr umdrehte, sah sie, daß sie unkontrollierbar zitterte.

»Dann haß mich. Aber in der Nacht warst du diejenige, die mit Lucia geschlafen hat. Du hast das Stück geschrieben, also mußt du das gleiche gefühlt haben, wie ich. Du hast es sogar –« Ihre Stimme versagte wieder, aber sie zwang sich weiterzusprechen. »D-Du hast es sogar *Spaziergang im Regen* genannt, also weiß ich, daß ... du ... auf dem Hügel –« Diesmal schien ihr das Zittern die Sprache zu rauben.

Jessa zog die Brauen zusammen. Sie war kurz davor gewesen, Shara anzufahren, aber dann hatte sie bemerkt, wie sehr sie bebte. Ihr fiel endlich auf, daß Sharas Haar pitschnaß war, daß sie für einen englischen Winter viel zu dünn angezogen war, und daß der schmelzende Schnee ihre dünne Jacke durchnäßt hatte. Nicht nur ihre Haut war bleich, auch ihre Lippen sahen blutleer aus, und ihre Zähne klapperten so stark, daß sie nicht mehr sprechen konnte. »Komm, wir gehen hoch«, sagte sie kurzentschlossen und streckte die Hand nach Sharas Arm aus.

Shara zog ihren Arm weg. »Nein.«

»Du holst dir hier draußen den Tod! Bist du mit dem Auto hier?«

»T-t-taxi.«

»Nun, denen ist heute abend schwer beizukommen, also komm mit hoch und wärm dich auf. Du kannst dir danach ein Taxi bestellen.« Während sie sprach, nahm sie Shara wieder beim Arm und schob sie mehr oder weniger über die Straße.

»Frau Quinn.«

Der Portier schien sprachlos, als er Shara sah. Das überraschte sie nicht. Als sie angekommen war, hatte er ihr erzählt, daß Jessa nicht zu Hause war. Als sie ihn skeptisch angeschaut hatte – schließlich konnte Jessa ja direkt den Aufzug von der Garage in ihre Wohnung nehmen –, hatte er gelächelt.

»Ich mache Ihnen nichts vor. Sie hat das Gebäude durch die Eingangshalle verlassen und ist bis jetzt noch nicht wiedergekommen. Sie können gern hier auf sie warten.«

Sie hatte beschämt abgelehnt, weil sie sich wieder wie jemand vorkam, der Jessa nachstellte, obwohl der Portier sie diesmal nicht so behandelte.

Als er sie jetzt anschaute, mußte es eindeutig für ihn sein, daß sie draußen in der Kälte auf Jessa gewartet hatte. Er mußte sie für verrückt halten. »H-hallo nochmal«, gelang es ihr in seine Richtung zu nuscheln, bevor Jessa sie durch die Sicherheitstür und in den Aufzug zog.

Shara fühlte sich nicht gut. Sie hatte das letzte Mal am Abend zuvor gegessen und auf dem Flug alle Mahlzeiten abgelehnt. Seit sie Jessas neue Komposition im Radio gehört hatte, war sie nur von Adrenalin angetrieben worden. Als sie die Wohnung erreichten, stützte sie sich bereits schwer auf Jessa. Sie hatte kein Gefühl in den Fingern und Zehen, und plötzlich schwante ihr, daß sie sich ganz unromantisch übergeben mußte.

»B-Bad –« keuchte sie, und Jessa führte sie den Flur entlang zu einem äußerst luxuriös eingerichteten Badezimmer, für das sie jedoch kaum Interesse aufbringen konnte, weil sie viel zu sehr in Eile war, zur Toilette zu kommen, wo sie dann würgte, ohne allerdings etwas hochbringen zu können. Sie ließ sich auf den Boden sinken, fürchterlich beschämt, aber ihr war zu kalt und schrecklich zumute, um aufzustehen. So hatte sie sich ihr Wiedersehen mit Jessa nicht vorgestellt.

Kapitel 24

Zu Sharas Verlegenheit half Jessa ihr auf, schloß den Toilettendeckel und setzte sie darauf. Sie konnte noch immer das Zittern nicht unter Kontrolle bringen, und Jessas Miene änderte sich rasch von besorgt zu beunruhigt.

»Du bist eiskalt«, sagte Jessa mit zusammengezogenen Brauen. Sie nahm einen weichen, weißen Bademantel vom Haken und hielt in Shara entgegen. »Zieh die nassen Klamotten aus und den hier an. Ich koche uns einen Tee.« Sie schüttelte den Kopf. »Du solltest wahrscheinlich besser ins Krankenhaus.« Sie drehte sich um zur Badewanne, stellte das Wasser an und verließ das Bad.

Shara hoffe, daß sie nicht einen Krankenwagen rufen würde, weil ihre Demütigung sonst vollkommen wäre.

Nach nur wenigen Minuten kam Jessa zurück. Sie hatte ihren Mantel abgelegt und war nun bestrumpften Fußes. Shara hatte sich nicht gerührt. Sie schaute hilflos zu Jessa auf, unwillig zuzugeben, daß ihre Finger viel zu taub waren, um Knöpfe oder Reißverschlüsse zu öffnen.

Jessa grummelte ungeduldig, als ihr das Problem bewußt wurde. »Dich sollte man wirklich nicht allein nach draußen lassen«, murrte sie und kniete sich dann vor Shara, um ihre lächerlich hochhackigen Stiefel und die dünnen Socken auszuziehen, beides vollkommen untauglich, um ihre Füße vor dem kalten, nassen Gehsteig zu bewahren.

Danach schälte sie die nasse Jacke ab und ließ sie auf den Boden fallen, auf die Stiefel und die Socken. Dann kam die Bluse an die Reihe, und Jessa zog sie auf die Füße, um ihre Jeans aufzuknöpfen und sie ihr von den Beinen streifen zu können.

Shara seufzte, als Jessa ihren Kopf über sie beugte und sie fühlte, wie zärtlich sie sie auszog. Es lag nichts Erotisches in Jessas Bewegungen, aber sie schienen mehr als nur fürsorglich.

Shara konnte sich nicht zurückhalten und berührte Jessas Haar. Es war feucht vom Schnee und unglaublich weich. »Du bist so wunderschön«, flüsterte sie, und dann ergriff der Schüttelfrost wieder ihre zierliche Gestalt.

»Shara ...« *Du hast dich in einen menschlichen Eiszapfen verwandelt, und sogar in dem Zustand habe ich Schwierigkeiten, meine Hormone in Schach zu halten, während ich dich ausziehe, also reiß dich zusammen, ja?* Jessa konnte ihre Gefühle nicht aussprechen, also ging sie zur Wanne und streute Badesalze ins dampfende Wasser: Lavendel zum Entspannen und Kamille zum Heilen. Nicht daß sie annahm, daß sie wirklich mit Aromatherapie Sharas Leiden kurieren könnte.

Sie drehte sich wieder zu Shara um, die sich keinen Zentimeter bewegt hatte. Sie wollte sie gerade fragen, ob sie ihre Unterwäsche allein ausziehen könnte, wußte aber gleich, daß der BH-Verschluß jenseits der motorischen Fähigkeiten der eisigen Finger lag, die noch immer der Wärme des Badezimmers trotzten.

Zögernd zog sie Sharas BH aus und konnte nicht das leise Stöhnen überspielen, als sie Sharas nackte Brust sah; dunkle Brustwarzen, jetzt zusammengezogen von der Kälte, die aber genauso aussehen würden, wenn ...

Sharas Zähneklappern unterbrach Jessas lebhafte Phantasien. Als sie Sharas Slip abstreifte, mußte sie schwer schlucken. Sie war so nah, daß sie sich vorstellte, die flaumigen Löckchen erzitterten von ihrem eigenen Atem. Obwohl ihr alles andere als kalt war, zitterten ihre Knie als sie aufstand und Sharas halberfrorene Hand ergriff, um sie zur Wanne zu geleiten. Zum ersten Mal verdammte sie die Höhe ihrer Wanne, die es nötig machte, daß sie Shara beim Hereinklettern helfen und dabei die Berührung ihrer nackten Brust an ihrem eigenen Arm ignorieren mußte.

Shara schrie auf, als ihre frostige Haut mit dem warmen Wasser in Berührung kam.

»Keine Sorge, Liebes. Das ist nur die Durchblutung, die wieder in Gang kommt; das wird sich in ein paar Minuten legen.« Als Shara endlich in der Wanne saß, das dampfende, gut duftende Wasser bis zu ihrem Kinn, raunte Jessa: »Jetzt bleib erstmal hier drin«, als ob Shara zu irgend etwas anderem in der Lage gewesen wäre, »und ich bin gleich wieder da.«

Sie kehrte mit einer dampfenden Tasse zurück, die sie Shara reichte. »Hier, trink. Das wird deinen Magen beruhigen und dich von innen aufwärmen.«

Shara nuschelte ihren Dank und sog tief den Ingwerduft ein, der von der Tasse ausströmte. Jetzt, da sie sich schon etwas weniger scheußlich fühlte, fing sie an, Jessas Pflege zu genießen.

»Hast du auf dem Gehsteig gesessen?« Jessa legte die Stirn in Falten, während sie die nassen und eindeutig verdreckten Sachen betrachtete, die auf dem Boden lagen.

»Kann sein . . . Eine Zeitlang«, antwortete Shara verlegen.

»Wie lange warst du denn dort draußen?«

Shara zuckte mit den Schultern und vermied es, Jessa anzuschauen. »Bin mir nicht sicher.« Sie hatte aufgehört zu zittern und begann sich langsam so zu fühlen, als wäre sie in einer Art Wachtraum. Sie wollte ihn nicht mit dem Eingeständnis zerstören, daß sie mindestens drei Stunden auf Jessa gewartet hatte – lange genug, daß der kalte Winterregen sich in Schnee verwandelt hatte. Jessa würde denken, daß sie vollkommen verrückt geworden war.

»Kann ich irgendwas davon in der Maschine waschen? Auch wenn sie trocken sind, könntest du sie nicht anziehen, ohne daß sie vorher gewaschen wurden.«

»Alles außer der Jacke, glaube ich.« Shara interessierte sich kein bißchen für ihre Klamotten.

Ohne ein weiteres Wort sammelte Jessa den feuchten Kleiderhaufen auf und verließ das Bad.

Shara schloß die Augen und sank zurück ins warme Wasser, die Hände um die Tasse geschlungen. Sie hoffte inständig, daß Jessas beschleunigter Atem beim Ausziehen des BHs ein Indiz dafür war, daß nun ein weitaus angenehmeres Bild in ihrem Kopf herumspukte als das, wie sie über der Toilette hing und sich zu übergeben versuchte.

Nachdem sie den Tee getrunken hatte, fühlte sie sich schon fast wieder menschlich. Jessa war noch immer nicht wiedergekommen und, alleingelassen mit ihren Gedanken, begann sie zu überlegen, ob es nicht überhaupt ein riesiger Fehler gewesen war hierherzukommen, nicht nur, draußen in der Kälte zu warten. Was würde es bringen, Jessa wegen *Spaziergang im Regen* zur Rede zu stellen? Egal welche Gefühle sie hatte, als sie das Stück schrieb, sie war offensichtlich darüber hinweg gewesen, als sie mit Lucia ins Bett gehüpft war.

Allerdings war eins deutlich geworden: Jessa war nicht ganz immun gegen sie. Sie hatte sich um sie in ihrem erbärmlichen Zustand gesorgt, aber die Art und Weise, wie sie sich um sie gekümmert und ihren Körper angeschaut hatte, deuteten stark darauf hin, daß sie ihr gegenüber alles andere als gleichgültig war.

Shara setzte die Tasse ab und stieg aus der Wanne, angenehm überrascht, daß der Boden geheizt war. Sie trocknete sich mit einem Badetuch ab, das zwar frisch gewaschen war, aber einen Hauch von Jessas Duschgel verströmte. Sie tadelte sich selbst, daß sie ihr Gesicht darin für eine Weile vergrub, bevor sie es dann auf den beheizten Handtuchhalter hängte. Sie schlüpfte in den Bademantel, den Jessa für sie bereitgelegt hatte, und machte sich auf die Suche nach ihrer Gastgeberin.

Jessa stand in der Küche und schöpfte Suppe in zwei Teller. Sie sah auf, als Shara näherkam. Als sie ihre gesunde Gesichtsfarbe und die rosa Lippen sah, lächelte sie und sagte sanft: »Du siehst aus, als würdest du tatsächlich überleben.«

Shara wurde rot. »Es tut mir wirklich leid. Und danke, daß du all das für mich tust. Ich nehme an, ich habe beim Warten jegliches Zeitgefühl verloren. Nicht gerade intelligent.« Mit einem Mal wünschte sie sich, der Boden unter ihren Füßen würde sich auftun und sie verschlucken.

»Nicht in der Eingangshalle zu warten war definitiv nicht sehr intelligent. Hattest du Sorge erkannt zu werden?« Jessa nahm ein Baguette aus dem Ofen und brach es ganz nach französischer Art mit den Händen in Stücke. Auf dem Tisch standen bereits zwei Gläser und eine Flasche Mineralwasser.

»Nicht wirklich. Ich mußte nachdenken, und das hätte ich nicht gekonnt, wenn mich der Portier dabei beobachtet hätte.«

Jessa nickte, als ob sie Sharas seltsame Logik verstand. »Komm, setz dich und probier die Suppe.«

Shara nickte zustimmend, plötzlich von Heißhunger überkommen. »Danke. Das riecht lecker. Wie hast du die so schnell gemacht?«

»Ich hatte Gemüsebrühe im Kühlschrank. Ich koche gern, wenn ich zu Hause bin. Nichts Ausgefallenes, aber wenigstens weiß ich, was drin ist.«

Sie aßen in Stille. Shara lehnte einen Nachschlag ab, weil sie sich davor fürchtete, daß ihre Übelkeit wiederkehren könnte.

»Shara, warum bist du hier?«

Von der Frage überrumpelt ließ Shara den Löffel in den fast leeren Suppenteller fallen. Natürlich wäre die Frage früher oder später gekommen, sie hatte keine Ahnung, warum sie keine Antwort parat hatte. Sie senkte den Blick auf ihre Hände. »Ich . . . weil ich gestern, als ich auf dem Weg zur Feier fürs Drehende war, zum ersten Mal *Spaziergang im Regen* gehört habe. Ich weiß, das klingt seltsam, jetzt wo ich weiß, was für ein großer Hit es ist, aber in den letzten fünf, sechs Monaten habe ich . . . das wirkliche Leben vermieden.«

Jessa war wie betäubt. Es hatte so weh getan, als sie annehmen mußte, daß Shara die Vertonung ihrer Liebe zwar gehört, aber offenbar nichts dabei gefühlt hatte, das sie veranlaßt hätte, sich bei Jessa zu melden. All die Lobeshymnen, die Preise und die erreichten Plattenverkäufe hatten sie nur verbittert. Nun zu erfahren, daß Shara die Musik überhaupt noch nicht gehört hatte, warf sie vollkommen aus dem Gleichgewicht. *Gestern.* Shara hatte es gestern gehört, gestern abend, und es hatte sie veranlaßt, in vierundzwanzig Stunden gut zehntausend Kilometer zu fliegen. In ihrem Kopf drehte sich alles, und ihr Herz pochte.

Sie stand auf und ging zum Fenster, wo sie blind auf die Schneeflocken starrte, die im Licht der Straßenlaterne vor ihren Augen tanzten. Sharas Worte und die ihnen innewohnende Bedeutung wiederholten sich immer und immer wieder in ihrem Kopf.

»Jessa, wenn ich gewußt hätte . . . Wenn ich von deinen Gefühlen gewußt hätte . . . wäre ich nicht gegangen. Ich hätte nicht weggehen sollen. Das ist mir jetzt klar.«

»Warum bist du dann hier?« fragte Jessa mit rauher Stimme.

»Ich bereue so vieles. Ich konnte nicht mit noch mehr Reue

leben. Jeder Fehler, den ich dir gegenüber begangen habe, entstammte meiner Untätigkeit. Falls hierher zu kommen ein Fehler war, dann ist es wenigstens ein Fehler, weil ich etwas getan habe, und nicht weil ich vermieden habe, etwas zu tun.«

Sie sah die Angespanntheit in Jessas Körper, weil diese aber keine Anstalten machte, sich umzudrehen, ging sie zu ihr. »Mein erster Fehler war der, dich in der Hütte nicht anzuflehen, mich zu lieben, wo doch alles in mir das wollte.« Sie hörte Jessas leise Stöhnen und wußte, daß sie ihre volle Aufmerksamkeit hatte. »Mein nächster Fehler war in New York, als ich dir nicht verriet, daß du die wichtigste Person in meinem Leben geworden warst. Der dritte Fehler war der, Derek nicht zu sagen, daß er sich von mir fernhalten sollte, bis ich nach London kommen und mit ihm Schluß machen konnte. Der letzte Fehler war die Entscheidung, daß Lucia vielleicht besser für dich wäre, wenn du sie so offensichtlich wolltest. Ich hätte bleiben sollen, um dich kämpfen sollen, dich anflehen –« Tränen brannten in ihren Augen und liefen über ihre Wangen. »Bitte, Jessa, habe ich wieder einen Fehler gemacht?«

»Und du findest nicht, daß es ein Fehler war, in der Nacht in Toronto mit Derek zu schlafen, nachdem du schon fast den ganzen Tag vorher mit ihm verbracht hattest?«

»Hatte ich ja gar nicht. Sein Flieger kam erst kurz vor neun Uhr abends an. Ich hatte den Tag an den Niagarafällen verbracht und mit dem Fahrer in Toronto zu Abend gegessen. Ich hatte viel Zeit zum Nachdenken, und noch bevor wir sein Hotel erreicht hatten, hatte ich schon mit ihm Schluß gemacht. Du warst noch sauer auf mich, und ich war nicht in der Lage, mich in meinem Zustand mit dir auseinanderzusetzen, deshalb habe ich die Nacht im Royal York Hotel verbracht. Und dann dachte ich mir, daß ich lange genug davongelaufen war, weshalb ich so früh wieder zu dir in die Wohnung kam, wo ich dann herausfand –«

»Daß ich die Nacht mit Lucia verbracht hatte.« Jessa drehte sich um und sah in Sharas gequältes Gesicht. »Es war nichts passiert, Shara. Jetzt, wo du das Stück gehört hast, weißt du ja, welche wichtige Rolle das Geigensolo spielt. Ich habe mit Lucia bis um vier Uhr morgens daran gearbeitet. Wir kennen uns seit wir acht sind, und wir haben oft Zimmer und Betten miteinander geteilt, rein freundschaftlich, unzählige Male in unseren frühen Zwanzigern, auch oft nachdem wir miteinander Schluß gemacht hatten. Wir hatten uns nur auseinandergelebt, weil Stephanie so eifersüchtig auf sie gewesen war. Es wäre albern gewesen, wenn eine von uns beiden versucht hätte, auf dem Sofa zu schlafen, wo wir doch beide so kaputt waren und einen vollen Terminkalender vor uns hatten. Es hätte auch keinen Sinn gemacht, wenn eine von uns in deinem Bett geschlafen hätte, weil wir doch nicht wußten, wann du nach Hause kommen würdest. Deshalb haben wir einfach beide in meinem Bett geschlafen. Ich weiß, es war falsch von mir, das damals nicht richtigzustellen, aber ich war so verletzt und sauer, weil du die Nacht mit Derek verbracht hattest . . .«

»Es tut mir so leid, Jessa.«

»Und was jetzt?«

»Da du jetzt weißt, was ich empfinde . . .«

»Tue ich das?« Jessa traute sich noch immer nicht zu glauben, was Sharas Geständnis bedeutete.

»Du hast mir so gefehlt, Jessa. Ich war so leer ohne dich.« Sie trat näher an Jessa heran, bis ihre Körper sich berührten. Sie löste bedächtig den Gürtel an ihrem Bademantel und legte eine Hand an Jessas Wange. »Bitte schick mich nicht fort.«

»Das kann ich gar nicht«, sagte Jessa, bevor sich ihr Mund in einem hungrigen Kuß auf Sharas preßte. »Ich liebe dich viel zu sehr.«

Kapitel 25

Ich kann einfach nicht aufhören, dich zu berühren –« sagte Shara leise. Sie lachte unsicher, ihre Stimme hatte beim letzten Wort fast versagt, und sie kämpfte mit den Tränen.

Jessa ließ den Blick über Sharas kußgeschwollene Lippen und ihre gerötete Haut schweifen und erwiderte: »Ich beschwere mich nicht. Ich mag deine Berührungen . . . und ich mag es, dich anzuschauen.« Und das stimmte; sie konnte einfach nicht genug bekommen von Shara Quinn.

Da sie mittlerweile wußte, daß Shara dort besonders empfindlich war, hatte die linke Seite ihres Halses eine besondere, vorzügliche Bedeutung erhalten, und allein sie zu betrachten zauberte ein Lächeln auf Jessas Lippen. Sie konnte der Versuchung nicht widerstehen und fuhr mit dem Finger über Sharas Haut, bis sie erzitterte.

Ihre Augen trafen sich, und Jessa flüsterte: »Du bist hinreißend. Ich bin total in dich verliebt. Weißt du das?«

»Das weiß ich, seit ich *Spaziergang im Regen* gehört habe. Und weißt du, wie sehr ich dich liebe?«

»Tust du das?« Jessa konnte ihre Unsicherheit nicht verbergen.

»Ich liebe dich«, sagte Shara langsam und mit Bedacht. »Ich dachte, ich hätte dir gerade gezeigt, wie sehr . . .« Während sie sprach fuhr der Finger, mit dem sie langsam Jessas Brustwarze umkreist hatte, darüber; Jessa sog scharf die Luft ein.

»Ich erinnere mich«, sagte sie. »Es ist nur schwer für mich anzunehmen, daß ich es mir nicht nur vorgestellt habe. Ich liebe und will dich seit so langer Zeit schon, daß ich kaum glauben kann, daß wir jetzt hier so zusammen sind . . .«

Shara fuhr sinnlich mit ihrem Fuß an Jessas Wade entlang. »Es kommt mir auch ein wenig vor wie im Traum. Warum hast du mir das nicht gesagt?«

Abgelenkt von Sharas Fuß und dem Finger, der so gefährlich mit ihrer Brustwarze flirtete, daß sie sich wieder aufrichtete ... wieder einmal ... zog Jessa die Brauen zusammen. »Was habe ich dir nicht gesagt?« Die Erregung verursachte einen freien Fall ihres IQs, obwohl Shara sie kaum berührte und obwohl sie sich bereits zweimal in dieser Nacht geliebt hatten.

»Daß es so sein würde«, antwortete Shara mir rauher Stimme und drehte sich auf die Seite, um Jessa anzuschauen, die noch immer auf dem Rücken lag. »Daß es so gut sein würde.« Während sie sprach gesellten sich drei weitere Finger zu dem ersten und gemeinsam streichelten sie Jessas Brust, hielten sich aber von der immer mehr zusammenziehenden Brustwarze fern. »Daß ich so ... verrückt nach dir sein würde ... daß ich nicht genug von dir bekommen könnte.«

Sie unterstrich ihre Worte mit Küssen, sanften Küssen, mit offenen Lippen, die sich strategisch um die Brustwarze an Jessas anderer Brust legten. Jessa stöhnte, denn als Shara aufhörte zu sprechen, begann ihre Zunge sanft ihre Brustwarze zu umspielen. Shara schloß ihre Lippen nicht, und als sie einatmete, folgte dem heißen Gefühl ihrer Zunge beißende Kühle. Jessa wölbte in einer Welle der Erregung ihren Rücken vom Bett.

Jessa war überrascht gewesen herauszufinden, daß Shara eine gesprächige Liebhaberin war. Sie war außerhalb des Schlafzimmers so zögerlich, ihren Gefühlen Ausdruck zu geben, daß Jessa zunächst irritiert, dann aber erfreut war, daß dies eine der Hemmungen war, die Shara verlor, sobald es um Sex ging. Um genau zu sein, schien sie jede mögliche Hemmung zu verlieren, was Jessa nur recht war. Was noch erotischer war, sie redete nicht etwa auf eine ›versaute‹ Art, sie sprach einfach aus, was ihr in den Sinn kam – und Jessa hatte in den letzten paar Stunden entdeckt, daß Shara einen sehr einfallsreichen Sinn hatte.

Shara gab ihr das Gefühl schön zu sein, wie es noch nie eine Frau zuvor getan hatte. Es war unmöglich, die sanft gesprochenen Worte der Ehrerbietung anzuzweifeln, die den Küssen und Berührungen vorangingen, mit denen sie Jessas Körper würdigte. Jessas Berührungen, wie sie schmeckte und auf sie reagierte, ihre Schönheit, all dem galten Sharas wortreiche Ehrungen, die mit einem Wimmern oder einem atemlosen Stöhnen vorgebracht wurden.

Shara hob den Kopf und schaute Jessa an, die mit halbgeschlossenen Augen wie benommen wirkte. »Warum hast du mir nicht gesagt, daß du mich so sehr willst?« fragte sie heiser und fuhr mit der Hand grob über Jessas Brust und Bauch zu ihrem Venushügel.

Es war an Jessa zu stöhnen, als sich Sharas Finger zwischen ihre Lippen schoben und sie dabei leise raunte: »Ich liebe es, wie naß du für mich wirst ...« Sie lehnte sich vor und küßte Jessa, schluckte ihr hilfloses Stöhnen, als ihre Finger eine langsame, unbarmherzige Druckbewegung begannen, die sich zusammen mit dem Geschmack ihres Mundes und dem Anblick der halbgeöffneten Augen dazu verschworen, Jessas Sinne zu überwältigen.

Jessa wußte, daß sie Shara in diesem Moment Einhalt gebieten mußte, weil sie sonst verloren wäre, aber es gab da etwas, das sie sagen wollte, bevor der unvermeidliche und erschütternde Orgasmus sie in Sharas Armen hilflos wie ein Baby werden ließ. Sie sammelte ihre Kräfte, entzog sich mit einigen Mühen Sharas Kuß und schob sich gleichzeitig so, daß sie nun rittlings auf Shara saß. Sie hätte fast ihre Bemühungen aufgegeben, als Shara sie verführerisch anlächelte und ihr zeigte, daß ihr diese neue Stellung noch besseren Zugang zu Jessas Körper bot.

Jessa schloß die Augen und genoß für einige Sekunden, wie Sharas Finger in sie hineinglitten.

Dann gelang es ihr »Nein« zu sagen, obwohl sie das Wort etwas atemlos hervorstieß. Sie zog Sharas Hand fort und drückte sie über ihrem Kopf aufs Bett. Sie schob einen Oberschenkel zwischen Sharas, um mehr auf ihr zum Liegen zu kommen und sie mit ihrem vollen Gewicht unter sich zur Ruhe zu bringen – oder dies zumindest zu versuchen.

Shara war in ausgezeichneter Form – und viel stärker, als sie aussah. Sie lachte leise, ein verschmitzter, neckender Laut, der Jessa eine wohlige Gänsehaut den Rücken hinunterjagte. Dann öffnete sie ihre Beine weiter, um Jessa so mit einem Hebeleffekt in eine unterwürfigere Position zu schubsen, damit sie das zu Ende bringen konnte, was sie angefangen hatte. Sie erreichte damit aber etwas vollkommen unerwartet anderes. Als sie ihre

Hüfte auf dem Bett verschob, ließ Jessa ihre Hand los, um sich selbst hochzustemmen und Shara mit ihrer Hüfte aufs Bett zu drücken. Dabei rutschte ihre geschwollene Klit gegen Sharas, und sie stöhnten beide auf.

Shara schaute hoch zu Jessa und sah ihren verwunderten Blick. »Das gefällt mir.« Sie wußte nicht, was ihr mehr gefiel: Jessa, wie sie über ihr lehnte, mit geschwollenen Lippen und roten Kratzern, die ihre Zähne und Nägel hinterlassen hatten, mit einem Ausdruck vollkommener, hilfloser Begierde, die ihre Pupillen vergrößerte und sie fast leidend erscheinen ließ, oder dieses unglaubliche Gefühl von Jessas Körper, wie er sich so eng und intim gegen den ihren preßte, und zu wissen, daß diese kleine Bewegung ihrer Hüfte Jessa genausoviel Lust verschafft hatte wir ihr selbst.

Sie bewegte sich wieder, und es durchfuhr sie wie ein Blitzschlag, als ihr geschwollener, erregter Leib sich an einem ebenso erregten Leib rieb. Sie schloß die Augen und stöhnte, warf ihren Kopf zurück. Ihr sich wölbender Rücken brach den Kontakt zwischen ihren Körpern, und Jessa stieß ihre Hüfte vor, um ihn wieder herzustellen. Die Bewegung intensivierte den Kontakt und das Gefühl, und Shara stöhnte auf. Um zu verhindern, daß Jessa denken könnte, das Stöhnen hätte etwas anderes bedeutet als fast unerträgliche Lust, legte Shara beide Hände auf Jessas Pobacken und zog sie zu sich, drängte sie zu wiederholen, was sie gerade getan hatte.

Jessa kam ihrem Drängen nach, und diesmal stöhnten sie beide. Jessa brauchte keine weitere Ermutigung, und zusammen fanden sie einen Rhythmus, bei dem für Shara der Rest der Welt einfach verschwand und alle ihre Sinne vollkommen mit Jessa angefüllt waren. Sie fühlte, wie die Spannung in ihrem Unterleib immer größer wurde. Jessa und sie selbst gaben Laute von sich, die entweder Zuneigung oder auch einfach nur bewußtseinserweiternde Lust signalisierten, und an Jessas halbgeschlossenen Augen und ihrer weggetretenen Miene konnte sie erkennen, daß auch sie kurz vorm Höhepunkt war. Jessas Haar war feucht und ihre beiden Körper glänzten vom Schweiß, als ihre Bewegungen immer schneller wurden. Aber egal wie verzweifelt sie auch dem Unausweichlichen entgegenstrebten, sie mußten ihre Stöße unter Kontrolle halten, um den himmlischen Kontakt miteinander nicht zu verlieren. Die nötige Konzentration schien die Empfindung nur noch zu verstärken, denn sie bedeutete, daß Shara sich vollkommen Jessas bewußt war: sie liebte diese Frau, diese Frau liebte sie, und sie liebten sich.

»Ich bin noch nie . . . so . . . gekommen«, keuchte Jessa. Ihre Arme bebten und ihre Bewegungen wurden immer ruckartiger, spornten Shara dazu an, ihre Hüfte fester zu umgreifen.

Jessa beobachtete, wie das Licht auf Sharas schweißnasser Haut spielte und die Bauchmuskeln sich mit jedem Stoß deutlich zusammenzogen und wieder entspannten, und sie konnte sich keinen sinnlicheren und perfekteren Moment vorstellen wie den, den sie gerade erlebte. Sie konnte sich überhaupt nichts Perfekteres vorstellen, als Shara zu lieben.

Shara schaute der Frau in die Augen, für die sie mehr Liebe empfand, als sie jemals für möglich gehalten hatte für irgend jemanden zu empfinden. Die Frau, deren Körper sie vergötterte. Sie beobachtete, wie Jessas Brüste schaukelten und fühlte ihre starken Pomuskeln. Sie wünschte sich, daß dieser Moment nie enden würde, aber sie wußte, daß ihr Körper der Erfüllung zustrebte, und sie konnte sich nicht zurückhalten – nicht mit Jessa. Sie hob den Kopf vom Bett, und Jessa kam der wortlosen Aufforderung nach und küßte sie innig. Als sich ihre Münder trennten, raunte Shara in Jessas Ohr: »Komm mit mir zusammen . . . bitte . . . jetzt . . .«

Jessa konnte kaum glauben, was Sharas Worte in ihr auslösten. Als wäre er vom Grund ihrer Seele heraufbeschworen worden, erschütterte ein Orgasmus wie sie ihn noch nie zuvor erlebt hatte ihren Körper, und schien direkt mit Sharas Körper verbunden zu sein, denn sie fühlte, wie Shara zur selben Zeit kam. Als Shara sich gegen sie bäumte, hörte sie einen tiefen, brummenden Laut, aber sie war sich nicht sicher, wer ihn machte. Es war ein kehliger Laut tierischer Befriedigung, der das Stillen ihrer emotionalen und körperlichen Begierde begleitete. Sie hatten beide nicht ihre Augen geschlossen; sie hatten zuschauen wollen, wie sich die Erregung im Körper der anderen aufbaute und dann zwischen ihnen explodierte.

Jessa fiel auf Shara, ihre Tränen vermischten sich mit dem

Schweiß auf Sharas Schläfe und sickerten in ihr Haar. Shara streichelte Jessas Rücken mit zitternder Hand. Als sie Jessas Gewicht auf sich fühlte und ihr Herzschlag und Atem sich allmählich beruhigten, schlich sich ein Gefühl von Sicherheit und Befriedigung in ihre Seele. Zum ersten Mal in über sechsunddreißig Stunden schlief sie ein.

Kapitel 26

Als Shara aufwachte, war es hell draußen, und für einige Sekunden konnte sie sich nicht erinnern, wo sie war. Dann überflutete sie alles – die hektischen Transkontinental- und Transatlantikflüge, das stundenlange Warten auf Jessa in der Kälte, Jessas Rückkehr, ihr Streit und dann Jessas wundervolle Fürsorge, als ihr schlecht wurde. Und dann die Nacht in Jessas Bett. Wo sie noch immer war, aber Jessa nicht. Sie räkelte sich lächelnd, genoß das Gefühl der Laken an ihrer empfindlichen Haut. Sie fühlte sich geliebt, vollkommen entspannt und hungrig. Mit einem leicht schlechten Gewissen hegte sie die Hoffnung, daß Jessa irgendwo dort draußen war und etwas zu essen machte.

Sie hob den Kopf und suchte nach einer Uhr. Es gab keine, aber ihre Armbanduhr lag auf dem Nachttisch. »Zwei Uhr!« Sie konnte kaum glauben, daß sie fast zehn Stunden geschlafen hatte. Als ihr klar wurde, daß sie innerhalb von wenigen Sekunden, nachdem sie sich mit Jessa geliebt hatte, eingeschlafen war, lief sie rot an. Sie erinnerte sich, irgendwo gelesen zu haben, daß Frauen nach Sex gern kuschelten und fürchtete, einen bedeutenden lesbischen Test vermasselt zu haben. Sie hatte sich immer gewundert, warum andere Frauen etwas dagegen hatten, wenn ihre Männer und Freunde direkt danach einschliefen – vielleicht weil sie nie eine solch tiefe emotionale Verbindung mit einem ihrer Partner gehabt hatte. *Ich werde es wiedergutmachen*, gelobte sie sofort und mußte bei der Erkenntnis grinsen, daß ihre Motive dabei nicht rein selbstlos waren. Da sie nie einen besonders ausgeprägten Sexualtrieb gehabt hatte, wunderte sie sich über sich selbst und noch viel mehr darüber, was sie in der vergangenen Nacht gefühlt und getan hatte.

Sie zog Jessas Kissen an sich, umarmte es, atmete tief ein und war wie berauscht vom Geruch ihrer Geliebten. Sie schloß die

Augen und lächelte weiter in sich hinein. Sie war verliebt. Sie war noch nie zuvor so verliebt gewesen. Jessa Hanson brachte Frieden in ihre Seele. *Und sie ist auch nicht schlecht, was das Körperliche betrifft.*

Das Verlangen, die Frau zu sehen, die ihre Gedanken beherrschte und ihr Herz füllte, wurde so groß, daß sie sich nach dem Bademantel umsah, den sie am Abend zuvor getragen hatte. Ihr Lächeln wurde breiter, als sie sich daran erinnerte, daß sie ihn auf dem Wohnzimmerboden zurückgelassen hatte. Jessas weißes Hemd lag auf dem Boden nah der Schlafzimmertür, also zog sie das an und freute sich, als sie feststellte, daß Jessas Parfüm noch immer im Stoff hing.

Das erste was ihr auffiel, als sie ins Wohnzimmer kam, war die Musik: *Signore, ascolta!* aus Puccinis *Turandot*. Shara erinnerte sich gut an die Szene, in der Liù, das Sklavenmädchen, Calaf anflehte, nicht sein Leben zu riskieren, um die Liebe der herzlosen Prinzessin zu gewinnen. Sie hatte bereits eingestanden, daß ihre Aufopferung in der Sorge um seinen Vater von einem einzigen Lächeln Calafs ausgelöst worden war, weil sie sich damals in ihn verliebt hatte. Es war ein wunderschönes Liebeslied, obwohl Liù wußte, daß ihnen die Gesellschaft, in der sie lebten, kein glückliches Ende gestatten würde.

Shara überlief es für einen Moment eiskalt, als ihr bewußte wurde, daß auch ihre Liebe von einigen Teilen der Gesellschaft mißbilligt werden würde. Sie schüttelte den Gedanken ab und schaute sich suchend um, bis sie Jessa entdeckte, die die Lippen zum Text bewegte und in einer Schüssel etwas umrührte.

Als hätte sie bemerkt, daß sie beobachtet wurde, hob Jessa den Kopf, und als sie Shara sah, brach sie in ein Lächeln aus.

Als Shara Jessas Lächeln sah, konnte sie nachvollziehen, wie Liù sich gefühlt hatte, weil genau dieses Lächeln einer der Gründe für ihre Verliebtheit war. Natürlich schadeten auch weder das zerzauste Haar, die großen, braunen Augen oder der umwerfende Körper, noch die Intelligenz, das Mitgefühl, die Sanftheit oder das unglaubliche Talent *auf dem Podium und im Schlafzimmer*, fügte Sharas plötzlich sexsüchtiges Hirn hinzu. Jessa stand dort in einer seidenen Schlafanzughose und einem weißen T-Shirt, und Shara wollte plötzlich nichts anderes mehr, als sie zurück ins Schlafzimmer zu zerren und sie auszuziehen, trotz ihres knurrenden Magens.

Jessa hatte beschlossen, daß Shara ein großes, einigermaßen gesundes Frühstück verdient hatte. Seit sie aufgewacht und Shara in ihrem Bett vorgefunden hatte, war das Lächeln nicht mehr von ihren Lippen gewichen. Shara mußte erschöpft gewesen sein, denn sie war fast sofort eingeschlafen, nachdem sie sich geliebt hatten, einen Arm um Jessa gewunden und ihre schweißnassen Beine noch immer ineinander verschlungen. Jessa hatte sich befreit, ohne daß Shara auch nur mit der Wimper gezuckt hatte. Sie hatte sich umgeschaut und die Bettdecke entdeckt, auf einem Haufen Kissen auf dem Boden, und alles wieder ins Bett geholt, bevor sie dann die Decke über sich beide gezogen hatte und auch eingeschlafen war. Als sie in der Nacht aufgewacht war, hatte sich Shara an sie geschmiegt, eine Hand auf ihrer Brust. Sie hatte sich grinsend gewundert, wovon Shara wohl träumte, und war dann wieder eingeschlafen.

Am Morgen hatte Shara mit einem Arm und einem Bein über Jessa gelegen, als ob sie befürchtete, daß Jessa verschwinden würde, während sie schlief. Als Jessa versucht hatte, sich zu bewegen, hatte sie ihren Griff verstärkt. Jessa hatte nachgegeben und war einfach im Bett geblieben, um das Gefühl von Sharas schwerem, warmem Körper auszukosten, der sich unter der Decke gegen sie drückte. Als die Sonne aufging, war für Jessa die Welt vollkommen. *Weihnachten*. Sie brauchte keinen geschmückten und beleuchteten Baum; die Wärme, die sie erfüllte, hätte eine ganze Stadt erleuchten können.

Sie mußte wieder für ein paar Stunden eingeschlafen sein, denn als sie erneut aufwachte, war es hell im Raum. Shara hatte ihr Bein weggezogen, und so konnte Jessa aufstehen, ohne sie zu wecken. Nach einem Zwischenstop im Badezimmer hatte sie ein paar Sachen angezogen und war dem Ruf eines ungemütlich leeren Magens gefolgt und hatte angefangen, Frühstück zu machen. Sie schaltete die Stereoanlage an und ließ die Zufallsauswahl spielen, während sie sich an die Arbeit machte.

Sie hatte sich über die späte Uhrzeit erschrocken, und es überraschte sie deshalb nicht, Shara zu sehen, als sie den Kopf hob, gerade als sie den Teig für die Pfannkuchen anrührte. Sie sah, daß Shara ihr weißes Hemd anhatte und nichts anderes, und meinte plötzlich fühlen zu können, wie ihre Körpertemperatur schlagartig in die Höhe schnellte. *Wie kann jemand nur so wunderschön sein?* fragte sie sich. Das Hemd fiel nur bis auf Sharas Oberschenkel, und sie hatte es unordentlich zugeknöpft. Ihr Haar war strubblig, und ihre Augen waren graugrün und verschlafen. Jessa war nach nichts anderem, als die Schüssel abzustellen und Shara wieder ins Bett zu ziehen.

Als sich ihre Blicke trafen, wurde das Lächeln auf Sharas Gesicht immer breiter. Obwohl noch schwer vom Schlaf erhellten sich ihre Augen, und sie begann auf Jessa zuzugehen, wie von einer unsichtbaren Macht gezogen. Es lag soviel Liebe in ihren Zügen, daß Jessas Bauch einen kleinen Salto schlug. Sie stellte die Schüssel ab und hielt die Arme für Shara auf. Sie erinnerte sich daran, wie sie das in New York getan hatte, aber seither hatte sich soviel geändert. Diesmal wußte sie, daß diese Frau, die die Arme um ihre Taille schlang, sich an sie kuschelte und leicht an ihrem Hals schnupperte, sie liebte.

»Frohe Weihnachten, Liebling«, murmelte Shara gegen Jessas Hals.

»Ja. Ja das ist es wirklich«, erwiderte Jessa leise. »Danke. Und dir auch Frohe Weihnachten.« Sie gab Shara einen Kuß auf die Stirn und auf die Nasenspitze. Shara schloß die Augen und legte den Kopf in den Nacken. Jessa lächelte ob der wortlosen Einladung und nahm sie dann an.

Als sich ihre Lippen trafen, entfuhr Shara ein kleiner Laut, den Jessa zu lieben begann, und als Jessa sich losmachen wollte, stellte sie sich auf ihre Zehenspitzen und lehnte sich vor, damit der Kuß nicht aufhörte.

Jessas Welt drehte sich. Shara fühlte sich so gut an in ihren Armen, und der Kuß war wie ein bedächtiges, sinnliches Erforschen, das fast einschläfernd wirkte. Er war kein Vorspiel – es ging um nichts anderes –, aber all ihre Sinne schärften sich, und ihr Körper wurde immer erregter; sie wollte nur weiter so dort stehen und Shara bis in alle Ewigkeit küssen. Sie ließ ihre Hände über Sharas Rücken wandern, fühlte glatte Haut und starke Muskeln unter dem Hemd, und legte sie dann um ihren Po.

Shara entfuhr wieder der kleine Laut, und sie drückte ihre

Hüfte gegen Jessas, während sie ihren Hinterkopf streichelte und die Finger sich in den wilden Nackenlocken verfingen.

Das immer stärker werdende Summen der Erregung zwischen ihnen wurde jäh von Sharas lautem Magenknurren unterbrochen; die Suppe und das Brot vom vorherigen Abend waren nur noch eine dumpfe Erinnerung.

Jessa machte sich los und lachte leise. »Hört sich ganz danach an, als ob ich jetzt lieber meine Frau füttern sollte ...«

Shara sog tief Luft ein, und als Jessa sie anschaute, war ihr, als würde das Herz in ihrer Brust anschwellen, und Tränen traten in ihre Augen. In Sharas Miene spiegelte sich unverhohlene Anbetung. »Ich liebe es, deine Frau zu sein«, sagte sie sanft.

Jessa schluckte schwer. »Ich weiß nicht, was ich getan habe, um dich zu verdienen, aber ich bin froh, daß ich's getan habe – was auch immer es war.«

»Das wirst du nicht mehr behaupten, wenn du mir nicht bald was zu essen gibst. Dann werde ich nämlich wieder ohnmächtig und mache mich zur Vollidiotin, wie letzte Nacht.«

»Du hast dich nicht zur Vollidiotin gemacht, aber ich muß schon sagen, du hast eine ganz eigene Art, die Aufmerksamkeit auf dich zu ziehen.«

Shara klapste ihr auf den Hintern. »Na, wenn ich mich recht entsinne, hast du mir deine Aufmerksamkeit ganz freiwillig zukommen lassen.«

Jessa grinste verschmitzt. »Hm. Du hast aber auch eine wunderbare Art, dich bei jemandem für eine Tasse Tee und die Benutzung der Waschmaschine erkenntlich zu zeigen.«

Shara hob eine Braue in die Höhe und warf ihr einen verführerischen Blick zu. »Du solltest mal sehen, was ich für ein ganzes Frühstück zu bieten habe ...«

»Reichen dir dafür Pfannkuchen und echter Ahornsirup, Rühreier, Obst, Joghurt und frisch gebrühter Kaffee? Ich könnte mir noch was anderes einfallen lassen –«

Shara ächzte. »Liebes, ich verspreche dir, allein die Pfannkuchen und der Kaffee verschaffen dir schon eine Menge an sexuellen Gefälligkeiten.«

Jessa ging lachend zurück zum Pfannkuchenteig, den sie nun mit mehr Begeisterung umrührte als vor Sharas Auftauchen.

Kapitel 27

Der Januar verschwamm in Glückseligkeit. Shara mietete eine Wohnung in South Kensington und redete davon, eine neue Bleibe zu kaufen, da sie ihre Hälfte des Hauses in Highgate an Derek verkauft hatte, aber sie schien damit keine Eile zu haben. Immer mehr ihrer Kleidungsstücke tauchten in Jessas Schrank auf, was Jessa allerdings nichts ausmachte; im Gegenteil, sie dort zu sehen gab ihr ein gutes Gefühl.

Manchmal, wenn sie im Londoner Westen zu Abend aßen, blieben sie über Nacht in Sharas Wohnung, aber beide fühlten sich in Jessas Loft viel mehr zu Hause, als in der vorübergehenden Behausung, die von einem Innenarchitekten zwar geschmackvoll aber unpersönlich möbliert worden war, während Sharas eigene Habe eingelagert blieb.

Es war kalt, grau und stürmisch in London, aber Jessa konnte sich nicht erinnern, sich jemals so gut gefühlt zu haben. Ihre Tage entwickelten eine faule, einseitige und irgendwie beruhigende Gleichförmigkeit, die immer wieder unterbrochen wurde durch abenteuerliche, berauschende Liebesakte, nach denen sie sich jedesmal wunderte, wie ihr Körper all die Jahre überstanden hatte, in denen ihm Shara vorenthalten worden war.

Jessa wachte für gewöhnlich sehr früh auf. Manchmal blieb sie einfach mit Shara im Bett, und sie liebten sich, aber an anderen Tagen stand sie auf und tat was Shara ›diese seltsamen Morgendinge‹ nannte, wie zum Beispiel meditieren, ins Dharma Center gehen oder in ihrem eigenen Fitneßraum trainieren. Wenn sie lange aufgeblieben war, weil sie komponiert hatte, ging sie manchmal joggen, duschte und schlüpfte dann ins Bett, noch bevor Shara sich überhaupt gerührt hatte. Ihr gefiel diese Zeit am Morgen, wenn sie sich müde und entspannt an Shara kuschelte. Manchmal wachte Shara davon auf und schlang ihren Arm um sie, bevor sie dann beide einschliefen.

Sie sprachen morgens kaum miteinander, weil Shara zwar süß, aber vor Mittag nicht sehr mitteilsam war. Sie gingen ihren eigenen Angelegenheiten nach: Jessa spielte Klavier und kritzelte Notizen oder studierte Partituren, Shara las Drehbücher oder benutzte den Fitneßraum in nachdenklicher Abgeschiedenheit. Irgendwann blätterten beide durch die Tageszeitungen, die Jessa abonniert hatte. Aber was auch immer sie taten, alles war mit Musik untermalt – auch wenn eine von beiden dafür Funkkopfhörer trug, um die andere nicht zu stören.

Zur Mittagszeit hatten beide es meistens geschafft zu duschen und sich anzuziehen, und nach einer einsilbigen Diskussion darüber, wonach ihnen war, gingen sie in eines der Restaurants in Clerkenwell. Wenn sie bereits planten, am Abend auszugehen oder etwas anderes vorhatten, machten sie sich rasch selbst etwas zu essen. Beide hatten stapelweise Fan-Post zu erledigen, was sie ab und zu nachmittags in Angriff nahmen – besonders wenn das Wetter mal wieder ausgesprochen fürchterlich war.

An manchen Nachmittagen erledigten sie Besorgungen oder gingen einkaufen, und Jessa mußte feststellen, daß Shara einen fast schon krankhaften Zwang zum Schuhekaufen hatte. Sie besuchten manchmal Kunstgalerien und einmal eine Ausstellung in der Tate Britain. Ganz egal wie alltäglich etwas auch war, es bekam dadurch eine besondere Bedeutung, daß sie es zusammen machten. Beide fanden, daß die besten Nachmittage die waren, an denen sie einfach zu Hause blieben und sich liebten.

Jessa hatte Elise getroffen und Shara ein paar von Jessa Freunden, aber da die meisten irgendwie mit Musik zu tun hatten, waren sie entweder auf Reisen oder lebten dort, wo ihre Arbeit war. Sie trafen sich am meisten mit Lisa, und als sie alle – Lisa brachte ihren Partner Paul mit – zum ersten Mal zusammen zu Abend aßen, konnte Lisa einfach nicht aufhören zu lächeln, wenn sie Jessa und Shara ansah.

Es war Anfang Februar, und einer von Sharas Lieblingstagen: Sie wachte um halb acht auf, als Jessa zurück ins Bett kam, nach Duschgel duftend und mit noch feuchtem Haar. Sie war joggen gewesen oder beim Yoga – auf jeden Fall roch sie wunderbar und fühlte sich noch besser an. Shara vermutete, daß sie auch wunderbar aussah, aber sie konnte nicht genug Energie aufbringen, um ihre Augen zu öffnen. Als sie wieder wach wurde, schlief Jessa noch, und sie beschloß, sie auf ganz besonders liebevolle Weise zu wecken. Nachdem sie sich geliebt hatten, nahmen sie ein spätes Frühstück zu sich. Jessa schaltete die Stereoanlage an und streckte sich dann mit einem Buch auf der Couch aus. Shara sah, daß es sich um eine Sammlung mit Kurzgeschichten von Jackie Kay handelte, die sie noch nicht gelesen hatte, und nahm sich vor, es von Jessa zu borgen, sobald sie es durchhatte. Nach dem Duschen verließ sie das Haus, für eine Maniküre und Gesichtsbehandlung.

Als sie nach Hause kam, erklang gerade Maria Callas' Stimme aus den Lautsprechern, mit einer Arie aus *Samson et Dalila* von Camille Saint-Saëns. Es war eines von Sharas Lieblingsstücken: *Mon cœur s'ouvre à ta voix*, ›Mein Herz öffnet sich bei deiner Stimme, wie sich Blumen öffnen, wenn die Morgenröte sie küßt‹. Sie hatte so etwas nie erlebt, bis sie Jessa kennenlernte. Aber jetzt, wenn sie getrennt waren und Jessa sie auf ihrem Handy anrief, verlor sie vollkommen den Faden, sobald sie ihre Stimme hörte. Es war so schlimm, daß Elise Jessa klare Anweisungen gegeben hatte, sie nicht anzurufen, wenn sie mit ihr zusammen war.

Shara und Jessa hatten in der ersten Woche des neuen Jahres eine Aufführung dieser Saint-Saëns Oper im Covent Garden besucht, und als die junge Mezzosopranistin in der Rolle der Dalila die Arie vorgetragen hatte, waren Shara die Tränen über die Wangen gelaufen. Sie konnte die mit diesem Lied ausgedrückten Emotionen sehr gut nachvollziehen, weshalb sie tief berührt war, daß diese Arie mit der Absicht gesungen wurde, einen Geliebten anzulocken und dann zu betrügen. Es war das letzte Mal gewesen, daß sie zu einer klassischen Aufführung gegangen waren, weil die besagte Nacht dadurch unterbrochen worden war, daß Fans sie während der Pause erkannt und belagert hatten. Sie hatten zwar nur höfliche Fragen gestellt und Jessa zum Erfolg von *Spaziergang im Regen* gratuliert, aber es hatte das sofortige Aus für die körperliche Nähe bedeutet, die Shara und Jessa noch während des ersten Aktes genossen hatten, als sich ihre Schenkel berührt und sie diskret unter ihren Mänteln Händchen gehalten hatten. Jessa hatte sich danach nicht mehr auf die Oper konzentrieren können und wie ein kleines Kind herumgezappelt, während Sharas Reaktion genau gegenteilig gewesen war und sie sich vollkommen auf die Handlung auf der Bühne konzentriert hatte, um sich nach ihrer panischen Reaktion zu beruhigen.

Jessa schien nun tief in Gedanken versunken, und Shara fragte sich, ob sie auch durch diese Musik wieder an das einzige Mal erinnert wurde, als sie zusammen öffentlich erkannt worden waren. Sie zweifelte nicht daran, daß das Personal in den Restaurants, in denen sie aßen, sie erkannte, weshalb sie versuchten, jedesmal woanders zu essen. Das hatte zwar zu einer einmonatigen gastronomischen Tour durch London geführt, konnte aber nicht endlos so weitergehen.

»Hiya, Liebling. Alles in Ordnung?«

Jessa lächelte schwach. »Ja. Ich habe nur gerade darüber nachgedacht, daß ich diese Oper zum ersten Mal in Buenos Aires dirigieren werde; ich bin ein bißchen nervös.«

Shara setzte sich neben sie. »Nur wegen des Dirigierens?«

Jessa schenkte ihr ein schiefes Lächeln. »Wieso kennst du mich nur so gut?«

»Weil ich dich liebe«, erwiderte Shara einfach. »Also, wo drückt der Schuh?«

»Wir haben eine Einladung zu einer Valentinstags-Party.« Ehe Shara etwas sagen konnte, fuhr sie rasch fort. »Von Steve. Er spielt Cello beim Londoner Symphonieorchester, und er veranstaltet diese Party jedes Jahr. Er meint, daß er damit die einzige Möglichkeit bietet, um am Valentinstagsabend Spaß zu haben, egal ob du verpaart bist oder nicht, und jeder seiner Freunde versucht zu kommen. Den meisten Partnern dieser Freunde macht es nach dem ersten Mal auch nichts mehr aus, denn es ist zwar nicht besonders romantisch, dafür aber um so lustiger, und Steve legt immer genügend langsame Stücke auf, für die, die –«

Shara legte den Zeigefinger auf Jessas Lippen, um ihren Redeschwall zu unterbrechen. »Psst . . . Ich komme mit. Nichts wäre mir lieber.«

Jessa schaute sie zweifelnd an. »Ich will nicht, daß du dich unbehaglich fühlst –«

»Ist Steve etwa ein Ungeheuer?« fragte Shara amüsiert. Sie wußte, warum Jessa Zweifel hatte. Jessa hatte keine Kontrolle darüber, wer auf der Party sein würde, und jemand könnte sie erkennen und ausplaudern, daß sie in eine romantische Beziehung mit Jessa verwickelt war. Aber sie konnte von Jessa nicht erwarten, daß sie sich ausschließlich in geschlossenen Kreisen bewegten, nur um sicherzugehen, daß sie sich nicht unbehaglich fühlte. Wenn sie ehrlich mit sich selbst war, dann mußte sie zugeben, daß ihr der Gedanke an dieses Risiko schreckliche Angst einjagte. Das Ende ihrer Beziehung mit Derek war endlich aus den Klatschspalten verschwunden, aber jeder kleinste Hinweis auf eine lesbische Beziehung wäre ein gefundenes Fressen für die Gerüchteküche, und ihr gesamtes Leben würde in einen künstlichen Skandal verwandelt. Sie war auch sicher, daß Derek nur allzugern seinen Senf beisteuern würde. Aber das war ihr persönliches Problem, und sie konnte nicht von Jessa verlangen, sich deshalb von allem abzukanzeln. Jessa war so gut zu ihr und erwartete so wenig im Gegenzug, daß sie sich ihr ganz geben wollte.

»Aber natürlich nicht, sonst hätte ich doch nicht –« Sie erkannte, daß Shara sie aufgezogen hatte, warf sich mit spielerischem Knurren auf sie und drückte sie auf die Couch. »Ich sollte dich dafür bestrafen, daß du dich so über mich lustig machst . . .«

»Mmm, nach was für einer Bestrafung ist dir denn zumute?« Shara war nicht im geringsten eingeschüchtert. Sie wußte, daß sie in diesem Bereich ihrer Beziehung besonders gut zu Jessa sein konnte. Sex mit Männern verblaßte zur Unkenntlichkeit, verglichen mit dem, was sie in Jessas Bett fand, und sie wußte, daß es auch für Jessa etwas ganz Außergewöhnliches war.

Jessa starrte sie wie verzaubert an. Shara hatte Mantel und Schuhe abgelegt und lag nun dort in ihrer schwarzen Hose und dem smaragdgrünen Pullover, der ihre grünbraunen Augen betonte. Ihr Haar wuchs langsam wieder länger und die dunkle Tönung war herausgewaschen, so daß die Strähnen, die weich über ihre Wangen fielen, wieder wie Mahagoni glänzten. Shara lächelte sie aufreizend an, und etwas in ihrem neckenden Gesichtsausdruck veranlaßte Jessa dazu, sie überraschen zu wollen. Der Gedanke erregte sie nicht nur rein körperlich.

Sie stand von der Couch auf, Sharas Handgelenk noch immer fest umschlungen, und zog sie auf die Beine. »Komm«, befahl sie.

»Dein Wunsch ist mir zwar allzugern Befehl, aber ich fürchte, da mußt du dich schon etwas mehr anstrengen«, erwiderte Shara mit einem lasziven Grinsen, aber ihr Herzschlag wurde schneller, als sie den entschlossenen Blick in Jessas Augen sah.

Im Schlafzimmer angekommen schubste Jessa sie ungalant aufs Bett und fragte: »Vertraust du mir?«

Fasziniert antwortete Shara langsam: »Ja . . .«

Mit gerunzelten Brauen und ernstem Gesicht erklärte Jessa: »Wenn du dich zu irgendeinem Zeitpunkt nicht mehr sicher fühlst, will ich, daß du ein Wort sagst, bei dem ich weiß, daß ich aufhören soll, was auch immer ich gerade tue. Es muß was anderes als ›warte‹ oder ›nicht‹ sein, weil die Teil des Spiels sein könnten.«

Shara verspürte ein beständiges Pochen zwischen ihren Schenkeln, das ihren rasenden Herzschlag wiederspiegelte, obwohl Jessa sie noch nicht einmal berührte. »Petula«, sagte sie leise.

Jessa grinste und sah nun eindeutig gefährlich aus; Shara fragte sich, ob sie wirklich hierzu bereit war. Ehe sie es sich anders überlegen konnte, holte Jessa etwas Schwarzes, Seidenes aus einer Schublade und hielt es in ihrer Faust. Als sie es entrollte, sah Shara, daß es eine Art Augenbinde war, die Jessa nun fest über ihre Augen band. »Leg dich zurück«, wies sie sie sanft an, und Shara tat, wie ihr geheißen.

Jessa zog Shara mit zärtlicher Aufmerksamkeit aus. Jedesmal wenn ein Kleidungsstück verschwand, übersäte sie die entblößte Haut mit zarten, kitzelnden Küssen, die Shara unter Hochspannung stellten. Und jedesmal, wenn Shara die Hand ausstreckte, um Jessa zu streicheln oder auch nur zu berühren, hielt sie sie fest und drückte sie fast grob zurück aufs Bett und sagte so etwas in der Art wie: »Nein, du hast keine Kontrolle darüber, was passiert. Das ist deine Strafe.«

Als Shara fast ausgezogen war, fühlte sie, wie sich die Matratze bewegte, als Jessa aufstand. Sie hütete sich davor zu fragen, was Jessa tat – was auch immer es war, es lag außerhalb ihrer Kontrolle. Die Matratze sank wieder leicht ein, als Jessa zurückkam. Shara fühlte, wie sie ihre Hand hob, spürte einen Druck um ihr Gelenk und hörte ein leises Klicken. Jessa wiederholte den Vorgang mit dem anderen Handgelenk, dann führte sie Sharas Arme über ihren Kopf nach oben, bis ihr Körper beinahe unangenehm langgestreckt war.

»Warte«, sagte sie nervös, aber Jessa ignorierte sie. Eine Mischung aus Besorgnis und Erregung überflutete Shara, als ihr klar wurde, daß sie mit Handschellen ans Bett gefesselt worden war.

Kapitel 28

»Jessa, beeil dich!« Sie sollten in nicht einmal einer Stunde auf der Valentins-Party sein, und Jessa hatte noch immer nicht geduscht. Shara hatte widerwillig allein geduscht und stand nun in Jessas Bademantel und mit tropfnassem Haar im Türrahmen und lächelte sie nachsichtig an.

»Ich will nur noch ein paar mehr fertigmachen. Ich war in letzter Zeit wirklich nachlässig, und jetzt plagt mich mein schlechtes Gewissen.« Während sie sprach, signierte sie einen Stapel Autogrammkarten.

Ihre Fan-Post war fein säuberlich in vier Stapel sortiert, und Shara wußte, daß dort keine Autogrammanfragen enthalten waren. Dafür gab es eine Einheitsantwort, zusammen mit einer der Karten, die Jessa gerade signierte.

»Ich weiß, Liebling, aber du hast Steve versprochen früher zu kommen, damit ihr euch unterhalten könnt, bevor die anderen Gäste eintreffen.«

Jessa schaute auf und lächelte. »Aber klar. Er will doch nur extra Zeit mit dir verbringen. Er ist ein Fan von dir, das weißt du doch.«

»Das wird sich legen, sobald er mich kennenlernt«, entgegnete Shara und verzog das Gesicht zu einer Grimasse. »Eine erwachsene Frau, deren Beruf es ist, sich in einer Scheinwelt zu bewegen«.

»Das glaube ich kaum. Du erweckst in deinem Beruf Kunstwerke zum Leben, wodurch Leute sie genießen können, die sonst nicht die Gelegenheit dazu hätten. Auf eine Art ist Dirigieren fast so wie Schauspielern – wir interpretieren die künstlerischen Kreationen anderer Leute.«

»Ja, aber du interpretierst Beethoven und Puccini, während ich eher einen pickelgesichtigen Ausgestoßenen der Gesellschaft interpretiere, der unter Verfolgungswahn leidet und nur zufällig auch noch die Gabe hat, Drehbücher zu schreiben, die die Allgemeinheit auf der Leinwand sehen will.«

Jessa zwinkerte ihr zu. »Wenn du mir wilden, leidenschaftlichen Sex versprichst, werde ich Peter Garofolo nicht verraten, was du wirklich von ihm hältst.«

»Du weißt, daß ich ihn damit nicht gemeint habe. Im Gegenteil, er ist ein richtiger Frauenheld.«

»Spricht da die Stimme der Erfahrung?«

»Beinahe, wenn ich damals nicht in eine launische Komponistin verliebt gewesen wäre.«

»Ich bin überhaupt nicht launisch. Da kannst du gern ...« sie warf einen kurzen Blick auf den Brief, der oben auf einem der Stapel auf ihrem Schreibtisch lag, »... Susan aus Wiltshire fragen. Ich habe vor, ihr eine schöne, lange Antwort auf ihren lieben Brief zu schreiben, in dem sie sich über mein bewundernswertes Wesen ausläßt, und über meinen Charme –«

»Nicht zu vergessen über deine Brüste.«

Jessa tat so, als würde sie entrüstet nach Luft schnappen.

Shara streckte ihr die Zunge raus und kam näher ins Gästezimmer, das Jessa als Arbeitszimmer benutzte. »Sag mal, warum diese vier Stapel?« Sie deutete auf die Post.

»Lisas Sekretärin liest meine Post, sortiert die offenkundig verrückten aus und die, denen eine Einheitsantwort geschickt werden kann. Lisa schaut sich dann alles noch einmal an und kümmert sich um die geschäftlichen Dinge, die ich nicht persönlich erledigen muß. Den Rest teilt sie in vier Gruppen auf. In der ersten geht es um alle offiziellen Angelegenheiten: Angebote zur Zusammenarbeit, Einladungen irgendwo aufzutreten, so was eben. Die nächste Gruppe ist voll mit Wohltätigkeitszwecken: Anfragen, meinen Namen benutzen zu dürfen, Dinge persönlich zu unterstützen oder einfach nur Bitten um Spenden. Wenn sie auf meinem Tisch landen, hat Lisa bereits nachgeforscht und sichergestellt, daß alles mit rechten Dingen zugeht. Außerdem kennt sie meine Sichtweise so gut, daß sie weiß, was überhaupt in Frage kommt.«

Shara grinste, weil Cassie, ihre Assistentin, genau dasselbe für sie erledigte.

»Der dritte Stapel ist für die Briefe von meinen Fans, von denen Lisa denkt, daß ich sie lesen sollte. Manche sind wichtig, und auf viele muß ich gar nicht antworten. In vielerlei Hinsicht ist das der wichtigste Stapel.« Nun wurde sie etwas verlegen. »Der letzte Stapel ist immer der kleinste, und Lisa kümmert sich darum, bevor sie die Briefe an mich weiterleitet. Sie schickt sie mir nur, weil ich ihr nicht erlaube, mir die Briefe mit sexuellem Inhalt zu schicken, also macht sie sich einen Spaß daraus, sich vorzustellen, wie ich auf diese hier reagiere. Sie meint, daß ich sie ja nicht lesen muß, wenn ich nicht will, aber manchmal mache ich es doch.«

»Worum geht es denn?«

»Das sind Schreiben von Leuten, die an meinem Erbgut interessiert sind.«

»Erbgut, wie zum Beispiel deine Hütte auf dem Land?«

»Nein, Erbgut wie meine DNS, meine Gene.«

»Wie bitte?«

»Bis vor ein paar Jahren waren es nur Anfragen von Kliniken für künstliche Befruchtungen, für gewöhnlich solche, die Sperma von Nobelpreisträgern anbieten. Dann kamen Briefe von Paaren, die sich ein Baby mit musikalischem Talent basteln wollten und sich dachten, daß meine Gene da bestimmt hilfreich wären. Dann kamen lesbische Paare hinzu und auch ein paar alleinstehende Damen, die allerdings dann gern noch etwas mehr von mir hätten ...«

»Und du antwortest denen nicht?«

»Lisa macht das. Sie schickt einen Brief, in dem sie ihnen schreibt, daß ich dankend ablehne, aber daß ich nie auch nur in Erwägung ziehen würde, ein Kind allein wegen seines oder ihres musikalischen Talents in die Welt zu setzen und daß ein Kind mit meinen Genen auch persönlich von mir selbst großgezogen werden wird.«

»Bist du sicher, daß es dabei überhaupt um deine musikalische Begabung geht und du nicht nur all diese Anfragen erhältst, weil du absolut umwerfend bist, und weil diese Leute davon ausgehen, daß dein Baby das auch wäre?« zog Shara sie auf und fuhr mit den Fingern durch Jessas kurze Locken. Sie war im Laufe ihres Gesprächs nähergekommen und stand nun direkt neben ihr.

Jessa wirbelte den Stuhl herum, um Shara ins Gesicht zu sehen. »Liebes, wenn du das wirklich findest, dann brauchst du mich nur zu fragen, denn du wärst mir eindeutig lieber als irgendeine gesichtslose Lesbe aus Santa Cruz in Kalifornien.«

Zu Jessas Verwunderung schien Shara plötzlich zu erstarren und sich zurückzuziehen; sie wandte sich ab und ging zum Fenster hinüber.

»Shara?« fragte Jessa irritiert. Sie schob den Stuhl vom Tisch und stand auf, dann ging sie zu Shara hinüber und legte eine Hand auf ihre Schulter. »Es tut mir leid, Schatz. Das war vielleicht zuviel, zu früh. Wir sind erst seit zwei Monaten zusammen, da sollte ich noch gar nicht an Ba-«

Shara drehte sich zu ihr um und legte einen Finger auf ihre Lippen. »Nein, das ist es nicht. Es geht nicht darum, wie lange wir zusammen sind oder wie gebunden ich mich fühle.« Sie wartete, bis Jessa ihr in die Augen schaute und sagte dann bestimmt: »Du bedeutest alles für mich, Jessa. Ich will den Rest meines Lebens mit dir verbringen.«

Jessa stockte der Atem und ein süßer Stich fuhr durch ihr Herz. Sie wollte etwas Ähnliches erwidern, aber sie brachte keinen Laut hervor. Shara lächelte, sie wußte, daß ihre Erklärung Jessa völlig aus der Bahn geworfen hatte. Sie fühlte sich etwas beklommen, weil ihr klar war, daß Jessas Reaktion auch daher rührte, daß sie ihr so selten sagte, was sie für sie empfand. Es war Jessa gegenüber nicht fair, und sie hoffte, sie würde mit der Zeit besser darin werden, aber ihr fehlte einfach die Übung darin. Als Jessa sie einfach nur weiterhin liebevoll anstarrte, schob Shara sich auf die Zehenspitzen und drückte ihre Lippen gegen Jessas.

Der sanfte Druck schien Jessa wieder zum Leben zu erwekken, und sie öffnete ihre Lippen zum Willkommensgruß. Shara stöhnte, als Jessas Zunge zärtlich in ihren Mund stieß. Sie war immer noch erstaunt, welche Wirkung es auf sie hatte, wenn Jessa sie küßte.

Jessa nahm sie fester in die Arme und ließ ihre Hände ruhelos über Sharas Rücken wandern, bis sie dann ihre Pobacken umschloß.

Shara spürte, wie ihr Körper hoffnungslos der Anziehungskraft zum Opfer fiel, die Jessa auf sie ausübte, und sie unterbrach den Kuß, um zu flüstern: »Wir werden uns verspäten ...«

Jessa löste den Gürtel an Sharas Bademantel und legte eine Hand um ihre Brust. Sie fuhr mit dem Daumen über die Brustwarze und lächelte, als sie den wohligen Schauer wahrnahm, der Sharas Körper erzittern ließ. »Ja, das werden wir«, antwortete sie mit rauher Stimme und senkte dann wieder den Kopf, um Shara zu küssen.

Das Motto der Party war ›1967 bis 1973‹, weshalb die Musik aus diesen Jahren war und die Gäste sich nach der damaligen Mode kleiden sollten. Jessa hatte ein lindgrünes, rückenfreies Oberteil mit Nackenverschluß an, das doppelt um ihre Taille gewickelt war, eine enge, weiße Hose mit Schlag und Zehensandalen. Außerdem setzte sie eine Perücke auf, damit es so aussah, als ob sie schwarze, glatte Haare hätte, die ihr bis zum Po reichten. Um das Bild zu vervollständigen, band sie ein dünn-gewickeltes Halstuch mit einem Indianer-Muster um ihre Stirn. Als sie fertig kostümiert war, starrte Shara sie nur an und fragte, ob sie nicht einfach zu Hause bleiben könnten.

Während Jessa im Gegenzug Shara anschaute, fiel es ihr außerordentlich schwer, sie darauf hinzuweisen, daß Steve fest mit ihnen rechnete. Shara hatte einen unanständig kurzen Vinylminirock an, zusammen mit einer fast durchsichtigen, langärmeligen, weißen Bluse, die direkt unter ihren Brüsten zusammengeknotet war. Strümpfe mit einem Zickzackmuster schmiegten sich an die Kurven ihrer Oberschenkel und verschwanden dann in kniehohen Stiefeln mit zehn Zentimeter hohen Absätzen und Plateausohlen. Sie grinste, als sie Jessas offenstehenden Mund bemerkte, und drehte sich einmal um die eigene Achse.

Jessa sah, daß sich trotz der Enge ihres Rockes keinerlei Unterbekleidung abzeichnete, und sie mußte schwer schlucken. »Wir machen uns jetzt lieber sofort auf den Weg«, sagte sie, der Verzweiflung nah, und drehte sich von Shara ab, um nach ihrer Tasche zu suchen, weil sie ihrer Selbstbeherrschung nicht allzusehr vertraute.

Shara lächelte höflich und hörte Steve zu, der ihr etwas erzählte, aber ihre Augen hingen an Jessa. Sie wußte, daß es etwas unhöflich war, ihren Gastgeber nicht anzuschauen, während er mit ihr sprach, aber sie konnte nichts dagegen machen.

Jessa tanzte zu dem Lied *Keep on Truckin'* von Eddie Kendricks mit einem Schlagzeuger eines Londoner Orchesters, dessen Namen Shara vergessen hatte. Er war ein guter Tänzer, und es sah so aus, als hätte Jessa Spaß mit ihm. Shara beobachtete das Spiel ihrer Arm- und Schultermuskeln und den Schwung ihrer Hüfte. Jessa hatte die Perücke kurz nach ihrer Ankunft abgelegt, und das gewickelte Halstuch wand sich nun um ihre eigenen gewellten Haare und gab ihr einen ungezähmten Ausdruck.

Shara fuhr sich mit der Zunge über die Lippen und stellte sich vor, wie sie sie zähmen könnte. Als Jessa sich drehte, bot sie Shara einen unverstellten Blick auf ihren Hintern, und sie mußte stöhnen, völlig vergessend, daß sie Steve zuhören sollte.

»Dich hat's wirklich schlimm erwischt, hm?«

Seine Frage lenkte ihre Aufmerksamkeit wieder auf ihn, und sie war von ihrem eigenen Verhalten entsetzt. »O Gott, bitte entschuldige.« Sie hob beide Hände an ihre nun erröteten Wangen und ließ sie sofort wieder sinken, als ihr auffiel, daß sie aussehen mußte wie eine schlechte Imitation von Macaulay Culkin auf dem Filmplakat von *Kevin – Allein zu Haus*.

Steve lachte. »Mach dir deshalb keine Sorgen. Ich habe mindestens zwei Jahre mit einem ähnlichen Ausdruck im Gesicht verbracht. Leider war Jessa aber damals mit Stephanie zusammen. In deinem Fall beruht es ja zum Glück auf Gegenseitigkeit. Meine einzige Ausrede ist, daß ich damals siebzehn war.« Er legte beruhigend eine Hand auf Sharas Schulter. »Es ist schön zu sehen, daß jemand so sehr in Jessa verliebt ist. Das hat sie verdient.«

Ehe Shara eine passende Erwiderung einfiel, hatte ein anderer Gast ihm etwas zugerufen, und er hatte sich wieder unter die Menge gemischt.

Jessa drehte sich wieder und hatte nun Shara voll im Blick. *Sie gehört mir.* Der Gedanke war faszinierend, kaum glaubhaft und sicher nicht sehr feministisch, aber er ließ ihre Miene erstrahlen. Shara bemerkte, daß sie sie anschaute, und winkte ihr zu.

Nun erklang Smokey Robinsons *I second that emotion* aus den Lautsprechern. »Komm, wir tanzen.« Paul, Lisas Partner, schnappte sich Shara und zog sie auf die Tanzfläche.

Shara wußte, daß Jessa sie beobachte, also zog sie eine Schau ab. Paul lachte und amüsierte sich. Wie auch Lisa war er Zeuge der Schwierigkeiten in Jessas Leben gewesen, und er war begeistert, sie jetzt in einer solch liebevollen Beziehung zu sehen. Er war daher auch nicht überrascht, daß Jessa abklatschte, als Marvin Gaye begann *Too busy thinking about my baby* zu singen.

Die meisten Leute tanzten auseinander, aber Shara zog Jessa sofort in ihre Arme. Sie tanzten ausgezeichnet miteinander, bewegten sich perfekt zum Takt, versanken in den Augen der anderen und vergaßen den Rest der Welt.

Jessa führte ihren Mund an Sharas Ohr und sagte: »Ich bin so froh, daß dein nächster Film erst im Frühjahr beginnt; ich weiß nicht, ob ich etwas auf die Reihe bringen würde, wenn du nicht bei mir wärst. Ich muß einfach ständig an dich denken, wenn wir getrennt sind.«

»Das geht mir genauso. Und du weißt ja, was mit mir passiert, wenn ich deine Stimme am Telefon höre.«

Jessa grinste. »Ja, Elise hat mir da so was berichtet. Mir gefällt das.«

»Egomanin.«

»Im Gegenteil. Aber ich habe schreckliche Angst davor, dich zu verlieren, Shara. In der Liebe ist immer alles für mich schiefgelaufen.«

»Und ich war bis jetzt noch nie wirklich verliebt«, stellte Shara nüchtern fest.

Jessa zog sie näher heran, so daß sich ihre nackten Bäuche aneinanderdrückten und sie beide seufzen mußten.

»Shara, es tut mir leid, wenn ich dich vorhin zu Hause in Panik versetzt habe, als ich ... Du weißt schon.«

Shara rückte leicht von ihr ab, um Jessa ins Gesicht schauen zu können. Als sie begriff, daß Jessa bei der lauten Musik sie nicht gleichzeitig anschauen und hören konnte, nahm sie sie bei der Hand und zog sie von der Tanzfläche in die Küche. Die war allerdings so überfüllt, daß sie sie den dunklen Flur entlang in das Schlafzimmer führte, wo sie ihre Mäntel abgelegt hatten.

Das Zimmer war nur schwach erleuchtet, aber menschenleer. Shara schloß die Tür und nahm Jessas Hände in die ihren.

»Jessa, ich weiß, daß du denkst, du hättest mich damit erschreckt, als du ... Kinder erwähntest. Als du von einer Lesbe in Amerika geredet hast, die dein Baby haben will, hat mich das –« Sie konnte Jessa bei ihrem Eingeständnis nicht in die Augen schauen und wandte den Blick ab. »Ich war eifersüchtig. Ich konnte nur noch daran denken, daß wenn dir überhaupt jemand ein Kind schenkt, dann sollte ich das sein. Ich weiß, das ist ein völlig absurder Grund, ein Kind zu bekommen, aber mir war klar, daß in dem Moment, in dem ich dir sagen würde, daß ich ein Kind von dir erwarte, dich das in einer Art an mich binden würde, die bis ans Ende unseres Lebens andauern würde. Und das ist etwas, was ich so fürchterlich gern hätte, daß es mich in Panik versetzt hat.« Sie schaute nun wieder in Jessas betäubte Miene. »Wieviel ich für dich empfinde, erschreckt mich selbst.«

Jessa streckte eine leicht zitternde Hand aus, schob eine Strähne hinter Sharas Ohr und streichelte dann sanft ihre Wange. Tränen traten ihr in die Augen, als Shara ihre Hand ergriff, sie umdrehte und einen Kuß auf die Innenfläche hauchte. »Shara, ich kann die Sehnsucht weder leugnen noch erklären, die mich ergreift, wenn ich mir vorstelle, daß du mit meinem Kind schwanger bist – aber wir brauchen kein Kind als Absicherung. Ich liebe dich. Ich werde dich immer lieben.«

»Versprichst du das?« fragte Shara mit erstickter Stimme. Sie war plötzlich von schrecklicher Angst erfüllt und brauchte Jessas Beteuerung.

»Ja«, antwortete Jessa, drückte Shara an sich und atmete tief den Duft ihres Parfüms und ihrer Haut ein. »Ich verspreche es.« Dann schob sie Shara etwas von sich. »Magst du Pablo Neruda?«

»Ja. Ich finde seine Gedichte wunderbar.«

Noch bevor Shara sich nach dem Grund für die Frage erkundigen konnte, begann Jessa einige Zeilen aus Nerudas Gedicht *Wenn Du mich vergißt* zu zitieren, an das Shara sich vage erinnerte, dessen Bedeutung ihr bislang aber immer entgangen war:

»›Meine Liebe nährt sich von deiner Liebe, Geliebte, und solange du lebst, wird sie in deinen Armen sein, ohne die meinen zu verlassen.‹«

Kapitel 29

»Shara, wir sollten wirklich darüber reden, was passiert ist.« Shara starrte weiter auf den Lautsprecher, aus dem die Arie *Un bel di vedremo* aus *Madame Butterfly* in Renée Flemings vorzüglicher Stimme erklang; das optimistische Lied einer Frau, die unumstößlich davon überzeugt ist, nicht umsonst geliebt zu haben. »Was gibt es da schon zu reden? Das ist doch ein Teil von dem, was ich, was wir beruflich machen: PR, Photographen, die öffentliche Neugier befriedigen.«

»Aber es ist nicht immer leicht damit umzugehen, und sie haben einen bis dahin perfekten Abend ruiniert.«

Shara wandte sich ihr nun doch zu. »Im nachhinein war es trotz allem ein toller Abend, jetzt, wo genug Zeit vergangen ist, daß ich ignorieren kann, wie er aufgehört hat.«

»Wenn es so ein toller Abend war, warum fällt es dir denn dann in diesen Tagen so schwer, die Wohnung zu verlassen?«

Ein Lächeln legte sich auf Sharas Lippen, das aber nicht bis zu den Augen reichte. »Würdest du mir glauben, wenn ich sagte, daß ich dich keinen Moment alleinlassen will, weil uns diese kurze Zeit, in der wir beide nicht arbeiten, wie Sand durch die Finger rinnt?«

Jessa setzte sich neben sie auf die Couch und ergriff ihre Hand. »Ich bin ja auch gern mit dir allein zu Hause, das weißt du. Aber du willst ja nicht mal *mit* mir rausgehen. Ich finde es auch schrecklich, daß einer von Steves Gästen die Paparazzi angerufen hat, und es war einfach nur abartig, wie sie sich verhalten haben, aber deshalb kannst du dich doch nicht für immer verstecken. Glaub mir, wenn du dich in eine nur schwer faßbare Zielscheibe verwandelst, machen sie mit einem Photo von dir nur mehr Geld«, sagte Jessa mit einer Überzeugung in der Stimme, die nur aus persönlicher Erfahrung stammen konnte.

Shara sehnte sich nach beruhigendem Zuspruch, aber sie

mußte sich schütteln, als sie sich an die Ereignisse auf der Valentinstags-Party erinnerte.

Nachdem sie das Schlafzimmer verlassen hatten, waren sie zur Tanzfläche zurückgekehrt. Sie waren vollkommen ineinander versunken und wirbelten zu *Sugar Sugar* von The Archies und *Mony Mony* von den Shondells herum. Als Roberta Flack *The first time ever I saw your face* anstimmte, drückte Shara Jessa an sich und kämpfte mit den Tränen.

Es waren kaum noch Leute da, als sie sich bei Steve bedankten und zur Haustür gingen, noch immer Hand in Hand und mit Vorfreude auf den Moment, die eigene Haustür hinter sich schließen zu können und allein zu sein. Um sich zu lieben und so die Versprechen zu bestätigen, die sie sich gegeben hatten. Gerade als Shara den ersten Fuß auf den Gehsteig setzte, leuchtete das erste Blitzlicht auf, und sie riß eine Hand vor ihre Augen. Jessa wandte ihren Blick ab, nur um von drei weiteren Blitzlichtern geblendet zu werden, von Photographen, die auf der anderen Seite standen.

»War es eine nette Party, Frau Hanson?«

»Frau Quinn, in welcher Beziehung stehen Sie zu Jessa Hanson?«

»He, Jessa, willst du uns nicht ein paar gute Schüsse machen lassen?«

»Jessa, sind Sie und Shara Quinn ein Paar oder nur befreundet?«

»Shara, kennen Sie Jessa Hanson von den Dreharbeiten zu ihrer Biographie?«

»Bitte mal lächeln!«

Die Fragen kamen fast gleichzeitig, und keiner der Männer – und es waren ausnahmslos Männer – gab ihren Opfern die Gelegenheit, auch nur eine davon zu beantworten, bevor sie sie mit der nächsten bombardierten. Sie drängten sich auch immer näher an sie heran, so daß Shara sich körperlich bedroht fühlte und sie Jessas Arm so fest umklammerte, daß sich ihre Fingernägel durch den Wintermantel hindurch in ihre Haut bohrten.

»E-Entschuldigung«, stammelte sie mit dünner Stimme, die kaum über die geschrienen Fragen und das Klicken der Kameras zu hören war.

»Hat wirklich keiner von euch Leuten ein Gewissen?« Jessas wütende Stimme unterbrach vorübergehend den Fragensturm. »Wir sind befreundet und waren gerade auf der Party eines gemeinsamen Freundes. Jetzt würden wir gern in unser Taxi steigen und nach Hause fahren, ohne uns aus diesem verfluchten Gedränge loseisen zu müssen!« Sie griff nach einer Kamera, deren Blitzlicht gerade nur wenige Zentimeter vor ihrer Nase losgegangen war, zerrte sie zur Seite und erdrosselte dabei fast den Besitzer, um dessen Hals sie hing.

»He!« protestierte er so laut, wie er konnte. »Wir machen hier doch nur unsere Arbeit. Kein Grund, gewalttätig zu werden!« Die Aussage wurde sofort von mehreren seiner Kollegen wiederholt, während mindestens drei andere die Tat auf Film festhielten.

Jessa wurde sofort bewußt, daß sie einen taktischen Fehler begangen hatte, und sie versuchte sich zu beruhigen.

»Ihr wollt wissen, was Sache ist? Dann hättet ihr doch einfach fragen können, ohne euch gleich wie Idioten zu verhalten.« Sie deutete auf einen Photographen in der hinteren Reihe. »Sie! Sie scheinen ja zivilisiert zu sein. Ich gebe Ihnen drei Minuten, in denen können Sie mich ausquetschen und so viele Photos von mir machen, wie Sie wollen. Geben Sie mir Ihre Visitenkarte, und meine Agentin ruft Sie dann morgen früh an, um einen Termin auszumachen.«

Zu verblüfft über ihre Kehrtwendung hatten alle für einen Moment damit aufgehört, Photos zu schießen, und der angesprochene Photograph gab ihr in eifriger Dankbarkeit seine Karte. Sie legte eine Hand auf Sharas Arm und führte sie zum Bordstein, wo ein Chauffeur bereits mit laufendem Motor auf sie wartete.

Das brachte die Photographen wieder zu Sinnen, und ein erneutes Blitzlichtgewitter brach aus, das die Dunkelheit erleuchtete, bis die Limousine mit ihren Insassen außer Sichtweite war.

Jessa hielt ihr Wort und gewährte das Interview, in dem sie geduldig die Behauptung wiederholte, daß sie mit Shara befreundet war, daß sie sich schon vor den Dreharbeiten zu *Maestra* kennengelernt hatten, und daß sie zusammen bei einem gemeinsamen Freund eine Party am Valentinstag besucht hatten.

Leider tat das nichts gegen die hartnäckige Anwesenheit der freischaffenden Paparazzi vor ihrem Haus oder im Park auf der gegenüberliegenden Seite von Sharas Wohnung in South Kensington. Nach ein paar Tagen hatten Shara und Jessa genug davon und bepackten Dusty, um zur Hütte zu fahren.

In dieser einen Woche lernten sie die Bedeutung des Ausdrucks ›halkyonische Tage‹; sie fanden Zuflucht vor dem Sturm und sahen niemanden, mit Ausnahme von Harry, und hätten auch niemanden sehen wollen.

Shara las viel, unter anderem *Sofies Welt* und *Fräulein Smillas Gespür für Schnee*, zwei Bücher, die sie vor gut einem Jahr gekauft hatte und die – sehr zu ihrer Freude – Jessa auch besaß; außerdem verschlang sie die Gedichte von Pablo Neruda und Octavio Paz.

Einige Wochen zuvor, als sie in Clerkenwell spazierengegangen waren, hatte sie Jessa *Wie Proust Ihr Leben verändern kann* empfohlen, und sie freute sich, als sie sah, daß Jessa es an einem verregneten Nachmittag las, während sie zusammen auf dem Sofa saßen, das dem offenen Kamin am nächsten stand.

Sie gingen viel spazieren und redeten darüber, wie ihr Leben war, bevor sie sich kannten, aber nicht darüber, wie ihre Zukunft aussehen würde. Das schien nicht außergewöhnlich, schließlich befanden sie sich noch in der Kennlernphase, aber rückblickend hatte es einen schlechten Beigeschmack für Jessa.

Als sie wieder nach London kamen, zog sich Shara mehr und mehr in sich zurück. Zunächst dachte Jessa, daß sie es sich nur einbildete, weil sie schon sehr mit den Vorbereitungen für ihre Reise nach Argentinien beschäftigt war. Aber mit der Zeit mußte sie sich eingestehen, daß Shara etwas bedrückte, das sie offensichtlich nicht mit ihr besprechen wollte. Sie kam zu dem Schluß, daß was auch immer es war durch die Ereignisse nach der Party und durch das Verhalten der britischen Boulevardpresse ausgelöst worden war.

Jessa hatte mit der Zeit gelernt, die Photographen zu ignorieren und sich einfach um ihre Angelegenheiten zu kümmern, nachdem sie während des Skandals um Stephanie beschlossen hatte, daß Fremde nur soviel Macht über sie hatten, wie sie ihnen gewährte, und daß sie Paparazzi nicht mehr Macht gewähren würde, als sie sich stehlen konnten. Sie wollte Shara besänftigen, aber ein Teil von ihr drängte danach, ihr zu raten einfach im Text weiterzumachen. Shara war stark und arbeitete seit einem Jahrzehnt im Licht der Öffentlichkeit. Jessa fragte sich, ob ihre Erwartungen an die Frau, die sie anbetete, übertrieben waren.

Als hätte sie ihre Gedanken erraten, sagte Shara nun: »Ich weiß, daß du dir wünschst, ich würde mich einfach wieder einkriegen, aber es gibt keinen Ausweg, oder? Es ist doch so, wie du gesagt hast: Je mehr ich mich vor ihnen verstecke, desto neugieriger scheinen sie zu werden. Aber ich habe keine Lust auf eine Konfrontation –«

»Liebes, es muß doch nicht zu einer Konfrontation kommen.«

»Muß es das nicht?« Shara sah gequält aus. Bevor Jessa antworten konnte schob sie nach: »Selbst wenn ich meine Karriere aufgäbe, würde mich das nur zur tragischen Figur machen, die nicht in dem Beruf arbeiten kann beziehungsweise will, den sie erlernt hat und in dem sie endlich Anerkennung bekommt. Das würde alles nur noch schlimmer machen!«

Jessa stand unter Schock. Es wäre ihr nicht im Traum eingefallen, daß Shara in Erwägung ziehen könnte, ihren Beruf aufzugeben. Shara mußte doch Erfahrung mit den Klatschblättern haben, schließlich war das Ende ihrer Beziehung mit Derek öffentlich breitgetreten worden.

»O Liebes, komm her.« Sie zog Shara an sich und sank mit ihr zurück ins Sofa, so daß sie beide fast lagen und sich in den Armen halten konnten. »Shara, du solltest nicht einmal daran denken aufzugeben. Ich weiß, daß du oft darüber redest, daß dir viele Rollen angeboten werden, die nicht sehr bedeutsam sind, aber mit dem Geld, das du damit verdienst, finanzierst du doch solche Dinge wie den Dokumentarfilm über Irland, bei dem du auch den Kommentar gesprochen hast. Und dann sind da doch auch noch all die wohltätigen Zwecke –«

»Ich brauche kaum Geld für mich«, fuhr Shara fort, als spräche sie mit sich selbst. »Ich führe einen einfachen Lebenswandel. Die einzigen, denen etwas abgehen würde, sind die Einrichtungen, denen ich Spenden zukommen lasse. Aber es wäre soviel einfacher, einfach aufzugeben –«

»Nein«, sagte Jessa bestimmt. »Das darfst du nicht mal denken. Keiner dieser rücksichtslosen Schreiberlinge ist das wert.« Sie drehte Sharas Kopf so, daß sie ihr in die Augen schauen konnte.

Shara starrte sie an und fragte sich, wie es wohl wäre, sich seiner Sache so sicher zu sein, wie Jessa es immer zu sein schein. Während der Dreharbeiten zu *Maestra* war ihr deutlich geworden, wie sehr Jessa unter der rachsüchtigen Aufmerksamkeit der Presse gelitten hatte.

Jessa hatte damals mit stoischer Ruhe die Beleidigungen und die Säcke voller haßerfüllter Briefe ertragen. Sie hatte gelernt, in Interviews hinterhältige Fragen zu erkennen, und sie hatte mit nichts anderem als einem finsteren Blick geantwortet, als sie während einer von einer religiösen Gruppe organisierten Demonstration angespuckt worden war. Obwohl sie nur vorgegeben hatte Jessa zu sein und sich nach Drehschluß die Freiheit nehmen konnte, sich von all dem loszumachen, war es schon fast zuviel für sie gewesen.

Sie liebte Jessa und je mehr sie von ihr wußte, desto größer war ihre Bewunderung für sie. Aber sie selbst war nicht wie Jessa, und sie wußte, daß sie weder die gleiche Nachsichtigkeit noch die Würde im Umgang mit der Presse aufbringen konnte.

Sie hatte von vornherein beschlossen, die Kämpfe mit der Presse nicht vor Drehbeginn mit Jessa zu besprechen, weil sie die Szenen mit der an Panik grenzenden Unmittelbarkeit spielen wollte, die Jessa damals empfunden haben mußte. Wie ironisch, daß sie nun mit ihrem eigenen Coming-Out konfrontiert war und dabei fast wieder dieselbe Panik verspürte.

Shara war nicht in der Lage, all den Zweifeln und ihren inneren Kämpfen Ausdruck zu geben, die durch ihren Kopf wirbelten und ihr Magenschmerzen bereiteten, deshalb tat sie das einzige, was sie alles Schlechte in der Welt vergessen ließ: Sie legte eine Hand in Jessas Nacken und streichelte die weichen, lockigen Haare dort, und dann brachte sie ihre Lippen an Jessas

Mund und küßte sie zärtlich. Der Kuß dauerte mehrere Minuten, in denen sie beide auf der Couch herumrutschten, um mehr Körperkontakt miteinander zu bekommen.

Nach einer Weile schob Shara Jessa etwas von sich weg und sah die Überraschung und Erregung in ihren Augen. »Liebe mich«, bat sie, und sie wußte, daß Jessa ihr diese Bitte nicht abschlagen konnte, auch wenn sie den Grund für ihre Dringlichkeit nicht verstand. Shara schickte ein stilles Dankgebet gen Himmel, daß ihre Gefühle für Jessa auf Gegenliebe stießen, weil sie noch nie in ihrem Leben etwas oder jemanden so sehr gebraucht hatte.

Kapitel 30

Jessa war von dem Kuß überrumpelt. Gerade noch hatte Shara einen so verlorenen Eindruck gemacht. Sie hatten beide kein Wort darüber verloren, daß die Probleme mit der Presse dadurch verschärft wurden, daß Sharas neue Beziehung eine lesbische war und daher besondere Aufmerksamkeit von Tratschtanten und widerlichen Lüstlingen genoß. Jessa war bestürzt, daß Shara bereit war, ihre Karriere zu opfern, um ihre Privatsphäre zu wahren – denn sie wußte, daß es weitaus weniger kompliziert wäre, statt dessen ihre Beziehung zu opfern. Sie fühlte sich außerdem schuldig und war besorgt, daß Shara sie letztendlich hassen könnte.

Und in diesem Gefühlswirrwarr küßte Shara sie nun auf einmal. Und es war kein freundschaftlicher oder beruhigender Kuß, sondern ein heißer, leidenschaftlicher.

Shara stürzte ihre Zunge in Jessas Mund und drängte sich gegen sie. Als sie wieder von ihr abrückte, war Jessa vorübergehend unfähig, Worte zu formen. Sie konnte sich nicht erinnern, wie ihre Hand auf Sharas Schenkel gelandet war. Offenbar hatte sie Sharas Bein so über ihre Hüfte gezogen, daß nun ihr eigener Schenkel hart gegen Sharas Schritt preßte.

Jessas Gedankengang war bereits vor Sharas Bitte aus dem Takt gekommen, aber die Worte »liebe mich«, mit rauher Stimme und tiefem Bedürfnis vorgebracht, hatten etwas in Jessa entfesselt. Sie wollte alles tun, damit Shara die aggressiven Reporter und mißbilligenden Fremden vergaß – daß sie einfach alles vergaß, was nicht in direktem Zusammenhang mit der in die Höhe schnellenden Hitze zwischen ihren Körpern stand.

Shara hatte eine blaßrosa Bluse mit Perlmuttknöpfen an, und Jessa zerrte sie mit wildem Vorsatz auf, daß einige der Knöpfe mit Geklapper auf dem Boden landeten. Shara riß die Augen weit auf, aber nicht vor Angst. Ihre Pupillen weiteten sich, und ihr Atem wurde schneller. Jessa initiierte den nächsten Kuß; sie streichelte Sharas Zunge mit der ihren und schob sich hoch, damit Shara die Kordel ihrer Hose aufknoten konnte.

Sie stöhnte in Sharas Mund, als deren Hand ihren Weg fand und sie kurz darauf zwei Finger zwischen ihre Lippen und über ihr Klit schob. Sie ließ sich mit vollem Gewicht auf Sharas Arm fallen und begrub ihre Hand unter sich, aber als sie sich etwas hochstemmte, um mit einer Hand Sharas BH aufzuhaken, begann Shara wieder ihre Finger zu bewegen, mit winzigen, eingeschränkten Bewegungen und verstärktem Druck, der dazu führte, daß Jessa trotz ihrer etwas umständlichen Stellung auf der Couch ihre Beine weiter öffnete.

»Ich brauche dich so sehr«, stöhnte Shara an Jessas Mund.

»Ich weiß.« Jessa schob Sharas BH hinunter. Durch die Bewegung wurde Sharas Hand weggedrückt und beide Arme an ihrer Seite eingeklemmt. Sie wimmerte, als der BH auf dem Weg nach unten über ihre Brustwarzen scheuerte. Jessa stieß einen hungrigen, knurrenden Laut aus, als Shara den Rücken wölbte und ihre aufgerichteten Brustwarzen Jessas geöffnetem Mund anbot.

Als Jessas Lippen eine harte Warze umschlossen und ihre Zunge dagegenschnellte, stöhnte Shara. »O Gott.«

Jessa sog die Brustwarze tief in ihren Mund; sie war berauscht von Shara, wie sie sich anfühlte und wie sie schmeckte. Und als sie die hilflosen Laute hörte, die Sharas Kehle entwichen, wußte sie, daß da etwas ganz besonderes zwischen ihnen war, das kein äußerlicher Einfluß einfach zerstören konnte.

Sie hob ihren Mund von Sharas Brust und übersäte sie stattdessen mit Küssen; sie hielt ihre Lippen geöffnet, wanderte an Sharas Körper hoch und zeichnete mit ihrer Zunge kleine Kreise auf der empfindlichen Haut an ihrem Hals, direkt unter ihrem Ohr, und änderte dann den Kurs Richtung Schulter, während Shara sich unter ihr wand.

»Härter«, bettelte Shara.

»Das wird dich zeichnen«, warnte Jessa, kratzte mit den Zähnen an Sharas Haut und lutschte dann an der roten Spur, die sie hinterlassen hatte.

»Ich will von dir gezeichnet sein.«

Jessa stöhnte auf; Sharas Antwort verhieß ihre vollkommene körperliche Hingabe. Mit einem einzigen, groben Ruck öffnete sie die Knopfleiste an Sharas Jeans und zerrte sie über ihre Hüfte.

Sharas kurze Fingernägel kratzten über ihren Rücken, ließen fast Blut fließen, und Jessa erzitterte, als der unerwartete Schmerz sich mit ihrer wachsenden Erregung vermischte und nach mehr verlangte. »Und du zeichnest mich«, stellte sie fest, und die Genugtuung, die sie dabei verspürte, schlängelte sich durch ihren Körper in ihr Herz.

»Bitte . . .« Sharas Stimme bebte, als sie ihre Hüften hob, damit Jessa sie aus der Jeans schälen konnte.

»Was willst du?«

»Nimm mich.«

Allein der Gedanke daran ließ das Blut in Jessas Adern kochen, obwohl ihr Körper am nächsten Tag bestimmt wunde Stellen haben würde. *Aber Sharas auch*, dachte sie mit einem Lächeln.

Das erste Mal, auf der Couch, war wunderbar, athletisch, heiß, hart und befriedigend. Kurz vor Schluß fielen sie auf den Boden, und Shara grub ihre Zähne in Jessas Schulter, als ihr Körper erbebte. »Sie haben aber wirklich enorm talentierte Finger, Frau Hanson«, stieß sie mit belegter Stimme hervor, heiser von all den Bekundungen, wie gut ihr gefiel, was Jessa mit ihr anstellte.

Jessa lächelte überrascht, daß Shara nach diesem Höhepunkt noch immer ihre Sinne so sehr beieinander hatte, daß sie entschlossen hinzufügte: »Und soviel Talent sollte immer belohnt werden.« Dann kümmerte sie sich untypisch schweigsam aber um so intensiver um Jessas Wohlbefinden.

Jessa war bereits kurz vor ihrem eigenen Höhepunkt gewesen, als sie Sharas herbeigeführt hatte, weshalb sie erwartete, daß es nun schnell gehen würde. Aber Shara hatte eine ganz andere Idee. Sie neckte, schmeckte, saugte und leckte Jessa fast bis an den Rand des Wahnsinns, wobei sie sich jedesmal wieder zurücknahm, kurz bevor Jessa zum Höhepunkt kam. Als es endlich dazu kam, brach Jessa in Tränen aus.

Shara hielt sie fest in ihren Armen und streichelte über ihr

Haar, während die Tränen rollten.

»Du bist umwerfend«, sagte Jessa leise und wußte sofort, daß kein Wort wirklich ausdrücken konnte, was sie fühlte.

Jessa brach über Shara zusammen und schnappte nach Luft. Die Abenddämmerung warf lange Schatten durchs Schlafzimmer, aber sie verschwendete kaum einen Gedanken an den Ablauf der Zeit. Seit ihrer ersten gemeinsamen Nacht hatten sie sich nicht mehr so oft und mit solcher Wildheit geliebt.

»Liebling, bist du wach?« Sharas Stimme unterbrach ihre Gedanken.

»Mm, ich glaube schon. Aber ich bin zu schlaff, um sicher zu sein.«

Shara lachte leise. »Würde es dir was ausmachen, wenn ich das Teil auch mal ohne dich benutze?«

Jessa mußte lachen. »Das macht dann aber nicht mal halb soviel Spaß.«

»Da widerspreche ich dir nicht.« Sie seufzte zufrieden. »Jessa, stört es dich, das ich Sex mit Männern hatte? Ich habe mich das schön öfter gefragt, weil du dir ja schon immer sicher warst und ich erst dir begegnen mußte, um mich selbst zu erkennen.«

»Liebes, um es mit Neruda zu sagen: ›Was vor mir war, weckt keine Eifersucht. Immer werden wir einzig sein, immer nur du und ich allein auf der Erde‹.«

Shara drückte sie fester an sich. »Ich liebe es, wenn du das tust.«

»Neruda zitieren?«

»Ja. Neruda auf uns bezogen zitieren. Als ob ich, unsere Beziehung seine Poesie in deinem Geiste heraufbeschwört, und du dich nicht mal anstrengen mußt, ein Gedicht oder eine Strophe zu finden, die uns beschreibt.«

Jessa sah, wie die Schatten der Dämmerung die Umrisse von Sharas Gesichts zu verwischen schien und die Liebe zu verschleiern drohte, die sich in ihren Augen zeigte und die in ihrer Stimme zu hören war. »Kein Sterblicher kann mit Worten beschreiben, was wir haben«, sagte sie leise.

Das schwindende Licht konnte nicht die Tränen verbergen, die bei Jessas Worten über Sharas Wangen strömten. *Jedesmal wenn ich denke, daß ich dich unmöglich noch mehr lieben könnte, sagst du etwas wunderbar Romantisches, und ich verliebe mich wieder aufs neue in dich.* Shara strich über Jessas wilde Locken. »Ich möchte ein Kind mit deinem Haar.«

Jessa sah den Ausdruck in Sharas Augen und fühlte eine nervöse Spannung in der Magengrube. Sie schloß die Augen und versuchte verzweifelt, ihre Sehnsucht unter Kontrolle zu bringen, aber als sie sie wieder öffnete, schaute Shara sie noch immer mit diesem Blick an und streichelte noch immer ihr Haar.

Jessa wandte sich ab, und Shara nahm an, daß sie aufstehen wollte, aber dann lehnte sie sich über Sharas Bauch, küßte ihn und legte ihren Kopf darauf, so daß sie sie anschauen konnte. »Manchmal wünsche ich mir, daß meine Gefühle nicht so stark wären«, flüsterte sie so leise, daß Shara sie kaum hören konnte. »Und dann wünsche ich mir auch, daß ich dich nicht so gut kennen würde.«

Shara war sich nicht sicher, was sie damit meinte, aber sie war zu bewegt von Jessas Verhalten, um in dem Moment nachzuhaken.

Jessa lag für eine Weile ruhig so da und hörte dem Knurren in Sharas Bauch zu. »Du bist immer hungrig«, sagte sie mit einem Lächeln in der Stimme.

»Ich habe einen aktiven Lebensstil«, verteidigte sich Shara.

Jessa lächelte. »Ja, Jogging auf dem Heimtrainer, Gewichte stemmen und Sex. Das Maximum an Bewegung, ohne das Haus verlassen zu müssen.«

»Als ob du dich beschweren würdest«, antwortete Shara mit einem leichten Grinsen.

»Ich kann gar nicht abwarten, dich in meine Lieblingsrestaurants in Buenos Aires auszuführen. Lucia und ich kennen einen Typen namens Fernando, der jetzt dort eine Bar hat, in der er Tangoabende für Schwule und Lesben veranstaltet. Ich freue mich schon darauf, ihn wiederzusehen, und ich bin mir sicher, daß du ihm gefallen wirst.«

Mit einem Mal wurde Shara ernst. »Jessa, ich kann nicht mit dir nach Argentinien gehen.«

Jessa hob den Kopf und starrte sie nur mehrere Sekunden lang verständnislos an. »Was?«

»Das ist alles zuviel. Die werden uns bestimmt am Flughafen auflauern, und dann, wenn ich nicht mehr im Land bin, werden sie über meine Familie herfallen, vor allem über meinen Vater. Sie rufen ihn ja noch immer wegen Derek an, und er kann sich nicht aus dem Telefonbuch austragen, weil er Pfarrer ist.«

»Was willst du damit sagen? Daß du dein Leben nicht so leben willst, wie du's gern tätest, um deinem Vater keine Unannehmlichkeiten zu bescheren? Oder geht es um deine eigene Bequemlichkeit? Ich verstehe ja, daß du nicht romantisch mit einer verfluchten Lesbe in Verbindung gebracht werden willst, aber dann solltest du wenigstens soviel Mumm haben, das zuzugeben, statt deinen Vater vorzuschieben – schließlich hast du sogar öffentlich bereits erklärt, daß ihr beiden kaum miteinander redet.«

»Falls es dir entgangen sein sollte, ich bin selbst eine verfluchte Lesbe, wie du es so charmant ausgedrückt hast, oder zählt es nicht, wenn ich dir sage, daß ich dich liebe, oder wenn ich Sex mit dir habe?« fragte Shara in verletztem und verärgertem Ton.

»Das ist ja einfach zu bewerkstelligen, hinter verschlossenen Türen, oder? Aber du willst, daß die Öffentlichkeit dir auch weiterhin deine heterosexuellen Vorrechte gewährt –«

»Darum geht es doch gar nicht! Es geht darum, daß ich mein Privatleben privat halten möchte.«

Jessa stand auf und begann sich anzuziehen. »Hm. Wo habe ich denn das schon mal gehört? Oh, stimmt. Von Stephanie. Sechs lange Jahre waren wir ›privat‹ und ›diskret‹, weil ich ihr glaubte, als sie meinte, daß das das Richtige sei. Tja, du hast das ja gerade vor der Kamera stellvertretend für mich noch einmal durchexerziert, da muß ich dir ja nicht erzählen, was dabei herauskam.«

Sie war nun fertig angezogen, aber ihre Haare standen noch nach allen Seiten ab. Sie schnappte sich eine Jacke, ihre Tasche und die Schlüssel aus der Schale, und dann stürmte sie in Richtung Tür.

»Wo willst du hin?«

»Ich muß nachdenken, und das kann ich hier nicht.«

Kapitel 31

Jessa ging wie blind die Clerkenwell Road hinunter, bog rechts ab und steuerte auf St. Pancras zu. Dann nahm sie eine der krummen Straßen, die nach rechts hoch in den Stadtteil Angel führten. Ein seltsames Gemisch aus kleinen Läden, Sozialwohnungen und für den Süden von Islington typischen Luxuslofts in umgebauten Lagerhäusern säumte die Straßen, aber sie nahm nur die Bilder wahr, die vor ihrem geistigen Auge auftauchten. Bilder, die den Schmerz und die Wut mit sich brachten, die sie längst vergessen geglaubt hatte.

Sie und Stephanie lernten sich nach einem Konzert in der Royal Festival Hall kennen. Jessa spielte die Zweite Geige beim Londoner Symphonieorchester und hatte eine Sondererlaubnis erhalten, als Solistin bei einer Aufführung eines Jugendorchesters aufzutreten. Stephanie war eine mittelmäßige Cellistin, die von ihren Eltern zu diesem Konzert geschleppt worden war, weil sie sich erhofften, daß es sie dazu anregen würde, mehr zu üben. Das einzige, was Stephanie zu irgend etwas anregte, war der erste flüchtige Blick, den sie auf Jessa warf. Und das regte sie zu etwas völlig anderem an, als Cello zu üben.

Jessa hatte gerade zwei Jahre des Umbruchs hinter sich. Mit sechzehn hatte sie die Vertretung für die Zweite Geige beim LSO übernommen und kurz darauf Daphne kennengelernt. Daphne war damals fünfundzwanzig und umwerfend. Sie war die Tochter eines asiatischen Vaters und einer irisch-amerikanischen Mutter, und sie arbeitete seit ihrem vierzehnten Lebensjahr als Photomodell. Sie war die bezauberndste, weltgewandteste Kreatur, der Jessa je begegnet war. Daphne hatte beschlossen, daß eine kleine lesbische Affäre genau das war, was sie in dem Monat brauchte, während sie in London darauf wartete, daß ihre zwei Minuten lange Rolle in einem James-Bond-

Film gedreht wurde. Und Jessa war nur allzu bereit gewesen, bei diesem Unterfangen mitzumachen. Daphne hatte angenommen, daß Jessa mindestens zwanzig war, und Jessa hatte beschlossen, diese Annahme besser nicht zu korrigieren.

Jessas Vater hatte seine Wohnung im Barbican beibehalten, da er nach seiner Zeit bei der britischen Kriegsmarine eine halbe Stelle in der Stadt hatte. Jessa stahl den Zweitschlüssel aus seinem Arbeitszimmer und traf sich mit Daphne in der Wohnung, mitten am Nachmittag, wenn sie niemandem über ihr Verbleiben Rechenschaft abliefern mußten. Die Affäre war für beide befriedigend, und Daphne war gerade dabei, diese Befriedigung lauthals zu verkünden, als Jessas Vater eines Tages überraschend in der Wohnung auftauchte.

Es wäre wahrscheinlich noch viel schlimmer für Jessa und Daphne ausgegangen, wenn er nicht seine Geliebte dabei gehabt hätte. Seine Empörung darüber, den Kopf seiner Tochter zwischen den Beinen einer anderen Frau vorzufinden, wurde durch den Umstand gemildert, daß sein Mund und Hals mit verschmiertem rotem Lippenstift übersät waren.

Jessas Mutter wurde eine einseitige Version des Vorfalls geschildert, und Jessa mußte zu Lisa ziehen. Das Gebrüll und die Anschuldigungen, die ihrem Auszug vorangegangen waren, hatten für Jessa keine Bedeutung mehr, aber sie erinnerte sich noch deutlich daran, daß sie sich durch das Verhalten ihres Vaters betrogen gefühlt hatte.

Betrug. Sie hatte nicht gedacht, daß Stephanie sie jemals betrügen würde.

Stephanie hatte nie Probleme mit ihrem eigenen Lesbischsein gehabt. Mit fünfzehn hatte sie sich ihren Eltern gegenüber geoutet und deren Mißbilligung so lange ignoriert, bis sie irgendwann damit aufhörten.

Stephanie nahm vor ihrem ersten persönlichen Treffen an, daß Jessa genauso war wie die anderen klassischen Musikerinnen, die sie über die Jahre durch ihr Cello kennengelernt hatte: sexuell unerfahren und sozial unbeholfen. Bei dem Gedanken sie zu verführen lief ihr regelrecht das Wasser im Mund zusammen.

Jessa dachte ihrerseits, daß Stephanie eine dieser Prominenten war, die es einmal mit einer Lesbe probieren wollten, und die keine Ahnung hatte, worauf sie sich einließ, als sie mit ihr zu flirten begann und ihr dann nach kurzer Zeit schon ein unzweideutiges Angebot machte.

Ihr erstes Mal hatte deshalb für sie beide ein paar Überraschungen parat, und sie mußten in den Jahren danach oft über ihre Fehleinschätzungen lachen.

Jessa war zwar verwundert, als Stephanie sie bat, ihre Beziehung geheimzuhalten, aber sie hatte nichts dagegen. In der klassischen Musikwelt, wo fast jeder außer den Solisten anonym blieb, war das nicht weiter schwierig.

Niemand nahm an, daß Jessa sich als Solistin einen Namen machen würde, trotz ihres erstaunlichen Talents und der Tatsache, daß sie gelegentlich bei bedeutenden Orchestern Solos spielte. Sie wurde immer als Wunderkind vorgestellt, aber – wie sie Stephanie zynisch erklärte –, dieser Bezeichnung würde sie bald entwachsen. Sie strebte sowieso eine Karriere als Dirigentin an, damit sie sich nicht zwischen ihren zwei Lieblingsinstrumenten entscheiden mußte.

»Jess, ich finde, du solltest eine PR-Agentin einstellen.«

»Stephanie, ich brauche keine PR-Agentin. Mein Terminkalender ist voll, ich habe einen Vertrag mit einer großen Plattenfirma«, *obwohl bis jetzt noch nichts dabei rausgekommen ist*, »und Lisa ist ausgezeichnet darin, meine Karriere zu organisieren. Außerdem beschwerst du dich doch eh schon immer, daß ich zuviel unterwegs bin.«

»Du bist zwanzig Jahre alt, und du hast in deinem Leben mehr gemacht als die meisten Leute, die dreimal so alt sind wie du. Aber keiner außer Fans klassischer Musik kennt deinen Namen oder weiß, wie du aussiehst.«

»Na und?«

»Wenn du mehr Leuten ein Begriff wärst, dann würdest du mehr Platten verkaufen, mehr Geld machen und noch mehr gute Angebote bekommen.«

»Ich brauche nicht mehr Geld. Ich habe fünf verschiedene Orchester dirigiert, unter anderem das LSO. Findest du nicht, daß es in Habgier ausarten würde, wenn ich in meinem Alter noch mehr wollte? Ich bin überglücklich mit meiner jetzigen Karriere. Selbst wenn ich den Großteil des Jahres damit verbringen würde, Geige zu spielen, würden die meisten Leute, die ich kenne, einen Arm und ein Bein dafür geben, mit den Orchestern spielen zu können, mit denen ich schon Konzerte gegeben habe.«

»Okay, dann eben nicht des Geldes wegen. Aber wenn dich mehr Leute auf dem Podium sehen wollen, dann kann das vielleicht deinen Wechsel von den Instrumenten zum Taktstock in die Wege leiten –«

»Ich bin mir nicht sicher, Schatz«, unterbrach Jessa sie mit zusammengezogenen Brauen; sie hatte ein flaues Gefühl im Magen und war besorgt. »Mit dem Ruhm kommt der Streß, und du bist diejenige, die nicht will, daß ich mich oute.«

Stephanie machte eine wegwerfende Handbewegung. »Um so was würde eine PR-Agentin sich kümmern, da bräuchtest du dir keine Sorgen zu machen. Und wenn du berühmter werden willst, dann wäre es noch wichtiger, deine sexuelle Orientierung für dich zu behalten, damit die englische Mittelschicht sich mit dir identifizieren kann.«

Dieses Gespräch hatte eine Reihe von Ereignissen ins Rollen gebracht, die Jessa immer noch sauer aufstießen ließ. Die PR-Agentin trug nicht viel dazu bei, ihre Karriere voranzutreiben, weil die Leute, an die sie sich wandte, kaum ein klassisches Konzert besuchen oder CDs mit klassischer Musik kaufen würden. Statt dessen mutierte Jessa Hanson zur Londoner Reklameschönheit, und Stephanie gab sich als ihre beste Freundin aus. Jessa zeigte sich in Begleitung von männlichen Photomodellen und Schauspielern, erschien zu Filmpremieren und in den Bars, die gerade hoch im Kurs lagen. Neben all dem fiel es ihr schwer, genug Zeit zum Üben ihrer beiden Instrumente zu finden, und sie gab nach einer Weile das Klavierspielen auf, weil sie mehr Angebote als Geigen-Solistin bekam.

Lisa warnte sie, daß ihre Berühmtheit als Teil der Schickeria ihren Bemühungen um Dirigenten-Jobs hinderlich war, denn das bestätigte nur das vorurteilsbefrachtete Bild derer, die sie bereits mit ihrem Alter und ihrem Geschlecht gegen sich aufgebracht hatte. Aber Jessa hörte nicht auf Lisa, weil sie in Stephanie verliebt war und außerdem herausgefunden hatte, daß sie einige der verbotenen Früchte sehr genoß, die ihr die Welt der Schönen und Reichen in London, New York, Mailand und Berlin bot. Der Tag, an dem sie in Italien ihren Porsche eine Böschung hinunterjagte, war der Tag, an dem alles zu einem abrupten Ende kam.

»Du hast mir solch einen Schrecken eingejagt, Jessa.« Tränen strömten über Lisas Gesicht, als sie neben Jessas Bett saß und ihre Hand hielt. »Ich weiß, ich habe mich immer aus allem herausgehalten, was nichts mit deinem Beruf zu tun hat, aber ich mache mir wirklich Sorgen um dich. Du bedeutest mir so viel, und mir gefällt einfach nicht, wie du mit dir umgehst. Jetzt bist du verletzt, und ich zermartere mir das Hirn, ob ich dies hier irgendwie hätte verhindern können.«

Lisa hatte angenommen, daß Jessa bewußtlos war, aber sie war gerade dabei aufzuwachen und hatte alles mitangehört. Sie erkannte plötzlich, wie sehr sie Lisa aus ihrem Leben ausgeschlossen hatte, obwohl sie doch von Anbeginn an, seit Jessas zwölftem Lebensjahr, immer eher wie ein Elternteil zu ihr gewesen war. Sie öffnete die Augen und hob mit Mühe ihre freie Hand an Lisas Wange. »Ach Lisa, dich trifft doch keine Schuld. Ich habe diese schlechten Entscheidungen ganz allein getroffen. Ich hab' dich lieb.«

Damit schlief sie ein, ohne bemerkt zu haben, daß Stephanie nicht zugegen war, oder sich gar nach dem Grund dafür zu erkundigen. Stephanie war nicht krisenfest, daher war es nicht überraschend, daß sie erst einige Tage später zu Besuch ins Krankenhaus kam, als Jessa bereits von der Intensivstation entlassen worden war und sie sich nur noch um die Schmerzen von den gebrochenen Rippen, um das eingegipste Bein und um ihren kahlrasierten Kopf sorgen mußte.

»Die Ärzte sagen, es grenzt an ein Wunder, daß deine Hände unverletzt geblieben sind«, sagte Stephanie während ihres ersten Besuchs, und aus irgendeinem Grund begann Jessa daraufhin zu weinen.

Es dauerte sechs Monate, bis Jessa wieder ausreichend

Durchhaltevermögen und Beweglichkeit hatte, um wieder zu arbeiten, aber sobald sie damit anfing, ignorierte sie alles andere, sehr zu Stephanies Mißfallen und dem der PR-Agentin. Jessa erhielt mehrere Angebote, in Asien zu dirigieren, weshalb sie viel dort auf Reisen war. Aber nach einem dreimonatigen Aufenthalt litt sie unter untypischem Heimweh, sagte ihr Erscheinen bei einem Empfang ab und nahm einen früheren Flieger zurück nach London. Was sie nicht erwartet hatte, als sie in die gemeinsame Wohnung kam, war, eine unbekannte Frau dort anzutreffen, die gerade dabei war, Tee zu kochen.

»Es tut mir so leid, Jess.«

»Was? Daß du mit einer anderen vögelst, während ich mit der Karriere beschäftigt bin, die du für mich wolltest? Oder daß du mit ihr hier zusammen in meinem Zuhause lebst, während ich mir den Arsch aufreiße und wie ein Nomade lebe, in Ländern, in denen ich kaum die Sprache spreche? Also, was tut dir leid?« Jessas Stimme war immer lauter geworden, und sie hatte die letzte Frage herausgebrüllt.

»Ich wollte dir nie wehtun. Aber ich war so einsam. Du bist die meiste Zeit weg, und ich lebe so abgeschieden.«

»Ich bin weg wegen deines Ehrgeizes, nicht meines! Und selbstverständlich bist du abgeschieden. Du bist doch diejenige, die für uns beide eine Scheinheterowelt aufgebaut hat! Wir können gesellschaftlich mit niemandem verkehren, den diese verdammte PR-Agentin nicht vorher für uns ausgesucht hat und der nicht mindestens genauso viele Geheimnisse hat wie wir. Wir können als Paar keine echten Freunde haben, die über uns Bescheid wissen, weil wir so sehr in der Öffentlichkeit stehen, daß für die Presse sogar unsere Bekanntschaften Gold wert sind.«

»Ich kann nicht fassen, was du da redest. Seit du meinen Empfehlungen für deine Karriere folgst, bist du berühmt! Du warst ein Niemand als wir uns kennenlernten!«

»Genau da liegst du falsch, Stephanie. Ich mag zwar für dich niemand gewesen sein, aber ich war jemand: für meine alten Freunde und für Lisa. Alles was ich jetzt habe, ist ein vorgetäuschtes Leben, mit vorgetäuschten Freunden, die mich noch nicht einmal wirklich kennen!«

»Du meinst alte Freunde wie Lucia?« fragte Stephanie mit vor Verachtung tropfender Stimme. »Ihr habt doch nur immer miteinander gevögelt, wenn es ihr gelegen kam und ihr beide in der gleichen Stadt wart.«

Jessa fühlte sich von dieser schonungslosen Anschuldigung tief verletzt, weil sie überhaupt nicht mehr wußte, wem oder was in ihrem Leben sie vertrauen konnte. Sie begann damit, wahllos Sachen aus der gesamten Wohnung in mehrere Taschen zu packen, und war froh, daß sie keine Gelegenheit gehabt hatte, ihre Koffer auszupacken, bevor sie Stephanies Betrug entdeckt hatte.

»Wo willst du denn hin?«

»Weg von dir«, sagte Jessa mit bebender Stimme.

»Wohin? Zu deinen alten Freunden? Mach dich nicht lächerlich, Jess, du hast sie sechs Jahre lang aus deinem Leben ausgeschlossen, erwartest du da, daß sie dich wieder in ihre Arme schließen, wenn du zu ihnen zurückgekrochen kommst? Oder willst du dich wieder bei Lisa einnisten und sie in dieser kindischen Art ausnutzen, wie du es immer getan hast?«

»Halt den Mund!« Jessa wußte, daß ihre Reaktion so kindisch war, wie Stephanie ihr gerade vorgeworfen hatte, aber es war, als wäre ihre Welt komplett aus den Fugen geraten. »Laß Lisa aus dem Spiel! Im Gegensatz zu dir hat sie immer mein Bestes im Sinn, und sie hat mich noch nie betrogen.«

»Dein Bestes? Daß ich nicht lache. Sie war dagegen, daß du eine PR-Agentin eingestellt hast, und wenn es nach ihr ginge, dann wärst du eine berüchtigte Lesbe ohne Karriere – obwohl ich mir ziemlich sicher bin, daß sie dir trotzdem immer noch zehn Prozent von dem abknöpfen würde, was du verdienst. Mach dir doch nichts vor, Jess, du bezahlst sie doch dafür, daß sie so tut, als würde sie sich was aus dir machen.« Als Jessa sie ignorierte, fuhr sie in gehässigem Ton fort: »Schön. Hau ruhig ab, weil ich mir einen Ausrutscher geleistet habe. Wir werden ja sehen, wie deine werte Lisa damit umgeht, wenn all ihre Träume erfüllt werden.«

Jessa hielt in ihrer Bewegung inne. »Einen Ausrutscher?« Stephanies Ungeheuerlichkeit, die Tatsachen so zu verdrehen, raubte ihr fast die Worte. Der Schrank war angefüllt mit Kleidungsstücken der anderen Frau, und sie hatte offensichtlich wochen- wenn nicht gar monatelang mit Stephanie in ihrem gemeinsamen Bett geschlafen. »Du lügst dir doch selbst in die Tasche.« In ihrer Wut war ihr Stephanies Kommentar zu Lisas Träumen nicht aufgefallen.

Als sie ein paar Minuten später im Taxi saß, rief sie Lisa an. Noch bevor sie etwas sagen konnte, platzte Lisa heraus: »Jessa! Willkommen Daheim. Du hast den Empfang sausenlassen und bist dafür lieber früher zurückgeflogen? Das kann ich dir nicht krummnehmen. Du mußt ja völlig fertig sein. Aber ich habe ein paar tolle Neuigkeiten für dich. Komm doch einfach vorbei, wenn du dich ausgeschlafen hast. Dann trinken wir Tee und quatschen ein bißchen, und danach kaufe ich dir eine riesige, fettige Portion Fish 'n' Chips, danach sehnst du dich doch bestimmt schon, oder?«

Die Rücksicht, die Herzlichkeit in Lisas Stimme und der freundschaftliche Ton erreichten, was Stephanies Boshaftigkeit nicht geschafft hatte: Jessa brach in Tränen aus. Unter Schluchzen, zwischen das sich ein Schluckauf schlich, erzählte sie Lisa die Kurzversion der Ereignisse. Lisa bestand darauf, daß Jessa nicht in ein Hotel ging, sondern umgehend zu ihr kam. Nach ausführlichem Trost über einer Tasse Tee berichtete sie dann, daß Jessa die Stelle der Dirigentin der Londoner Philharmoniker angeboten worden war.

Am nächsten Tag, als sie den Vertrag unterschrieb, erfuhr sie, worauf Stephanie hinauswollte, als sie über Lisas Träume gesprochen hatte. Stephanie hatte sich immer darüber aufgeregt, daß Lisa nicht mit Jessas Entscheidung einverstanden war, ihre sexuelle Orientierung zu verheimlichen. Statt dessen hatte sie ständig behauptet, daß die meisten Leute keinen großen Wirbel darum machen würden, wenn sie selbst normal damit umginge.

Einige Schlagzeilen waren sachlich: ›Neue Dirigentin lesbisch‹ und ›Lesbe neue Dirigentin der Philharmoniker‹. Aber die meisten waren sensationslüstern: ›Homosexuelle untergraben britische Kultur‹ und ›Eltern in Sorge – Schwule in klassischer Musik‹. Es gab keinen Zweifel daran, wer der Presse diese Informationen zugeschoben hatte.

Es gab fürchterliche Gerüchte über abartige Sexpraktiken und ›flotte Dreier‹, einige mit Photos, auf denen Jessa, Stephanie und weibliche Prominente zu sehen waren und von denen Jessa wußte, daß sie aus Stephanies privater Photosammlung stammten.

In den darauffolgenden Wochen wurden Photos von ihrem privaten Zuhause – inklusive ihrem Schlafzimmer – veröffentlicht, und sogar eines von Stephanie, wie sie neben Jessas Krankenhausbett in Italien saß. Letzteres als der fast tödlich ausgegangene Unfall von Jessa ans Licht der Öffentlichkeit gezerrt wurde. In den begleitenden polemischen Artikeln wurden auch Vermutungen laut, daß Kokain und Alkohol bei dem Unfall eine Rolle gespielt hätten.

Als der Skandal so richtig losgetreten wurde, litt Jessa noch immer so unter dem langen Heimflug und der Zeitumstellung – und, nicht zu vergessen, unter Stephanies Betrug –, daß sie unter Beruhigungsmittel gestellt werden mußte. Innerhalb weniger Tage kam allerdings ihr hitziges Naturell wieder zum Vorschein, und sie trug sich mit dem Gedanken, Stephanie zu erwürgen.

Sie erklärte Lisa, daß sie zu ihrer Verteidigung geltend machen könnte, provoziert worden zu sein, und so sicher einen Freispruch erzielen würde.

»Nein, der Richter würde es für vorsätzlichen Mord halten, und du würdest bis an dein Lebensende eingesperrt. Und was denkst du wohl, würden die Klatschblätter dazu schreiben?«

Lisa gab nach einer Weile Jessas Drängen nach, den Philharmonikern die Chance zu geben, ihr Angebot zurückzuziehen, knüpfte daran aber trotz Jessas Protesten eine geringe Geldstrafe. Zu ihrer Überraschung lehnten die Philharmoniker ab, weil sie zahlreiche unterstützende Briefe ihrer Abonnenten erhalten hatten. Sie bestanden allerdings darauf, daß Jessa sich dem Thema stellen, in Talk-Shows und Nachrichtensendungen erscheinen und so einige der wilderen Anschuldigungen entschärfen sollte. Stephanie hatte gründliche Arbeit geleistet, und alles war in der Presse breitgetreten worden, auch Jessas jugendliche Affären mit Lucia und Daphne und die Entfremdung von ihren Eltern.

Jessa absolvierte den Spießrutenlauf der Presse, weil die Philharmoniker zu ihr standen und sie ihnen gegenüber ein schlechtes Gewissen hatte. Manchmal mußte sie vorher ein leichtes Beruhigungsmittel einnehmen, und sie war oft nur mit Mühe in der Lage, ihr Temperament unter Kontrolle zu halten, wenn sie über Dinge sprechen mußte, die sie unter ihrer Würde fand.

Besonders nach den öffentlichen Auftritten, bei denen die Fragen und anderen Gäste danach ausgewählt worden waren, sie absichtlich auf die Palme zu bringen oder zu demütigen, kehrte sie zu Lisa und Paul zurück, um ihrem Ärger darüber Luft zu machen, oder, nach den schlimmsten von dieser Sorte, um sich darüber auszuheulen.

Nach einer dieser Heulattacken sah sie Lisa mit verschwollenen Augenlidern an und erklärte mit ernster Stimme: »Nie wieder, Lisa. Niemals wieder. Ich werde nie wieder mich oder sonst jemanden belügen, wenn es darum geht, wer ich bin. Jeder, der für dich ein Geheimnis bewahrt, hat unberechenbare Macht über dich. Wenn Stephanie mir, nach all den gemeinsamen Jahren, so etwas antun konnte, dann gibt es da keine Sicherheit, kein noch so tiefes Niveau, auf das sich jemand nicht herablassen würde.«

»Jessa, das darfst du nicht denken. Es wird immer Menschen geben, die deines Vertrauens würdig sind. Stephanie war nur kein solcher Mensch. Gib nicht den Glauben an alle Menschen auf, nur wegen ihr oder der Menschen, mit denen sie sich umgeben hat. Denk an all die Leute, die freundlich waren und dich unterstützt haben, und die das immer noch tun, sogar jetzt.«

Jessa erwiderte nichts, aber die Tränen strömten erneut über ihre Wangen.

»Folge ruhig deinen Instinkten und sei ehrlich über dein Leben, aber folge auch denen, die dir raten, für neue Menschen offen zu sein. Das wird sicherlich nicht sofort passieren, bei dem, was du gerade durchmachst, aber du darfst dich nicht verschließen.«

Nach einer Weile verlor die Presse das Interesse. Aber in der Zwischenzeit erfreuten sich die Philharmoniker eines erhöhten Spendenaufkommens, einer größeren Bekanntheit, aber auch zunehmender Mißbilligung von konservativer Seite – Nebenwirkungen, die nicht auf dem Beipackzettel gestanden hatten, als die Entscheidung zugunsten Jessas als ihrer ersten weiblichen Dirigentin gefallen war. Jessa feuerte ihre PR-Agentin und wurde ein Star.

Jetzt, während sie verloren durch die Straßen von London lief, vorbei an den Restaurants der Upper Street, meilenweit entfernt von ihrer Wohnung und nach Sex riechend, erinnerte sie sich wieder an Lisas Ratschlag und fragte sich, wie sie mit einer Situation zurechtkommen sollte, in der ihre Instinkte, jemandem zu vertrauen und der Welt gegenüber ehrlich zu sein, in direktem Widerspruch zueinander standen.

Kapitel 32

Als Jessa hereinkam, war die Wohnung in Dunkelheit getaucht. Sie schaltete eine Lampe an und war überrascht, Shara auf dem Sofa zu sehen, in Jeans und Pullover und mit ausdrucksloser Miene.

»Wird das immer so sein, Jessa? Daß du einfach aus der Bude rennst, wenn wir einen Streit haben, statt mit mir darüber zu reden?«

Sie verschwieg Jessa, daß sie mit einem Vater aufgewachsen war, der sie mit Schweigen bestraft hatte, oder vorgegeben hatte, sich stundenlang außer Haus um Mitglieder seiner Gemeinde kümmern zu müssen, wenn er ungehalten über ihr Verhalten war. Als sie noch klein war, hatte er immer eine Nachbarin darum gebeten, bei ihr zu bleiben, aber sobald er beschlossen hatte, daß sie groß genug war, um auf sich selbst aufzupassen, verließ er einfach das Haus, wenn sie gegen irgendeine Regel verstoßen oder ihn anderweitig verärgert hatte. Shara hatte sich immer damit getröstet, daß er sie niemals mit Worten oder Taten mißbraucht hatte, wie manch andere Eltern, aber als Erwachsene war sie in der Einschätzung seines elterlichen Verhaltens nicht mehr so gnädig.

»Ich mußte nachdenken«, sagte Jessa abwehrend.

»Und deine Gedanken konntest du mir nicht mitteilen?« Shara verbarg ihren Schmerz hinter einer ruhigen Fassade, denn schließlich war es nicht Jessas Schuld, daß sie so viele fürchterliche Kindheitserinnerungen wachgerufen hatte.

»Vielleicht ist ja alles viel zuviel und viel zu früh«, sagte Jessa und vermied es, Shara dabei anzuschauen. Sie zog ihre Jacke aus und ließ sie auf einen Stuhl fallen. »Wir haben uns im Sommer kennengelernt, aber dann haben wir uns monatelang nicht gesehen. Und als wir uns wiedergetroffen haben, sind wir praktisch gleich zusammengezogen.«

Weil sie dabei zum Kühlschrank lief, um sich etwas zu trinken zu holen, konnte sie nicht sehen, wie bei ihren Worten ein Ausdruck unerträglichen Schmerzes Sharas Gesichtszüge verzerrte.

Shara mußte auf ihre schauspielerischen Fähigkeiten zurückgreifen, um nicht herauszuschreien, wie verraten sie sich fühlte. Sie wollte von Jessa eine Erklärung, was sie damit sagen wollte, aber in ihrem Herzen wußte sie bereits, daß es eindeutig auf eine Zurückweisung hinauslaufen würde, egal wie diese Erklärung ausfallen würde. »Schön«, erwiderte sie mit einer Stimme, die bis zum Zerreißen angespannt war. »Das Problem läßt sich einfach lösen. Du mußt nicht stundenlang dein Haus verlassen, nur um nachdenken zu können. Ich gehe.«

Plötzlich wurde Jessa bewußt, wie Shara ihre Aussage interpretiert hatte, und sie wirbelte zu ihr herum. »Das ist doch nicht die Lösung, die ich im Sinn hatte, Shara. Du weißt, daß ich dich gern hier habe –« Tränen traten in ihre Augen, weil sie den emotionalen Rückzug in Sharas Stimme wahrgenommen hatte.

»Aber?«

»Es gibt kein ›aber‹. Ich genieße es, hier mit dir zusammen zu sein. Bedingungslos. Ich möchte auch, daß du mit mir reist, wenn du nicht arbeiten mußt, und ich hatte angenommen, daß du dir das gleiche wünschst, wenn ich nicht arbeite.« Sie wandte ihren Blick ab und öffnete eine Bierflasche. »Ich gebe zu, daß ich mir wie eine Närrin vorkomme, in dieser Hinsicht so anmaßend gewesen zu sein.« Ärger schlich sich in ihre Stimme, mit dem sie den Schmerz kaschierte, den ihr Stolz ihr verbat auszusprechen.

»Darum geht es doch nicht!« Shara stand auf und ging auf sie zu. »Wie kannst du auch nur für einen Moment glauben, daß ich nicht mit dir zusammensein will?«

»Weil du mir das gesagt hast?« fragte Jessa sarkastisch.

»Ich brauche einfach noch Zeit, Jessa, und dabei geht es nur um die Presse und wie ich mit denen fertig werde. Das hat nichts mit dir zu tun.«

»Ach, komm schon. Du bist zehn Jahre lang mit der Presse fertiggeworden! Wag es ja nicht, mich damit zu beleidigen, daß du vorgibst, es hätte nichts mit mir oder deiner neuen *lesbischen* Beziehung zu tun!«

»Natürlich hat es was mit der Tatsache zu tun, daß ich in einer lesbischen Beziehung bin. Ich verlange von dir nur das, was die mir nicht gewähren: die Gelegenheit, mich auf diese Tatsache einzustellen und mir darüber klar zu werden, wie ich es der Welt verkünde ... auf meine eigene Art und Weise.«

»Und deine Art und Weise ist es, mich und unsere Beziehung zu verstecken? Darüber zu lügen, was mir miteinander machen, und leugnen –« Ihre Stimme war voller Schmerz, und sie konnte den Satz nicht vollenden, weil der Gedanke ihr die Luft abschnürte. *Du willst unsere Liebe leugnen.*

»Ich brauche einfach Zeit, Jessa. Ich bin noch nicht bereit.« *Ich bin nicht stark genug, mich dem zu stellen.*

»Du müßtest das doch nicht allein durchmachen.«

»Du verstehst nicht. Vor nicht mal einem Jahr war mein Leben komplett verplant: Ich hatte vor, den Mann zu heiraten, den ich liebte, und ich wußte, was mich erwartete. Jetzt ist alles anders, und ich muß mir meinen eigenen Weg suchen. Ich muß alles sorgfältig durchdenken. Und das kann ich nicht mit Blitzlichtgewittern in meinem Gesicht.«

»Worüber mußt du denn da nachdenken? Oder hast du Bindungsangst?«

Shara stieß einen frustrierten Laut aus. »Es geht hier doch nicht um Bindungsangst! Jessa, wenn ich nicht fühlen würde, was ich fühle, glaubst du wirklich, daß ich hier so mit dir zusammensein könnte und die Dinge sage, die ich sage?«

»Das ist nichts Neues für mich, Shara. Eine Beziehung verlangt nach einer Bekräftigung. Das ist doch der Grund, warum Leute heiraten und sich in aller Öffentlichkeit zueinander bekennen. Du erzählst mir, daß du mich liebst, und ich glaube dir. Aber ich kenne eine Frau, die sechs Jahre lang mit mir im Geheimen gelebt und genau dasselbe gesagt und mich dann öffentlich in jeder nur möglichen Weise verraten hat. Danach habe ich mir selbst einen Teil der Schuld eingestanden, weil ich mich darauf eingelassen hatte, eine Lüge zu leben. Jetzt weiß ich aber, daß ich nicht mit einer Person leben kann, die sich dafür schämt, mit mir zusammen zu sein. Das unterspült meine

Selbstachtung und schwächt unsere Beziehung.«

Sharas Augen füllten sich mit Tränen. »Findest du wirklich, daß es fair von dir ist, mich mit Stephanie zu vergleichen? Ich weiß, was du wegen ihr durchgemacht hast –«

»Du weißt überhaupt nichts!« unterbrach Jessa sie wütend. »Du willst doch nur ein einfaches Leben. Wenn du dich nicht mal mit ein paar Pressefritzen und ihren Kameras auseinandersetzen willst, wie kann ich dann darauf vertrauen, daß du zu mir stehst, wenn es hart auf hart kommt und sie einen Lügenfeldzug starten?«

»Ich höre mir das nicht weiter an.« Shara wandte sich zum Gehen.

»Tja, das paßt ja. Das erste Mal, daß wir nicht einer Meinung sind, und du haust einfach ab.«

Shara drehte sich mit ungläubiger Miene zu ihr um. »Na, du mußt ja gerade reden! Der Unterschied zwischen uns beiden ist, daß *du* eingeschnappt weggelaufen bist, weil ich eine selbständige Entscheidung darüber getroffen hatte, was ich in den nächsten paar Wochen mit meinem Leben anfangen will. *Ich* gehe wegen der Dinge, die du mir an den Kopf schmeißt. Ob du es glauben willst oder nicht, Jessa, ich habe alles darüber gelesen, was dir widerfahren ist. Es waren nicht nur die Pressefritzen mit Kameras, die dein Leben und das all der Leute, die du kanntest, zur Hölle gemacht haben. Ich bewundere die Tatsache, daß dich das alles nicht weiter berührt hat, und daß du mit deinem Leben im Reinen bist, mit deiner sexuellen Orientierung und deinem Ruf in der Öffentlichkeit, aber *ich* bin noch nicht dazu bereit!« Damit drehte sie sich um und ging aufs Schlafzimmer zu.

»Nicht weiter berührt –« Jessa konnte nicht glauben, was Shara da gerade gesagt hatte. Es hat Jahre gedauert, bis sie sich wieder wie ein Mensch gefühlte hatte, und das hatte sie vorwiegend der Meditation zu verdanken, einer Kunst, die sie mittlerweile fast vollendet beherrschte. Sie hatte es auch der emotionalen Unterstützung durch Paul, Lisa und all die Freunde zu verdanken, von denen Stephanie behauptet hatte, sie würden sie nicht in ihrem Leben zurück haben wollen. Sie hatte kaum noch etwas gemein mit der Person, die sie gewesen war, bevor

Stephanie sie den Paparazzi zum Fraß vorgeworfen hatte, und doch stand Shara dort mit eiserner Miene und behauptete, daß es sie *nicht berührt* hätte? »Warte, Shara.«

»Nein, Jessa«, sagte Shara, ohne sich umzudrehen. »Ich bin bei einem Tyrannen aufgewachsen, der einfach immer abgehauen ist, wenn er verärgert war, und der nie glaubte, daß ich auch mal etwas für mich allein entscheiden könnte, und ich werde nicht hier bleiben, solange du dich genauso verhältst.« Mit tränenüberströmtem Gesicht begann sie wahllos ihre Sachen aus Schränken und Schubladen zu nehmen.

Jessa folgte ihr mit hilfloser Miene. »Es *hat* mich berührt.«

Shara schaute auf, überrascht, Jessa in der Tür zum Schlafzimmer stehen zu sehen.

Ich war am Boden zerstört. Alles woran ich geglaubt hatte, war mir genommen worden, und ich konnte mich nirgends vor dieser Tatsache verkriechen. Jedes meiner Schlupflöcher war bekannt und von der Presse belagert. Jede Schulter, von der ich dachte, daß ich mich an ihr ausheulen könnte, wandte sich von mir ab. Die einzigen, die für mich da waren, waren die Menschen, von denen ich befürchtet hatte, daß sie nichts mehr mit mir zu tun haben wollten, weil ich mich von ihnen abgekapselt hatte. »Du glaubst, du wüßtest, was passiert ist, nur weil du meine Biographie und ein Drehbuch darüber gelesen hast, aber du weißt gar nichts.« *Ist dir aufgefallen, daß Lisa darin so gut wie überhaupt nicht vorkommt? Das liegt daran, daß Lisas Gegenwart in meinem Leben nicht dramatisch ist – kein Futter für schriftstellerische Spannung oder eine dramatische Filmhandlung, und doch war sie es, die quasi mein Leben gerettet hat.* »Aber ich habe all das überstanden. Und danach habe ich entschieden, daß ich nie wieder eine Beziehung mit einer Frau eingehen will, die nicht stolz darauf sein kann, mit mir zusammen zu sein.«

Shara starrte sie nur wortlos an.

Jessa schaute zurück, verärgert und zugleich sich ihrem Schicksal ergebend. »Ich werde dich nicht aufhalten, wenn du gehen willst, weil du, trotz allem was du für mich empfindest, nicht willens zu sein scheinst, diese Frau zu sein. Vielleicht bin ich ja zu schwach, daß ich nur mit einer Frau zusammen sein kann, die mich genug liebt, um es von den Dächern zu rufen, aber mit dieser Schwäche müssen wir beide leben.« Sie ging ebenso leise aus dem Zimmer, wie sie gekommen war.

Shara starrte auf den leeren Türrahmen und ließ sich aufs Bett sinken, ihr Herz und ihr Kopf in Aufruhr. Sie liebte Jessa über alle vernünftigen Maße, aber sie war nicht die Frau, die Jessa sich wünschte. Jessa wollte eine Frau, die mutig war, selbstbewußt und zuversichtlich genug, um sich dem Pöbel zu stellen und ihn zum Wegsehen zu zwingen, eine Frau, die ebenso stark und ausgeglichen war wie sie selbst. Shara wußte, daß sie nicht diese Frau war, und sie fühlte sich noch mieser, weil sie das, was Jessa durchmachen mußte, so falsch eingeschätzt hatte.

Sie nahm sich einen von Jessas Koffern und begann damit, ihre Sachen ordentlich hinein zu legen. Sie fand einen Pullover, den Jessa am Tag zuvor getragen hatte, und legte ihn zu ihren eigenen Sachen. Er roch nach Jessa, und sie wußte, daß sie das brauchen würde, wenn sie die nächsten Tage überstehen wollte. Sie beherrschte ihre Stimme lange genug, um ein Taxi zu bestellen, dann brach sie wieder in Tränen aus, als sie die Musik hörte: Jessa spielte Chopins *Regentropfen-Prélude.* Sie war sich nicht sicher, ob Jessa überhaupt bewußt war, was sie tat. Immer wenn Jessa litt, setzte sie sich ans Klavier und ließ ihre Finger ruhelos über die Tasten wandern. Wie zur Bestätigung erklang eine laute Kakophonie aus dem Wohnzimmer, als ob Jessa zu Sinnen gekommen wäre und ihre Hände auf die Tasten geknallt hätte.

Shara zog den Koffer hinter sich her, als sie sich auf den Weg zur Wohnungstür machte. Jessa saß am Klavier und starrte in ihre Richtung, und trotz der Entfernung konnte sie sehen, daß auch sie geweint hatte.

»Ich –« Shara wußte nicht, was sie sagen sollte. Sie entschied sich dafür, ehrlich zu sein, was konnte es jetzt noch schaden. »Ich weiß, ich verlange viel, aber bitte, Jessa, gib mich nicht auf.« Und ohne Jessa Gelegenheit zu geben, darauf etwas zu antworten, verließ sie die Wohnung.

Kapitel 33

Shara betrachtete sich argwöhnisch im Spiegel. Wenn sie einatmete, konnte sie ihre Rippen zählen. So dünn zu sein stand ihr nicht, und sie sah auf den Tag genau so alt aus, wie sie war. *Maestra* hatte beim derzeitig stattfindenden Internationalen Filmfestival in Toronto Weltpremiere gehabt und würde in drei Wochen in allen Kinos sein.

In den Monaten, seit sie Jessa das letzte Mal gesehen hatte, hatte sie gelernt zu überleben, aber es war nicht einfach gewesen. Dieses Mal lag es nicht an ihr; Jessa weigerte sich, sie zu sehen. Sie war hin und her gerissen: Sollte sie eine Pressekonferenz einberufen und verkünden, daß sie lesbisch ist – alles versuchen, um Jessas Aufmerksamkeit zu erlangen und sie zurückzugewinnen –, oder sollte sie eine ganzseitige Anzeige in einer Zeitschrift für klassische Musik aufgeben, um Jessa mitzuteilen, daß sie sich zum Teufel scheren sollte. Sie wollte sie anschreien, weil sie ihr gezeigt hatte, wie es war, von ihr geliebt zu werden, nur um dann diese Liebe wieder zu entziehen und eine verheerende Leere zu hinterlassen, die sie auseinanderzureißen drohte.

Sie steckte in einer Drehpause, die zeitlich mit dem Filmfestival zusammentraf, das für die Filmbranche jedes Jahr wichtiger wurde. *Maestra* war für mehrere Preise nominiert worden, und es wurde von Shara erwartet, den Film zu bewerben, obwohl sie sich am liebsten versteckt hätte. Sie war in derselben Stadt wie Jessa, und sie wußte nicht, ob sie damit umgehen könnte, zufällig mit ihr zusammenzutreffen – vor allem, wenn sie mit einer anderen Frau zusammen wäre. Allein der Gedanke an diese Möglichkeit schlug ihr auf den Magen und aufs Herz. Die Ärzte meinten, es wäre ein Magengeschwür, aber Shara wußte, daß es nur Kummer war.

Sie begann sich langsam anzuziehen. Sie wußte, daß es vollkommen verrückt war, was sie vorhatte, aber sie konnte nicht anders. Ein Freund hatte für sie eine zurückgegebene Karte gekauft, und sie hatte vor, zu einem Konzert des Torontoer Symphonieorchesters in der Roy Thomson Hall zu gehen, das Jessa dirigierte. Es war in dieser Woche das einzige Konzert des TSO, weil die Konzerthalle wie üblich während des Festivals für Filmvorführungen umgebaut worden war. Sie war wieder in ihren ursprünglichen Zustand zurückversetzt worden, für das Konzert am Abend und für die Veranstaltung, auf die die ganze Stadt mit Spannung wartete und die Shara am meisten fürchtete: die Preisverleihung am letzten Abend des Filmfestivals.

Es war das erste Mal in ihrer Karriere, daß sie für eine Darstellung nicht anerkannt werden wollte, aber sie war vertraglich daran gebunden, sich sehen zu lassen.

»Nicht, daß ich denken würde, daß du der Typ dafür wärst, Shara«, hatte Peter fast entschuldigend erklärt, »aber ich weiß aus bitterer Erfahrung, daß manche Schauspieler plötzlich schüchtern werden, wenn es um Preisverleihungen geht, und ich muß mit deinem Erscheinen rechnen können, wenn unser Film aufgeführt oder ausgezeichnet wird, vor allem in Cannes, Sundance, Toronto, bei den Golden Globes, den People's Choice Awards und, natürlich, bei der Oscarverleihung.«

Damals hatte sie gedacht, daß es ja das mindeste wäre, was sie tun könnte, und hatte der vertraglichen Klausel zugestimmt. Jetzt hoffte sie, daß ihre fast panische Angst vor Fernsehkameras nicht noch schlimmer werden würde, denn sie war noch nicht berühmt genug, als daß sie einen auf Garbo hätte machen können.

Sie entschied sich für eine einfache schwarze Hose, eine schwarze Bluse und dazu ein schwarzes Leinenjackett, für den Fall, daß die Klimaanlage mal wieder zu kalt eingestellt sein würde. Ihre Haare reichten ihr mittlerweile wieder bis zu den Schultern, und sie band sie zurück in einen Pferdeschwanz. Sie setzte das Brillengestell mit Schildpattmuster auf ihre Nase, deren Gläser ohne Stärke waren, weil sie bis jetzt noch nie erkannt worden war, wenn sie sie trug.

Shara hatte die Rezensionen in der Zeitung gelesen, die am Morgen mit ihrem Frühstück, das sie nicht angerührt hatte, auf ihr Zimmer gebracht worden war, und wußte daher, daß Jessas Interpretationen von Sibelius' *Finlandia* und Holsts *Die Planeten* bei den Kritikern gut angekommen war.

Eine Aufführung von *Mars, der Kriegsbringer* zu erleben, war an sich schon eine packende Erfahrung, aber mit Jessa am Taktstock schlug Sharas Herz schneller, und eine Gänsehaut legte sich über ihren Körper. Die Exaktheit während der dramatischen letzten Takte war so unglaublich, daß Shara aufspringen und laut applaudieren wollte. Das Feingefühl, das das Orchester danach bei *Venus, die Friedensbringerin* bewies, war erstaunlich rührend. Unter normalen Umständen, dachte Shara, hätte sie es sicher sehr beruhigend empfunden, aber als Lucia Scattaglia als Solistin aufstand, konnte sie das Bild nicht aus ihrem Kopf bekommen, wie Lucia fast nackt aus Jessas Schlafzimmer gekommen war. *Sie arbeiten wieder zusammen. Haben sie ihre Beziehung wieder aufgenommen? Ist sie diejenige, die mit Jessa in den Armen einschläft, Sex mit ihr hat und dabei die kleinen raunenden Laute hören darf, die sie dabei macht?*

Die quälenden Erinnerungen und Fragen beschäftigten Shara so sehr, daß sie die zerbrechlich nuancierte Darbietung von *Merkur* verpaßte, und als sie sich wieder aufs Konzert konzentrierte, spielte das Orchester gerade *Jupiter* mit der ihm gebührenden augenzwinkernden Präzision.

Wie sehr sie sich auch bemühte, sie nicht anzustarren, wanderte ihr Blick doch immer wieder zu Jessa, und sie fragte sich, ob Jessa auf irgendeine Weise ihre Anwesenheit im Raum spüren konnte. Sicher würde doch eine Liebe, die so stark war wie die ihre, sich dem Herzen und der Seele zu erkennen geben, der sie gehörte? Aber sie wußte auch, daß Jessa sich immer absolut auf die Musik konzentrierte.

Von dort aus, wo sie saß, in der ersten Reihe des Balkons rechts neben der Bühne, konnte sie flüchtige Blicke von Jessas Profil erhaschen, und manchmal von ihrem ganzen Gesicht, wenn sie sich nach rechts wandte, um den Kontrabässen und Celli ein Zeichen zu geben. Jessa schwitzte stark, und Shara erzitterte, als sie plötzlich wie in einer Rückblende Jessas nackten Körper sah, gegen den ihren gepreßt, nachdem sie sich geliebt hatten, das feuchte Haar in gleicher Weise gegen ihre Stirn geschmiegt, aber mit einem Ausdruck befriedigter Trägheit im Gesicht.

Sie waren nun bei *Saturn* angelangt, mit seinen Untertönen von Unausweichlichkeit. *Alles nimmt seinen Lauf, und so oft haben wir überhaupt nichts dabei zu melden.* Shara hatte versucht, sich an den Mangel an Kontrolle über ihre Zukunft zu gewöhnen, aber keine Stunde verging, in der sie sich nicht wünschte, in ihrer Beziehung mit Jessa etwas ungesagt oder ungeschehen machen zu können. Sie war überzeugt, daß ihre Entscheidung, damals nicht mit nach Buenos Aires zu gehen, aus mehreren Gründen richtig gewesen war, aber sie hatte in ihrem Leben noch nie etwas so bitterlich bereut. Damit zu leben, zerstörte sie nun innerlich; egal was die Ärzte behaupteten, es hatte nichts mit einem Geschwür zu tun.

Sie beobachtete stolz, wie Jessa das Orchester durch die komplexen Akkorde und Tempi von *Uranus, der Magier* führte. Sie bildete sich das vielleicht ein, aber es war ihr, als ob das Orchester Jessa sehr viel öfter als sonst anschaute. Es konnte an der Komplexität des Werkes liegen, aber Shara nahm an, daß es deshalb war, weil Jessa so perfekt vorwegnahm, wo jedes Instrument zu jedem Sekundenbruchteil der Aufführung sein sollte.

Jessa dirigierte mit grenzenloser Energie und vollkommenem Einfühlungsvermögen für die Musiker, und doch blieb sie so sehr in die Musik selbst vertieft, so daß ihre Bewegungen anmutig und schön waren und sie oft mit halb geschlossenen Augenlidern wie entrückt schien.

Als die letzten, eindringlichen Töne von *Neptun, der Mystiker* ausklangen, sprang das Publikum auf die Beine und brach in donnernden Beifall aus. Jessa verbeugte sich dankend, und Shara kamen die Tränen, weil sie sah, wie dünn Jessa geworden war. *Das ist meine Schuld,* dachte sie. *Sie hat mir erzählt, daß sie noch nie Glück in der Liebe hatte, und sie wollte einen Beweis von mir, daß es mit mir anders sein würde – bei ihr zu bleiben, wäre dieser Beweis gewesen. Aber ich habe sie enttäuscht. Kein Wunder, daß sie mich nicht sehen oder mit mir sprechen will. Das macht mich zwar fertig, aber ich verstehe sie. Wie kann sie mir noch vertrauen? Jessa leidet auch, und das hat sie nicht verdient.*

Shara eilte aus dem Konzertsaal; sie konnte mit einem Mal nicht mehr atmen. Als sie hinaus in den warmen Abend trat, fuhr gerade ein Taxi vorbei, und kurzentschlossen winkte sie es heran. Sie wollte nur noch zurück in ihr Hotelzimmer, um ganz allein in den glücklichen, schmerzlichen Erinnerungen zu schwelgen, die Jessas Anblick wachgerufen hatte.

Als sie ins Zimmer kam, war sie überrascht, daß das Licht an ihrem Telefon aufleuchtete. Sie rief die Nachricht ab und war erschrocken, die schroffe Stimme ihres Vaters zu hören. »Ich kann mir vorstellen, daß du überrascht bist, Shara, aber ich wollte dir viel Glück wünschen. Du hast es verdient zu gewinnen. Du hast alles Glück der Welt verdient, und wenn diese Jessa Hanson nicht sehen kann, wie glücklich sie sich schätzen sollte, dann ist sie ein Trottel.«

Sharas Hand zitterte, als sie den Hörer wieder auflegte. *Zwei Monate.*

Vor zwei Monaten war sie aus seinem Haus gestürmt, in kalter, fast teilnahmsloser Wut. Sie war zu Dreharbeiten in Budapest, als es ihr plötzlich wie Schuppen von den Augen fiel, daß fast jede Entscheidung, die sie in ihrem erwachsenen Leben getroffen hatte, von dem Mann beeinflußt worden war, der sie aufgezogen hatte, nachdem ihre Mutter gestorben war. Sie mochte von ihm noch nicht einmal als Vater denken, obwohl er sie gefüttert, angezogen und ihr Unterkunft gewährt hatte, bis sie volljährig gewesen war.

Sie hatte eine vage Erinnerung aus ihrer Kindheit – von der sie manchmal annahm, daß es ein Traum gewesen sein mußte –, wie er sie so fest an sich drückte, daß sie kaum noch atmen konnte. Sie vermutete, daß es noch andere Gelegenheiten gegeben haben mußte, zu denen ihr Vater seiner Zuneigung offen Ausdruck verschafft hatte, aber all die Küsse und Umarmungen an die sie sich aus der Zeit erinnerte, stammten von Verwandten oder Freunden der Familie.

Sie hatte einen Flieger nach Irland bestiegen und war unangemeldet auf seiner Türschwelle aufgetaucht.

Er war überrascht, trat aber beiseite, um sie ins Haus zu lassen. »Was verdanke ich die Ehre?« fragte er und schloß die Tür hinter ihr.

»Warum hast du mir nie gezeigt, daß du mich gern hast? Warum hast du mir das nicht ein einziges Mal gesagt? Ich war ein kleines Mädchen. Was kann ich denn getan haben, daß mir deine Abscheu eingehandelt hat?«

Er erstarrte und blieb mehrere Sekunden lang mit dem Gesicht zur Tür gewandt stehen, ehe er sich zu ihr umdrehte. »Schönen guten Tag auch dir, Tochter.«

»Ich bin nicht hier, um höfliche Floskeln auszutauschen. Ich bin hier, weil ich es satt habe, mir mein Leben zu vermiesen, nur weil ich alles vermeide, daß ich in irgendeiner Weise mit dir in Verbindung bringe.«

»Shara, ich habe dich nie verabscheut. Weit gefehlt. Du warst all das, was ich mir mit deiner Mutter erträumt hatte. Es ist nur so, daß eben in meinen Träumen sie auch immer da war. Ich habe mein Bestes gegeben.«

»Dein *Bestes*? Ist es das, was du dir versuchst einzureden?« Jahre ohnmächtigen Kummers offenbarten sich in der Wut, die in den Worten mitschwang.

»Ja. Aber ich glaube mir oft selbst nicht.«

»Das solltest du auch nicht. Ein nettes Wort oder ein Zeichen deiner Zuneigung hätte genügt. Irgendein Hinweis darauf, daß ich irgendwas zustande bringen konnte, daß du gutheißen konntest, von Stolz will ich ja gar nicht sprechen.«

Er wandte seinen Blick ab, blieb aber stumm.

»Ist das alles, was du mir nach all diesen Jahren zu bieten hast? Noch mehr Schweigen?«

»Ich weiß nicht, was du von mir erwartest.«

»Für den Anfang wäre ein Eingeständnis nicht schlecht.«

»Zugegeben, ich war nicht der beste Vater. Da, bist du jetzt zufrieden?« fragte er in ärgerlichem Tonfall.

»Nein«, antwortete sie leise. »Das bin ich nicht. Aber ich habe es gründlich satt, meine eigene Glückseligkeit immer von dir abhängig zu machen. Und anscheinend bin ich die einzige Person, die mir dabei helfen wird, das zu ändern. Ich weiß nicht, warum ich meine Zeit damit vergeudet habe herzukommen!«

»Warum hast du es dann getan?« fragte er verärgert. Sie konnte sich kaum daran erinnern, ihn jemals zuvor zu einem solchen Gefühlsausbruch bewegt zu haben.

»Weil ich mich verliebt habe. Ich habe eine Person gefunden, mit der ich den Rest meines Lebens verbringen will. Aber wir sind deshalb nicht zusammen, weil du mir nur beigebracht hast, wie man sich gefühlsmäßig abkanzelt. Ich habe mich so sehr darum bemüht, meine Liebe auf jede nur erdenkliche Art zu zeigen, aber als es dann ums Eingemachte ging, hatte ich zuviel Angst. Angst, dir wieder einen Grund zu geben, mich zu mißbilligen. Angst, daß wenn ich meine Liebe so naiv verschenken würde wie ein Kind es tut, es dann auch wieder genauso enden würde: in Ablehnung und Schweigen. Das ist so verdammt krank – jetzt, wo ich es so klar erkenne –, daß ich nicht verstehen kann, wie ich das jemals zulassen konnte.« Der Fluch glitt ihr ganz einfach über die Lippen, obwohl es sie sonst in der Gegenwart ihres Vaters entsetzt hätte. »Ich bin unfähig, wenn es um echte Liebe geht, weil ich nichts habe, wonach ich mich orientieren kann.« Sie lachte verbittert. »Weißt du, du mußt überhaupt nichts sagen. Ich glaube, ich habe gefunden, wonach ich hier gesucht habe.« Damit drehte sie sich auf dem Absatz um und stürzte auf die Tür zu. Die Frage traf sie wie ein Schlag zwischen die Schulterblätter.

»Wie heißt sie denn?«

»Woher –?«

»Ich bin nicht gut darin, meine Gefühle offen zu zeigen, Shara, aber ich kenne meine Tochter. Diese jungen Männer, die durch dein Leben stolziert sind, haben doch nicht mal an deiner Oberfläche gekratzt. Nach einer Weile habe ich mich gefragt, warum das wohl so ist.«

»Ihr Name ist Jessa Hanson. Und jetzt, wenn du mich bitte entschuldigst, muß ich herausfinden, ob sie mich noch haben will.«

Sie starrte wie benommen auf das Telefon. Sie hatte nicht geahnt, daß ihr Vater – zum ersten Mal in ihrem Leben – nicht nur indirekt eingestehen würde, daß er ihre Karriere verfolgte, sondern außerdem auch noch so klingen würde, als hätte er nichts dagegen, daß sie lesbisch war. *Ist das vielleicht immer so? Wenn du etwas nicht mehr brauchst, kommt es plötzlich in dein Leben?* Sie hoffte, daß das nicht wirklich der Fall war, denn sie würde Jessa immer brauchen.

Kapitel 34

Lisa und Jessa saßen draußen auf der Terrasse hinter Jessas Haus und nahmen ein frühes Abendessen zu sich. Das Haus lag östlich der Torontoer Innenstadt, dort, wo die Stadt den Steilklippen von Scarborough wich. Einige Meter hinter der Terrasse führten steile Stufen und ein Holzgeländer zu einem Kieselstrand hinunter. Die Wellen des Ontariosees schlugen keine vier Meter von der letzten Stufe entfernt sanft gegen die Kieselsteine, aber Jessa liebte ihren Ministrand, denn obwohl er nur gut zwanzig Meter lang war und offiziell der Provinz Ontario gehörte, war er vollständig abgeschieden und nur über die Stufen auf ihrem gemieteten Grundstück zu erreichen.

Es war warm, obwohl der Nachmittag bereits dem Einzug des Abends Vorzug gewährte, und Lisa war dankbar für den Schatten, den die Bäume über ihnen boten, trotz des Eichhörnchens, das in einem davon saß und darauf bestand, die beiden Frauen immer dann mit Eicheln zu bombardieren, wenn sie am wenigsten damit rechneten.

Als sie nach Toronto gezogen war, hatte Jessa sich gegen eine luxuriöse Wohnung in einem der zahlreichen Hochhäuser entschieden; Lisa wußte, es lag daran, daß es sie an Shara erinnert hätte. Sie hatte sich auch dagegen entschieden, in Rosedale zu wohnen, einer wohlhabenden, mit Bäumen gesäumten Enklave mitten in Toronto, wo viele der Förderer des Orchesters ein Haus besaßen. Statt dessen hatte sie ein Haus gemietet, das jenseits des Stadtviertes The Beaches lag, das besonders bei kinderlosen Paaren mit gutem Einkommen beliebt war, aber noch nicht ganz im Stadtteil Scarborough, wo viele der neuen Einwanderer ein Zuhause gefunden hatten.

Dank eines alten Baumbestands auf dem Grundstück war Jessas Haus von der Straße abgeschirmt, und aus den Fenstern der hinteren Zimmer hatte sie eine wunderbare Aussicht auf den See, die sie auch auf der Terrasse mit den ausgeblichenen Terrakotta-Fliesen genießen konnte und in dem Freiluftwhirlpool, den sie allerdings bislang noch nicht genutzt hatte.

»Ich habe gestern mit Shara zu Mittag gegessen«, bemerkte Lisa beiläufig, und Jessa verschluckte sich fast. »Ich habe keine Ahnung, woher sie wußte, daß ich in Toronto bin, oder wie sie die Nummer meiner Hotelsuite herausgefunden hat, aber es klopfte an der Tür, und als ich öffnete, stand sie davor.«

»Was wollte sie denn?« Jessa bemühte sich um einen uninteressierten Tonfall, scheiterte aber kläglich.

»Was für einen Unterschied macht das denn für dich?«

Jessa blieb stumm und blickte dem Katamaran nach, der einige hundert Meter vom Ufer entfernt über den See glitt.

Als deutlich wurde, daß Jessa tatsächlich nichts darauf sagen würde, fragte Lisa: »Jessa, wann hörst du damit auf, sie für das zu bestrafen, was sie getan hat – was auch immer das sein mag?«

»Ich bestrafe sie nicht. Ich vertraue ihr nur nicht.« Jessa trank einen Schluck Wein. »Hat sie sich schon einen neuen Typen geangelt?«

»Was bringt dich denn auf die Idee? Glaubst du nicht, daß sie noch Interesse an dir haben könnte?«

»Vielleicht, wenn es ihr in den Kram paßt und für die Klatschblätter unschuldig genug aussieht«, bemerkte Jessa spöttisch. »Können wir jetzt bitte das Thema wechseln? Ich vertraue ihr nicht, und damit Basta.«

Lisa ignorierte sie. »Sie hat mich gefragt, wie das damals mit Stephanie war, was genau vorgefallen ist. Wieso hast du ihr das nicht erzählt? Glaubst du nicht auch, daß das vielleicht was an ihrer Reaktion auf die Presse geändert hätte?«

Jessa lachte freudlos. »Ihre Angst davor, was die Presse und die Öffentlichkeit ihr antun könnten, war anscheinend größer als ihre Liebe zu mir. Und das, obwohl sie nicht einmal weiß, wie brutal diese Mistkerle wirklich sein können. Wenn ich ihr all die Schauergeschichten erzählt hätte, wie zum Beispiel, daß einer von der Bande in mein Zuhause eingebrochen ist, glaubst du wirklich, daß sie dann eher dazu bereit gewesen wäre, sich mit denen anzulegen? Oder hätte ich ihr erzählen sollen, daß ich so von der Rolle war, daß ich mit Beruhigungsmitteln zugedröhnt werden mußte, damit ich mich nicht selbst mitten in der Nacht durch mein eigenes Schreien aufwecken würde? Hätte mich das anziehender gemacht?«

»Also hattest du schon vorher einen Mangel an Vertrauen in sie, noch bevor was-auch-immer passiert ist, sonst hättest du ihr doch davon erzählt, und nicht einfach diese Macho-Haltung eingenommen, die dich wie ein Ausbund an Unverwundbarkeit erscheinen läßt«, sagte Lisa in für sie ungewöhnlich kühlem Tonfall. Aber sie war es leid, tatenlos dabei zuzusehen, wie Jessa sich wieder in einen selbstzerstörerischen Teufelskreis begab, der diesmal durchaus schlimmer werden konnte, als der, der damals so abrupt in einem italienischen Krankenhaus endete.

»Das kann sie doch nicht im Ernst annehmen«, sagte Jessa abwehrend, weil sie sich bewußt war, wie verletzlich sie war, wenn es um Shara ging. »Ich habe mich ihr vollkommen geöffnet, Lisa. Ich habe nichts zurückgehalten, und das weiß sie auch. Da ist nichts Machomäßiges an meiner Liebe für sie.« Sie verzog das Gesicht angesichts ihrer eigenen Schwäche. »Bevor sie ablehnte, mit mir nach Buenos Aires zu kommen, hatte ich ernsthaft erwogen, ihr einen dieser Briefe zu schicken, die du mir in meinen vierten Stapel steckst.« Sie senkte den Blick auf den Tisch und versuchte sich in einem verächtlichen Lächeln, aber ihre Lippen bebten zu stark. »Sag mir mal, was daran machohaft ist, ein Kind von ihr zu wollen. Nicht daß ich ihr das erzählt hätte ... Ich habe mir das nur gewünscht, weil ich mir *ihrer* Gefühle nicht sicher war – obwohl ich sie doch immer wieder *meiner* Gefühle versichert habe ... Wie auch immer. Es gibt weiß Gott schon zu viele Kinder, die nur aus Angst in die Welt gesetzt wurden: Angst vor Einsamkeit, Angst vor der Sterblichkeit, Angst, daß nichts übrigbliebe, wenn ein geliebter Mensch sich aus dem Staub macht –« Sie hielt inne, als hätte sie plötzlich bemerkt, daß sie mehr gesagt hatte, als sie Lisa eigentlich verraten wollte, und goß mehr Wein in ihr Glas. »Da ist verdammt nochmal überhaupt nichts Machohaftes an der Art und Weise, wie ich sie liebe«, wiederholte sie lahm und trank einen großen Schluck Wein.

Lisa fiel auf, daß Jessa die Gegenwartsform benutzte und antwortete genauso: »Und was ist mit der Art und Weise, wie sie dich liebt? Es ist mir nie so vorgekommen, als wärt ihr deshalb nicht zusammen, weil ihr euch nicht liebt. Aber berichtige mich ruhig, wenn ich da falsch liege.«

Jessa setzte ihr Glas ab, schob den Stuhl vom Tisch und stand auf. »Shara hat mir gesagt, daß sie mich liebt, aber ich dachte, daß sie sich inzwischen jemand anderen gesucht hätte.«

»Weil Stephanie sich jemand anderen gesucht hat, als du sie für ein paar Monate allein gelassen hast? Jessa, Shara ist doch nicht Stephanie, aber du behandelst sie so, als ob sie es wäre.«

»Sie wollte unsere Beziehung geheimhalten.« Jessa war erleichtert, endlich darüber reden zu können. »Sie hat sogar die gleichen Worte benutzt wie Stephanie. Ich habe schon vor mir gesehen, wie meine Zukunft wieder in ›Diskretion‹ und Lügen versinkt.« Sie verschränkte ihre dünnen Arme beschützend vor ihrem Körper. »Das war damals so ein Alptraum: komplizierte Lügen für die Presse und die Leute, denen ich begegnete; alte Freunde, von denen ich mich fernhalten mußte, weil sie lesbisch oder schwul waren, und das hätte dann ja Fragen aufwerfen können ... Ich habe in einer Scheinwelt gelebt und mich irgendwann deren Regeln ergeben ... was mich fast umgebracht hätte. Und dann mußte ich ja herausfinden, daß Stephanie ihre ganz eigenen Gründe dafür hatte, unsere Beziehung geheimzuhalten.« Sogar so viele Jahre danach schien der Schmerz groß genug, um sich in ihrer Stimme widerzuspiegeln und den Sommerabend merklich abzukühlen.

»Und du glaubst, daß Shara ähnliche Gründe hatte? Hast du deshalb gefragt, ob sie einen neuen Mann gefunden hat?«

»Nein. Ach, ich weiß nicht.« Sie setzte sich wieder und sah Lisa mit hilflosem Blick an. »Ich weiß nur, daß es da etwas gibt, was sie mir nicht erzählt hat. Ich kenne sie, und sie hatte Angst, aber nicht vor irgendwelchen Pressefuzzis. Sie wollte nicht mit nach Argentinien kommen, aber sie wollte mir auch nicht den wirklichen Grund dafür verraten. Meiner Erfahrung nach kann das nur auf das eine hinauslaufen –«

»Also dachtest du dir, du tust es ihr an, bevor sie es dir antut.«

Der Satz hing zwischen ihnen in der Luft, und Jessa dachte darüber nach. War sie wirklich nicht fair gewesen? Bezahlten sie nun beide die Rechnung für etwas, was Stephanie getan hatte? *Wenn ich im Unrecht bin, kann Shara mir jemals verzeihen?* Die Frage schlug ihr auf den Magen. »Wie geht es ihr denn?« fragte sie eine Weile später mit dünner Stimme.

»Ungefähr so wie dir: Sie sieht wie immer umwerfend aus, ist aber viel zu dünn, und sie hat einen gequälten Ausdruck in den Augen. Du kannst es ja selbst sehen – sie sollte in gut einer halben Stunde oder so im Fernsehen sein. Die Preisverleihung des Filmfestivals wird live übertragen, und sie ist nominiert.«

Shara wünschte sich, irgendwo anders zu sein als dort, wo sie war. Sie trug, dem Anlaß angemessen, ein enganliegendes bronzefarbenes Abendkleid mit Spaghettiträgern, die den Blick auf ihre samtenen, gebräunten Schultern freigaben. Dazu passend hatte sie eine dünne Goldkette mit einem Diamanten in Tropfenform angelegt. Ihr Haar war locker hochgesteckt und ihre Make-up von einem Profi aufgetragen. Aber sie war einfach nicht in der Stimmung, so vielen Menschen gegenüberzutreten.

Seit dem Mittagessen mit Lisa am Vortag und der Nachricht von ihrem Vater hatte sie noch einmal ihre eigene Reaktion auf Jessa durchdacht und warum Jessa dagegen war, ihre Beziehung auch nur für eine kurze Zeit geheimzuhalten.

Tony hatte seine Beziehungen zum Hotelpersonal genutzt und ihr dabei geholfen, zu Lisa vorzudringen. Das Treffen mit ihr und das Gespräch beim Essen waren gut verlaufen und hatten sie beide daran erinnert, daß sie sich grundsätzlich sympathisch fanden. Shara war allerdings auch verärgert, nichts erfahren zu haben, das ihr hätte erklären können, warum Jessa im Februar so vehement reagiert hatte.

Lisa hatte sich geweigert, irgendwelche Einzelheiten aus Jessas Vergangenheit zu erzählen, und lediglich darauf hingewiesen, daß die Biographie nur an der Oberfläche dessen kratzte, was Jessa durchgemacht hatte. Sie hatte Shara außerdem zu bedenken gegeben, daß Jessas Verhalten in der Öffentlichkeit keinen direkten Rückschluß auf ihre wahren Gefühle zuließ, aber genaueres darüber könnte ihr nur Jessa selbst erzählen. Das hätte Shara fast zum Schreien gebracht, weil sie doch beide wußten, daß Jessa sich weigerte, sie zu sehen oder mit ihr zu sprechen, und sie wußte einfach nicht, was sie dagegen unternehmen sollte.

Shara war fest davon überzeugt, daß sie sich wieder versöhnen könnten, wenn sie nur eine Gelegenheit bekäme, mit Jessa zu reden und ihre eigenen kindischen Ängste zu erklären, die ihre Handlungen gelenkt hatten. Letzten Endes war Jessas Verhalten ja ähnlich unverhältnismäßig gewesen.

Aus einer so intensiven Beziehung wie der ihren wegzulaufen, in der sie beide so wahnsinnig glücklich waren, war einfach nur widersinnig. Aber es war nun deutlich, daß sie beide lange vorher Bedenken gehabt haben mußten, noch bevor eine der anderen einen Grund dafür gegeben hatte, so unsicher zu sein. Es war ihr großes Pech, daß sie sich in eine Frau verliebt hatte, die genauso starrsinnig war wie sie, was das Lösen ihrer Probleme fast unmöglich machte.

»Frau Quinn! Frau Quinn! Einmal lächeln, bitte!« Die Stimme des Photographen durchbrach ihre Gedanken, und sie gab der Aufforderung automatisch nach.

»Shara! Meinen Sie, daß Sie gewinnen werden?« rief eine andere Stimme hinter ihr.

»Ich bin mir nicht sicher, daß ich es verdient hätte, aber ich hoffe, daß *Maestra* gewinnt. Es ist ein wunderbarer Film, und es war eine einmalige Gelegenheit für mich.«

Mehr Fragen stürmten auf sie ein, und sie antwortete den Reportern, die am nächsten standen oder deren Fragen einfach genug waren, um sie in einem Satz zu beantworten. Nach einigen Minuten erschien ein Sicherheitsbediensteter und verkündete der Presse und den Fans, daß Shara nun gehen mußte. Er begleitete sie auf dem roten Teppich den Rest des Weges ins Innere der Roy Thomson Hall.

Als Shara hinter der Eingangstür verschwand, riß Jessa ihren Blick vom Fernsehbildschirm. »Was ist denn so lustig?« fragte sie ungeduldig, als sie Lisas breites Grinsen sah.

»Du. Du bist zum Brüllen. Du weißt, daß du einen super Platz im Zuschauerraum haben könntest. Du hättest einfach nur zu fragen brauchen.«

»Geh mir nicht auf den Sack«, erwiderte Jessa grob, und Lisas

Grinsen schlug in Gackern um.

»Ich hole uns mal den Nachtisch, dann können wir hier essen.«

»Bring auch gleich noch die Weinflasche mit, wo du schon dabei bist«, murrte Jessa und entschied dann, sie lieber selbst zu holen.

Sie stand auf, ging nach draußen und holte die Reste vom Abendessen herein, stellte das Geschirr in die Spülmaschine und wollte sich gerade daranmachen, die Töpfe zu schrubben und die Küche sauberzumachen, als Lisa zu ihr hinüberrief: »Hörst du bitte mal damit auf, dort herumzufuhrwerken? Komm endlich her und setz dich hin!«

Widerwillig setzte sich Jessa zu Lisa aufs Sofa. Lisa erbarmte sich ihrer und wechselte das Thema, indem sie Jessa von Pauls neuesten Heldentaten berichtete. Er schrieb für eine Londoner Radiosendung, die sich damit brüstete, die verrückteste Morgensendung von allen auszustrahlen, und Lisa war überzeugt, daß er sich nur deshalb darauf eingelassen hatte, weil er selbst nicht ganz zurechnungsfähig war. Sie heiterte Jessa so sehr mit Pauls sogenannten Recherchen auf, daß es ihr fast gelang, ihre Aufmerksamkeit so lange auf sich zu ziehen, bis die Anwärterinnen auf den Titel ›Denkwürdigste Darbietung‹ verkündet wurden.

Trotz allem was passiert war, sprang Jessa auf und jubelte, als Shara gewann. Lisa freute sich auch für Shara, aber Jessa schaute so stolz drein, daß sie sie am liebsten gedrückt hätte. Lisa fand, daß die Art und Weise wie Shara und Jessa sich verhielten, ziemlich lustig war – wenn das Ganze nur nicht so tragisch gewesen wäre.

Shara bestieg vorsichtig die Bühne, wobei ihr so war, als könnte sie ihre eigenen Bewegungen aus der Ferne beobachten. Die Taubheit, die dieses unwirkliche Gefühl begleitete, kam ihr gut gelegen; wäre ihr in diesem Moment bewußt geworden, was gerade geschah, wäre sie in Panik ausgebrochen. Sie nahm die kleine Gedenktafel entgegen, die ihr von einem berühmten Produzenten überreicht wurde, und ließ sich von ihm auf beide Wangen küssen, bevor sie ans Mikrophon trat.

Ich habe gewonnen. Die Worte hatten keine Bedeutung für sie. *Ich stehe hier vor allen, die in der Filmbranche etwas zählen, und mir schießt in den Kopf, daß ich unter den Achseln schwitze.* Plötzlich begann das verschwommene Gesichtermeer sich aufzulösen, und mit jedem Gesicht, das sie nun erkannte, geriet sie mehr und mehr in Panik. Sie suchte nach einem Gedanken, der sie beruhigen würde, und dabei kam ihr sofort eine bestimmte Person in den Sinn. *Jessa.*

Mit einem Mal erkannte sie die günstige Gelegenheit, den der Anlaß bot. Pressevertreter aus jedem Land, in dem es eine Filmbranche gab, waren zugegen. Die Preisverleihung wurde live im kanadischen Fernsehen übertragen, und die wichtigsten Momente würden in Nachrichten- und Unterhaltungssendungen auf der ganzen Welt gezeigt werden.

Ein Gefühl der Ruhe legte sich über sie, und sie begann zu lächeln. »Danke, daß Sie für mich gestimmt haben – obwohl ich sicher bin, daß diese Ehrung mehr mit dem hervorragenden Drehbuch, der Regie, der Kameraführung und dem Bühnenbild von *Maestra* zu tun hat, als mit dem, was ich beigesteuert habe«, sagte sie, wobei nur die Heiserkeit ihrer Stimme und der ausgeprägte irische Akzent auf ihren emotionalen Zustand deuteten, während sie die Zuschauer elegant an die anderen Kategorien erinnerte, in denen der Film nominiert war. »Nichtsdestoweniger bin ich dankbar für diese Auszeichnung, und noch dankbarer, daß ich die Gelegenheit hatte, an diesem Film mitzuarbeiten. Besonders dankbar allerdings bin ich dafür, daß ich bei den Recherchen für meine Rolle die Gelegenheit hatte, die Person, um die es in diesem Film geht, Jessa Hanson, kennenzulernen und . . . mich in sie zu verlieben.«

Alle Anwesenden schienen gleichzeitig nach Luft zu schnappen, und aufgeregtes Tuscheln erklang. Dies war ein Paukenschlag, wie er größer nicht hätte sein können.

Shara schaute direkt in die Kamera. »Die Dinge haben sich zwar nicht ganz so entwickelt, wie ich es gern gehabt hätte, aber, meine Liebe, dies hier ist für dich.« Sie hob die Tafel hoch. »Von den Dächern.«

Kapitel 35

Shara zitterte, als der Sicherheitsbeamte sie durch die Hintertür der Roy Thomson Hall führte, wo Tony mit dem Wagen auf sie wartete. Sie fühlte sich fix und fertig, bereute aber nichts.

Die spontane Pressekonferenz im Anschluß an die Preisverleihung hatte gut zwanzig Minuten gedauert. Sie hatte die Beantwortung aller Fragen zu Jessa abgelehnt, außer denen, wo und wie sie sich kennengerlernt hatten, sich aber in der Beschreibung ihrer Gefühle zurückgehalten. Sie hatte sich bemüht, aufrichtig und sachlich zu sein, obwohl es ihr gegen den Strich gegangen war und sie instinktiv lieber alles für sich behalten hätte.

Sie hatte erklärt, daß es keine Geschichte gab – sie hätte sich ganz einfach in Jessa verliebt, sie beide seien jedoch getrennter Wege gegangen –, und gehofft, so ihre Familie, Freunde und Bekannten vor neugierigen Reportern zu bewahren.

Als in die Fragen nach der Art ihrer Beziehung Umschreibungen für Sex gesickert waren, hatte sie bestimmt und wiederholt erwidert: »Jessa und ich sind die besten Freunde, und ich hoffe, daß wir immer befreundet bleiben.«

»Nun, Frau Quinn, auf zum Empfang im Four Seasons?« fragte Tony, als sie es sich in den Sitzpolstern bequem gemacht hatte.

Shara seufzte. »Ich glaube schon. Nachdem ich der Presse erlaubt habe, mich ins Kreuzverhör zu nehmen, sollte ich meinen Kollegen wohl die gleiche Chance geben. Kaum zu glauben, daß meine große Bekanntmachung erst zwei Stunden her ist. Mein Leben kommt mir vollkommen verändert vor.«

»Das kommt daher, daß sich die Leute, mit denen Sie seitdem geredet haben, alle nur für ein einziges Thema in ihrem Leben interessieren. Sobald sie sich wieder unter ihre Freunde begeben, wird alles wieder normal sein. Schade, daß die Läden schon geschlossen sind, sonst würde ich mit Ihnen Schuhe kaufen gehen, damit Sie sich wieder besser fühlen.«

Shara lächelte. Es war gut, in der Gesellschaft eines Menschen zu sein, der nicht fand, daß sie jemand anderes war, nur weil sie in Jessa verliebt war, auch wenn er weiterhin auf das formale ›Frau Quinn‹ bestand, wenn er bei der Arbeit war.

Hinter der Bühne der Roy Thomson Hall hatte sie sich so gefühlt, als würden alle Männer sie mit den Augen ausziehen und dann in Gedanken zusammen mit einer anderen Frau ihre Sexphantasien ausleben lassen. Sie konnte sich nicht entscheiden, was sie mehr beunruhigen würde: daß sie recht haben könnte und alle Männer tatsächlich so lüstern waren, oder daß sie sich in ihrer ersten Stunde als bekennende Lesbe in eine Irre mit Verfolgungswahn verwandelt hatte.

Der Wagen bog nach links auf die University Avenue ab und hielt sich nach Norden, aufs Four Seasons Hotel zu. Sie fuhren an der neuen Oper und den zahlreichen Krankenhäusern vorbei zum Queen's Park mit dem in Flutlicht getauchten Parlamentsgebäude von Ontario. Als sie an einer roten Ampel halten mußten, bewunderte Shara die Bäume und die ehrfurchteinflößenden Universitätsgebäude, die diesem Teil der Stadt seinen besonderen Charakter gaben.

Im Januar hatte sie sich noch darauf gefreut, zusammen mit Jessa hier zu leben, und sie fühlte einen Stich im Herzen, als sie das Royal Ontario Museum sah. Im vergangen Sommer wollte sie sich mit Jessa dieses Museum ansehen, was Derek dann jedoch mit seinem überraschenden Besuch vereitelt hatte.

Als der Wagen vor dem Hotel vorfuhr, war er sofort von Photographen umringt, die von ihren Kollegen in der Roy Thomson Hall einen Tip bekommen haben mußten, denn es handelte sich nicht um eine der üblichen protzigen Stretch-Limos. Shara lächelte Tony an, der die Tür öffnete und ihr zur Hilfe beim Aussteigen seinen Ellbogen anbot. Mit einem tapferen Lächeln auf den Lippen nickte sie den Sicherheitsbediensteten des Hotels zu, die die Photographen zurückhielten und sie durch den Haupteingang eskortierten.

Die erste Person, die sie drinnen erkannte, war Lucia. »Shara!«

Ich schaffe das nicht, dachte Shara, aber sie konnte Lucia nicht gut links liegenlassen. »Hi, Lucia. Schön, dich wiederzusehen ... so angezogen«, fügte sie in leiserem Ton hinzu, als Lucia sie auf beide Wangen küßte.

»Oh! Miau!« In Lucias Ton lag aufrichtiges Vergnügen, sogar ein Hauch von Bewunderung. »Laß mich die erste sein, die dich in der Schwesternschaft willkommen heißt. Ungeachtet dessen, was diese Ellen DeGeneres behauptet hat, gibt es leider keinen Toaster als Begrüßungsgeschenk.«

Shara konnte nicht anders, sie mußte lachen. »Danke. Wenn du aber denkst, daß ich nicht um Jessa kämpfen werde, nur weil du mich dazu bringst, dich zu mögen, dann denk lieber noch mal scharf nach«, sagte sie mit süßsäuselnder Stimme.

»Brava! Ich habe nichts anderes erwartet; sonst hättest du Jessa auch nicht verdient. Aber du solltest mich nicht als Konkurrentin betrachten – ihr Interesse für mich ist nicht romantischer Natur, und meines für sie auch nicht. Allerdings ist sie eine meiner besten Freundinnen, und deshalb bin ich froh, daß du endlich zu Sinnen gekommen bist und der Welt gegenüber deine Gefühle eingestanden hast.«

Der Sicherheitsbedienstete räusperte sich, um Shara daran zu erinnern, daß sie beim Empfang erwartet wurde und nicht vor dem Festsaal mit Leuten herumhängen sollte, die ihm unbekannt waren. Shara ärgerte sich über sein Verhalten und bot Lucia ihren Ellbogen an. »Darf ich dich in die Höhle der Oberflächlichkeiten begleiten, die uns erwartet?«

Lucia hakte sich amüsiert lachend bei ihr unter.

Der Cocktail-Empfang gestaltete sich absonderlich, nicht nur wegen der bizarren Gespräche, sondern weil jedesmal, wenn jemand damit begann Shara zu bedrängen oder Fragen zu stellen, die allzu aufdringlich waren, Lucia auf der Bildfläche erschien, um sie zu retten. Das erwies sich als besonders hilfreich, als eine berühmte Schauspielerin sich gerade bei Shara danach erkundigte, ob sie denn erwägen würde, noch einmal mit einem Mann zu schlafen, sollte eine Rolle danach verlangen, und Shara bereits die Hand zur Faust geballt hatte, um dieser dummen Frage die passende Antwort zu geben.

Shara war erleichtert, als sich riesige hölzerne Wandtäfelungen an einem Ende des Saales zur Seite schoben und somit das Ende des Cocktail-Empfangs und den Beginn der Hauptveranstaltung signalisierten: den Tanz zur Feier des Tages.

»Noch ein Glas Champagner?« Peter Garofolo hatte von Anbeginn der Party ein Theater um sie gemacht; er konnte sich kaum einkriegen, weil *Maestra* drei Auszeichnungen erhalten hatte. Es schien fast so, als würde er annehmen, daß Shara sich nur ihm zuliebe geoutet hätte, um mehr Aufmerksamkeit auf den Film zu lenken.

»Wenn du dann für ein paar Minuten damit beschäftigt bist, es mir zu holen, dann bitte, ja«, erwiderte sie und verdrehte die Augen. Er hatte sich den ganzen Abend über wie ein großer Welpe verhalten, und sie vermutete, daß es so ähnlich sein mußte, wenn man einen kleinen Bruder hatte, obwohl Peter einige Jahre älter war als sie.

»Tanz mit mir, bevor dieser Amerikaner zurückkommt«, verlangte Lucia. »Dieses Lied ist so toll, und – ich bin mir nicht sicher, aber ich glaube, er hat mir in den Hintern gekniffen.«

Shara mußte lachen. »Das kann schon gut möglich sein, oder es war einer der anderen anwesenden Männer. Es ist ein sehr netter Hintern, in einem sehr engen Kleid, in einem Saal voller Männer, die sich alle einbilden, sie hätten ein Anrecht darauf.«

»Dir gefällt mein Hintern?« Lucia drehte sich um die eigene Achse.

»Was soll ich dazu sagen? Jessa hat eben einen guten Geschmack«, entgegnete Shara verwegen.

»Égoïste«, beschuldigte Lucia sie.

»Tu m'appelles?« fragte Shara mit gehobener Augenbraue.

Sie fingen beide an zu kichern, beschwipst wie sie waren, und steuerten auf die Tanzfläche zu. Viele der anderen Paare drehten sich nach ihnen um, als sie tanzten, und sie hatten noch immer ein Schmunzeln auf den Lippen und waren wir berauscht, als sie sich noch vor Ende des Liedes durch die Menge auf den Weg zur Bar machten.

»Versuchst du meine Frau abzuschleppen, Lucia?«

Sie drehten sich beide überrascht in Richtung Jessas tiefer Stimme.

Shara und Jessa starrten sich an und konnten ihre Augen nicht voneinander losreißen. Shara fühlte, wie ihr die Tränen kamen; es war so lange her, daß sie in diese Augen geschaut hatte, die sie so sehr liebte.

Jessa trug einen honigfarbenen Hosenanzug, der hervorragend zu ihrem dunklen Teint paßte, und eine bronzefarbene, fast durchsichtige Bluse, mit einem BH darunter, der dieselbe Farbe haben mußte wie ihre Haut, weil es so aussah, als hätte sie überhaupt keinen an. Sie hatten keinen Schmuck angelegt, aber Make-up aufgetragen. Ihre Wangenknochen waren betont, und auf ihren Lippen schimmerte ein Lippenstift, den Shara umgehend wegküssen wollte. Ihre Augen, die aussahen wie geschmolzener Zimt, wanderten über Sharas Gesicht und Körper und wärmten sie genau so, als ob sie sie berührten.

»*Ist* sie deine Frau?«

Keine von beiden schaute zu Lucia, als sie die Frage stellte.

»Ja«, sagte Jessa ruhig. »Auch wenn wir uns niemals wieder sehen würden, wäre sie immer noch meine Frau«, sagte sie voller Überzeugung, aber mit einer Zärtlichkeit, die keinen Gedanken an Arroganz aufkommen ließ.

»Na, dann ist ja alles so, wie es sein sollte, oder nicht?« fragte Shara leise.

»Ist es das?« Lucia bemühte sich zweifelnd zu klingen, aber ihr Lächeln war zu breit, um in irgendeiner Weise überzeugend zu wirken.

»Ja, das ist es«, sagte Shara, noch immer in Jessas Augen versunken, »weil ihr Herz mir gehört. Und das wird sich nie ändern.«

Jessa lächelte. »Ich habe ein Lied bestellt. Tanzt du mit mir?«

Wie aufs Stichwort wurde die Musik langsamer und Sarah McLachlans *Fumbling Towards Ecstasy* erklang. Shara trat einen Schritt vor und in Jessas Arme, und obwohl sie sich nicht die Mühe machten, zur Tanzfläche zu gehen, wich die Menge auseinander und ließ ihnen Platz zum Tanzen.

Lucia hatte das Gefühl, daß den beiden egal war, was die Leute um sie herum dachten oder taten, aber sie fand es nett, daß alle zurücktraten, auch wenn sie das Paar dabei schamlos anstarrten.

Als sie begannen, sich langsam gemeinsam zum Takt der Musik zu bewegen, schlang Shara die Arme um Jessas Nacken, und Jessas Hände legten sich auf Sharas Rücken. Sie hatten die Augen geschlossen und genossen das Gefühl, sich in den Armen zu halten.

Später würden sie sich für ihre Voreiligkeit, ihre Angst und ihre Kleingläubigkeit entschuldigen. Später würden sie sich über die schlechten Erfahrungen in ihrer Vergangenheit unterhalten, denen sie nicht mehr erlauben würden, ihre gemeinsame Zukunft zu zerstören. Später würden sich lieben, um ihre Beziehung zu bekräftigen, und danach würden sie sich in den Armen halten und weinen. Aber während das Lied erklang und die Wärme zwischen ihnen floß, sagten sie nur wenig.

Als es sich herumsprach, daß Jessa Hanson auf der Party war und mit der Frau tanzte, die zur Sensation des Tages geworden war, begannen die Kameras zu klicken, zu piepsen und zu surren, ungeachtet der Tatsache, daß Blitzlichter eigentlich verboten waren.

»Shara Quinn, willst du mit mir leben und meine Liebste sein? Willst du den Rest deines Lebens mit mir verbringen?«

Shara lehnte sich etwas zurück, damit sie in Jessas Gesicht schauen konnte. Ihre Augen verrieten die überwältigende Liebe, die sie erfüllte, weil sie dort war, in Jessas Armen, und wußte, daß alles gut werden würde. Dann wurde sie sich Jessas Worten bewußt. Es hätte sie nicht überraschen sollen; sie kannte Jessa gut genug, um zu wissen, daß sie nach ihrer eigenen Geste bei der Preisverleihung eine ähnliche Bejahung ihrer Beziehung zeigen wollte. »Jessa Hanson, ist das ein Heiratsantrag?«

»Ja.«

»Ja.«

Jessa senkte ihren Kopf und ihre Lippen fanden sich. Aus der Menge erklangen mehrere Beifallsrufe, aber weder Shara noch Jessa nahmen davon Notiz. Eine Ballade ging in die nächste über, und Gloria Estefan sang nun *Más Allá*.

Am anderen Ende des Saales stand Lisa und lächelte zufrieden.

ENDE

Weitere Titel der édition el!es

Julia Schöning: Lass es Liebe sein

Erotischer Liebesroman

Um ihrem Leben nach einer Trennung eine neue Richtung zu geben, beschließt die Versicherungskauffrau Sarah sich von ihren langen Haaren zu trennen, nicht ahnend, dass der Friseurbesuch ihr Leben gehörig durcheinanderbringen wird. Denn die rationale und konservative Sarah verliebt sich in ihre völlig gegensätzliche Friseurin, die unkonventionelle, impulsive und freiheitsliebende Katja. Einige Zufälle führen dazu, dass die beiden eine leidenschaftliche Nacht miteinander verbringen, doch danach wird deutlich, dass Katja nicht an einer Beziehung interessiert ist. Sarah ist verzweifelt, denn sie wünscht sich, dass es auch bei Katja Liebe sein möge . . .

Toni Lucas: Zeit der Versuchung

Erotischer Liebesroman

Der Australienexpertin Sarah Jansen werden zwar die Fördergelder für ihr neuestes Projekt nicht bewilligt, doch sie erhält unerwartet die Chance, sich gemeinsam mit der attraktiven, aber seltsam distanzierten Fotografin Florentine auf eine Reise quer durch den australischen Kontinent zu begeben. Beide kommen sich näher und scheinen durchaus füreinander geschaffen, wenn da nicht noch Carmen, Sarahs langjährige Partnerin, und Marisol, Florentines tote Geliebte, wären. Es beginnt eine Zeit der Versuchung, in der sich jede der Frauen darüber klarwerden muss, was wirklich für sie wichtig ist.

Annette Schniter: Mach mal halblang, Babe

Erotischer Liebesroman

Celines Vorgesetzte ist ungemein attraktiv, aber offensichtlich hetero. Dennoch spielen Celines Hormone bei jeder Begegnung verrückt. Gleichzeitig ist da noch eine Chatbekanntschaft, die Celine auf eine andere Art in ihren Bann zieht. Als die Zeit gekommen ist, endlich die virtuelle Welt zu verlassen, wissen beide, daß nun ganz neue Schwierigkeiten auf sie zukommen werden. Mit den tatsächlich eintretenden Problemen hat jedoch keine gerechnet . . .

Julia Arden: Mein Geheimnis bist du

Liebesroman

Mareike Holländer schnappt Andrea einen wichtigen Posten vor der Nase weg – ausreichend Grund, auf die neue Kollegin wütend zu sein. Dennoch schleichen sich zärtliche Gefühle in das kühle Verhältnis. Aber Mareike ist liiert. Während Andrea noch versucht herauszufinden, wie ernst diese Liaison ist, taucht Laura auf, Mareikes große Liebe. In der Vergangenheit hatte Laura zwar Mareike mehr als einmal sitzengelassen, dennoch ist Mareike ihr immer wieder aufs neue verfallen . . . also bleibt Andrea nichts weiter übrig, als ihre Gefühle vor Mareike zu verbergen . . .

Victoria Pearl: Aller Anfang geht daneben

Erotischer Liebesroman

Als Simone sich in die umwerfend attraktive Autorin Bettina verliebt, ahnt sie nicht, was noch auf sie zukommen wird. Sie und Bettina verleben eine wundervolle, berauschende Zeit, die jedoch durch das plötzliche Auftauchen von Bettinas Exfreundin Linda jäh gestört wird. Linda lässt sich bei Bettina häuslich nieder. Braucht sie nach einer schweren Zeit wirklich nur etwas freundschaftliche Unterstützung von ihrer Exfreundin, oder verfolgt sie andere Ziele?

Corina Ehnert: Eine WG zum Verlieben (Band 2: »Katrin«)

Liebesroman

Die Polizistin Katrin Brant ist nach einer gescheiterten Beziehung mit Paula wieder Single und fest integriert in den Freundeskreis rund um die WG aus der Pfeiffstraße. Sie ist glücklich mit ihrem Leben und hält sich für eine gestandene Frau. Als Alex (mit der sie im ersten Band eine Affäre hatte) mit ihrer Freundin Nico in eine gemeinsame Wohnung zieht, sucht die WG eine neue Mitbewohnerin. Eine der Bewerberinnen ist die Journalistin Hanna Reuters, von der Katrin sofort fasziniert ist. Aber schnell stellt sich heraus, daß es nicht so einfach ist, diese Faszination zu leben . . .

Toni Lucas: Paar für ein Jahr

Die Pierrots tanzen weiter

Leas Glück scheint perfekt. Lilia hat sich tatsächlich für sie entschieden und ist bei ihr eingezogen. Doch wie kann sie mit einer Frau zusammenleben, die gerade erst dabei ist, sich selbst zu finden und die so ganz eigene Vorstellungen von einer Beziehung hat?
Ihr bleibt nur ein Jahr, um das herauszufinden . . .

Maren Frank: Liebe in Schottland

Liebesroman

Wie ein Blitz trifft es die junge Archäologiestudentin Nathalie, als sie auf einer Party die schöne Eileen kennenlernt. Zwar ist die Begegnung kurz, doch geht die attraktive Frau mit den smaragdgrünen Augen Nathalie nicht mehr aus dem Kopf. Und nicht nur die Liebe bereitet Nathalie Sorgen. Nachdem sie ihren Job verloren hat, braucht sie schleunigst einen neuen. Tatsächlich ergibt sich schon bald etwas, doch Nathalie ahnt nicht, was dabei alles auf sie zukommt . . .

Erotische Adventsgeschichten

Mit Geschichten von Catherine Fox, Maren Frank, Heike Fremmer, Ruth Gogoll, Julia Schöning u.a.

Erzählungen um alte Freundinnen, die sich wiedersehen, und neue Freundinnen, die sich finden, um die Suche nach der Liebe unterm Weihnachtsbaum, die trotz aller Schwierigkeiten immer gut endet, und um die Hoffnung, daß eines der Geschenke die Frau sein möge, nach der man sich schon so lange sehnt . . .

Julia Schöning: Verirrte Herzen

Erotischer Liebesroman

Anne, ihre vierjährige Tochter Lilly und Caro sind eine glückliche Familie. Doch als Lilly in den Kindergarten kommt und Anne beschließt, wieder halbtags zu arbeiten, bekommt die Beziehung Risse. Die erfolgreiche Anwältin Caro schafft es nicht, Anne im Haushalt zu unterstützen. Als Anne dann auch noch die geheimnisvolle Nora kennenlernt, die mit ihrer faszinierenden Ausstrahlung Verwirrung stiftet, scheint das Glück der kleinen Familie ernsthaft bedroht.
Können Caro und Anne ihre Gefühle füreinander bewahren und wieder zueinanderfinden?

Tina Grasses: Das Geheimnis der Nebelinsel

Lesbischer Fantasy-Roman

Die Sensei Iliska begegnet der Schwertkämpferin Shiree. Die beiden kommen sich näher, doch dann verschwindet Iliskas Freundin Beth unter dramatischen Umständen. Zur gleichen Zeit folgt Karimah einer geheimnisvollen Vision und findet in Beth ihre große Liebe. Doch ihr Glück wird überschattet von einer uralten Gefahr. Die vier Kriegerinnen nehmen den Kampf auf, doch wird es für Karimah und Beth eine gemeinsame Zukunft geben?

Shari J. Berman: Herz ist Trumpf

Erotischer Liebesroman

Die junge Journalistin Rachel lernt auf einem Lesbenpokerabend die verführerische, etwas ältere Eden kennen – ein erotisches Abenteuer beginnt, das schnell zu Liebe wird. Obwohl zunächst alles perfekt scheint, bleibt die Vertreibung aus dem Paradies nicht aus und stellt die Beziehung auf eine harte Zerreißprobe.
Sind die Bande zwischen Rachel und Eden stark genug, die dramatischen Ereignisse zu überstehen?

Brenda L. Miller: Mein Herz bewacht dich

Liebesroman

Grace, pubertierender Teenager, wird für sechs Monate in ein Boot Camp geschickt. Dort lernt sie zu gehorchen, wird aber auch von der strengen Ausbilderin Carey ermuntert, ihre Nase in Bücher zu stecken und zu lernen. Denn Grace ist nicht unbegabt. Nach einiger Zeit jedoch wird das Verhältnis zwischen Grace und Carey immer freundschaftlicher – und liebevoller . . .

Julia Arden: Liebe unerwünscht

Liebesroman

Jennifer Feiler ist knallharte Geschäftsfrau und bekannt für ihre Affären. Auch der Flirt mit der attraktiven Ärztin Caroline stellt keine Ausnahme dar, doch Caroline weist Jennifer ab. Caroline fühlt sich zwar mehr zu Jennifer hingezogen, als ihr lieb ist, aber Jennifer ist nicht die Frau, der man sein Herz schenken sollte – für tiefere Gefühle hat sie keine Verwendung: Liebe ist ihr unerwünscht.

Victoria Pearl: Das zwischen uns

Erotischer Liebesroman

Jasmin hat es sich recht gemütlich im Junggesellinnendasein eingerichtet, als eine atemberaubende Schönheit ihre Buchhandlung betritt. Sie verlieren sich aus den Augen, sie sehen sich wieder – und es beginnt etwas, das Jasmin »Beziehung« nennt. Ihre Geliebte hält sich jedoch einiges offen. Ständig lernen sie neue Frauen kennen, von denen Jasmin nie weiß, wie nahe sie und ihre Geliebte sich kommen. Geduldig erträgt sie die Spielchen, doch kann eine solche Beziehung wirklich ewig dauern?

Corina Ehnert: Eine WG zum Verlieben (Band 1: »Alex«)

Liebesroman

Eine Lesben-WG, in der es drunter und drüber geht: Alex kann sich nicht zwischen Katrin und Nico entscheiden, obwohl Nico eigentlich Paulas Blind Date ist; Casanova Franzi wandelt plötzlich auf monogamen Pfaden, und Thea kriegt irgendwie nie eine Frau ab. Verwicklungen und Verzwicklungen bleiben spannend bis zum Schluß – an dem sich die Fäden entwirren. ... oder?

Catherine Fox: Achterbahn der Gefühle

Liebesroman

Jessica will heiraten und hält sich für glücklich, als sie von ihren Freundinnen eine Junggesellinnenreise geschenkt bekommt. Auf einem Reiterhof soll sie ihrem Hobby frönen und die letzten Tage Freiheit genießen. Doch mit der Entspannung ist es bald vorbei, denn sie trifft Kim, die ihren Gefühlshaushalt gehörig durcheinanderbringt. Sie gerät in einen Strudel leidenschaftlicher Gefühle, erfährt eine Zärtlichkeit, die sie nicht kannte. Sie verliebt sich in Kim, aber was wird bleiben, wenn sie wieder zu Hause im alten Trott versinkt?

Ruth Gogoll: Zwei Welten

Erotischer Liebesroman

Wer sich etwas wünscht, sollte vorsichtig sein bei der Formulierung. Nico jedenfalls war es nicht und landet inmitten einer schrecklich netten Familie im Herzen der Heterosexualität: Häuschen in der Vorstadt, Ehegatte geht morgens brav zur Arbeit, die Kinder quengeln, die Nachbarinnen tratschen ... Da taucht in dieser Heterohölle ein ganz normales (lesbisches) Paar auf, und Nico verliebt sich. Wie kann sie aber in ihre eigene Welt zurückkehren und gleichzeitig diese Liebe aus der anderen Welt bewahren?

Anthologie »Lesbisches Jugendbuch«

Kurzgeschichten

In dieser Anthologie werden die Geschichten der Gewinnerinnen aus unserem Schreibwettbewerb »Lesbisches Jugendbuch« veröffentlicht. Geschichten von Jugendlichen für Jugendliche – ausgewählt vom Literaturteam des Jugendzentrums *anyway* in Köln.

Hanna Berghoff: Du bist die Welt für mich

Liebesroman

Ein Bauernhof inmitten Deutschlands: Die Fehde zwischen den Schwestern Veronika und Franziska Perner vertieft sich, als die neue Tierärztin Dr. Jutta Adler mit frischen Ideen und Behandlungsmethoden gehörig Staub aufwirbelt. Aus Liebe (zu den Tieren und zur Tierärztin) beginnt Veronika in München Veterinärmedizin zu studieren, doch Franziska läßt nichts unversucht, um dem Liebesglück ein jähes Ende zu bereiten. Als dann noch die Zukunft des Hofes auf dem Spiel steht, muß Veronika eine schwere Entscheidung fällen . . .

Toni Lucas: Vom Tanz der Pierrots

Liebesroman

Nach einem nicht ganz freiwilligen One-night-stand wird Lea aus ihrer bequemen, langjährigen Beziehung herauskatapultiert. Sie zieht in eine Kleinstadt, die trostloser nicht sein kann. Nur ihre verheiratete Kollegin Lilia bringt Farbe in den Alltag, und nach einiger Zeit mangelt es auch an Erotik nicht. Allerdings scheinen die beiden zunächst doch nicht füreinander geschaffen – oder müssen sie erst einmal auseinandergehen, um schließlich zueinander zu finden?

Heike Fremmer: Hotel Prinzess

Liebesroman

Sofie managt ein Hotel in Hamburg, das an einen Amerikaner verkauft werden soll. Die von ihm entsendete Frau fürs Grobe ist Erica, die sich inkognito im Hotel aufhält. Sofie und Erica kommen sich näher, doch Erica verschweigt den wahren Grund ihres Aufenthaltes. Kein gutes Fundament für eine Beziehung, doch Erica hat Angst, Sofie zu verlieren, wenn die Wahrheit ans Licht kommt . . .

Julia Arden: . . . und wenn du auch die Wahrheit sprichst

Liebesroman

Michaela Dietz läßt sich engagieren, um die Tochter eines Hotelbesitzers zu überreden, das Familienunternehmen weiterzuführen. Sehr zur Freude des schlechten Gewissens blüht Tanja Kanter in Michaelas Nähe auf und – natürlich, verliebt sich in sie. Doch was passiert, wenn Tanja Michaelas wahre Gründe für die unerwartete Zuneigung erfährt? Und was sagt Michaelas langjährige Freundin Vanessa eigentlich dazu?

Ruth Gogoll: L wie Liebe

Liebesroman

Bunt und unterhaltsam: Großstadtlesben und ihre (Liebes-)Abenteuer. Da ist das ungleiche Paar Marlene und Anita, das gehörig Nachhilfe in Sachen Romantik benötigt; Carolin und Ina schweben (noch) im siebten Himmel; Chris und Sabrina stecken in einer verstaubten Beziehung fest, und schließlich können sich Rick, Thea und Melly noch nicht so recht entscheiden. Verwicklungen folgen, und schon sehr bald ist nichts mehr so, wie es anfänglich war . . .

Victoria Pearl: Endlich gefunden

Liebesroman

Krankenschwester Hanna hat sich gerade aus der unheilvollen Beziehung zu Birte gelöst, als ihr eine Fremde für einen kurzen Moment den Kopf verdreht. Zurück im Arbeitsalltag nimmt Hanna erst nach langer Zeit wieder via Internet Kontakt zu anderen Frauen auf. Die Überraschung folgt auf dem Fuß, doch ist die Traumfrau tatsächlich endlich gefunden?

Julia Arden: Vertrau mir

Roman

Anna Ravensburg lebt ruhig und zurückgezogen auf ihrem Tierhof. Mit der Idylle ist es vorbei, als Kommissarin Maike Roloff auftaucht: Zwei Pharma-Manager sind entführt worden, und Annas Vergangenheit als radikale Tierschützerin könnte bei der Aufklärung helfen. Zunächst widerstrebt es Anna, die Polizei zu unterstützen, doch bald muß Anna sich eingestehen, daß sie sich zu Maike hingezogen fühlt. Maike hingegen scheint sich nur für eines zu interessieren: Die Lösung ihres Falles.

Alexandra Liebert: Der Schlüssel zum Glück

Liebesgeschichten

Geschichten rund um das Verlieben: Ob gewollt oder ungewollt, überraschend oder nicht – Alexandra Liebert versteht es, ihre Heldinnen in kleinen, unbeschwerten Geschichten auf spannende Art zusammenzubringen. Da sucht Cathy nur nach einem Job und findet die Liebe, Lisa sucht erholsame Ferien in San Francisco – und findet die Liebe, Carmen und Maria haben sich mit dem Auto verfahren, suchen den richtigen Weg und finden: die Liebe.

Sie wollen jetzt wissen, wer noch alles die Liebe findet? Und welche Hürden dabei zu überwinden sind? Wir haben da einen kleinen Tip für Sie: Kaufen Sie doch einfach dieses Buch . . .